喜马拉雅北麓非虚构作品

杰桑·索南达杰
JIESANG SUONANDAJIE

古岳 著

青海人民出版社

图书在版编目（CIP）数据

杰桑·索南达杰 / 古岳著. -- 西宁：青海人民出版社，2021.12（2024.2 重印）
ISBN 978-7-225-06295-2

Ⅰ.①杰… Ⅱ.①古… Ⅲ.①传记文学—中国—当代 Ⅳ.① I25

中国版本图书馆 CIP 数据核字 (2021) 第 246139 号

杰桑·索南达杰

古岳 著

出 版 人	樊原成
出版发行	青海人民出版社有限责任公司 西宁市五四西路 71 号　邮政编码：810023　电话：(0971)6143426(总编室)
发行热线	(0971)6143516 / 6137730
网　　址	http://www.qhrmcbs.com
印　　刷	西安五星印刷有限公司
经　　销	新华书店
开　　本	890 mm × 1240 mm　1/32
印　　张	11.25
字　　数	200 千
版　　次	2022 年 4 月第 1 版　2024 年 2 月第 3 次印刷
书　　号	ISBN 978-7-225-06295-2
定　　价	68.00 元

版权所有　侵权必究

生命不息，荒原不老

可可西里，自古都是英雄史诗的诞生地

目 录
contents

回　家 /001

索南达杰之死 /030

索　加 /047

黄金和盐 /071

可可西里 /113

藏羚羊 /152

国家公园 /174

目 录
contents

大追捕 /190

野牦牛 /206

索加之行 /228

卓巴仓 /245

守护者 /268

一棵树 /308

遇见灵魂 /325

回　家

那是个寒冷无比的冬天，腊月年根里更冷了。

很多人的记忆里，从来没有一个冬天那样寒冷。每天早晨一醒来，都看到所有的窗玻璃上结着一层厚厚的冰花。多年以后想起那个冬天，才仁和她的两个儿子索南仁青、索南旦正弟兄俩依然会感到阵阵寒气。

我脑海中不断浮现这样的情景——这是我想象出来的画面，才仁和她的两个儿子也许从没留意过窗户上的那些冰花，可我依然觉得这一幕真的发生过。那天下午，我望着走廊窗玻璃上的冰花时，才仁好像讲到过这一幕。不知道，才仁和她的两个儿子是否也记得。

一天早上醒来，看到走廊窗户上冻上了一层缤纷晶莹的冰花，索南仁青推了一把刚刚睁开眼睛的弟弟索南旦正说："你看窗户上的冰花像不像点着的花炮？"索南旦正爬起来瞅了一眼，又钻进被窝闭上眼睛才说："像。"

哥哥索南仁青15岁，弟弟索南旦正也已经10岁了，可他俩都不记得自己有没有真正放过一次花炮，记得的都是别人家的孩子放花炮的情景。每年过年一看到天空中绽放的那一派灿烂绚丽，他俩都羡慕不已。在等着父亲回家时，他们也一直盼着父亲能带回曾答应过他们的花炮。

过几天又要过年了，又是春节又是藏历年。阿爸说，今年过年一定会实现他俩的这个愿望，无论如何也要让他们弟兄俩过一过放花炮的瘾。他们就天天盼着阿爸能早点回来，也盼着早点过年。

也不知怎么了，那几天，每天从早到晚，他俩都跟在阿妈屁股后面不停地问："阿妈，阿爸怎么还不回来呀？"

"快了。"阿妈才仁总是这样回答。末了，又总是若无其事地问上一句："想阿爸了？"接着，又慢悠悠地问："还是想着过年要放花炮了？"

他俩也总是抢着回答："当然是想阿爸了！"说着，也会小声补上一句："快过年了嘛，阿爸怎么还不回来？"

孩子的心事逃不过母亲的眼睛，才仁心疼两个孩子，也心疼丈夫。从1月8日发来那封电报，都已经过了十几天了，该回来了呀，怎么还不回来呢？天这么冷，那个地方更冷，没吃没住的，会不会又犯胃病了？不会遇到什么麻烦吧？

"不会有事的，他不会有事，即使遇到点什么事，他也有办法应付得了。"看着两个乖巧懂事的儿子想着远方的丈夫时，才仁从不敢把事情往坏处想，而总是往好处想，来自我安慰。

这样的日子，每天都很难熬。这时，她正好从儿子们的窗户前经过，听到弟兄俩的谈话，她停下脚步也看了看窗玻璃上的一层冰花，冰的边缘一片片裂开了，真像绽放夜空的花炮。原本要推门进去的，她却轻轻收住脚步，转身进了厨房，孩子们已经醒了，她得去为他们准备早餐，酥油茶和糌粑。

吃早饭时，大儿子索南仁青又问才仁："阿妈，阿爸怎么还不回来呀？"

"快回来了。赶紧吃饭吧，说不定，最后一口奶茶还没喝完阿爸就回来了。"才仁说着，转过身去向院门的方向望了一眼，好像孩子们天天念叨的人真的回来了。

要是往常，也没这么快，每次出去得个把月才能回来。这不快过年了嘛，临走时说好年前一定能回来，还说这次一定记着给两个儿子买些过年的花炮回来。

他每次出门之后，才仁就一天天数着日子，也用心丈量着他走过的路。这是她能想到的路程，也是他能用电报，偶尔也用长途电话告诉她哪天在哪儿之后，她所能想象出来的路程。每次出去,最后一次联系都会用电报,告知他离开某地的消息,之后的个把月里再无任何消息。她就担心!

一天两天还好,过了一个星期还没有消息,才仁就会坐卧不安。过了十天半月还没消息,她也不好天天去打听,那样别人还以为自己怎么样了。就装作没事的样子,去人群里转转,跟见到的每一个人打声招呼,希望能听到一点消息。有一两次还真听到了,尽管只是只言片语,但对她来说,知道他没事,这已经足够了。

有一次,他走了都一个多月了,杳无音信。她从县委、县政府门口过,几个人站在那里说话,她放慢脚步留心听。"刚刚电台传来消息,又抓住了几个盗猎分子,我们的人没事,说是正往回走……"感觉自己的心跳一下子加快了,她加快脚步,赶紧离开那里,心却踏实了。那几个人说的就是她丈夫,再不会有别人,她确信无疑。

才仁记得很清楚,从第一次去那个地方,到一个多月前那一次,是第11次,前后在那里的时间加起来已经超过340天了,这一次是第12次,进去才半个月。才仁又自我安慰道:"前11次那么长时间都没事,这一次才几天啊,当然也不会有事。"这样想着,抬头望了望西面的颇章达则山顶,见一只鹰在天空里盘旋,她长舒一口气,感觉舒服多了。

昨天晚上才仁做了一个梦,她在一片开阔的草原上,像是索加又像是治渠,梦到一个人骑着一匹黑马从远处飞奔而来,越来越近了,认出骑在马上的人是自己的丈夫。她急急地转身去开门,门开了,却看不到人,这才想起刚才自己还在草原上,怎么一下在家里了呢?一着急,梦就醒了。

她一下爬起来,撩开窗帘,望着空空的院落,那里没有人。穿好衣服起来,又到院子里看了一眼,再去把门打开,一股冷风吹进来,她打了一个寒战,赶紧关上了门。

一上午,才仁都在想昨夜的那个梦,心神不宁。下午,她听到门扣的响声,以为是谁在敲门,跑去看时,没有人。她还想,自己太紧张了,说不定门扣并没响。过了一会儿,又听见门扣响,这次她没去看,可能是风,风很大。门扣还在响,一直不停地响,她才跑去开门。门是扣着的,她明明记得没有扣,怎么是扣着的呢?你看这记性!

门开了,一个人站在门外。

来人恭敬地跟才仁打招呼,她说了声"扎西德勒",急忙弯腰闪过一旁,习惯性地在胸前双手合十,让客人进门。进屋坐下,给客人倒上奶茶,客人低着头,半天不说一句话,才仁急得直拔手指头。几次想开口,却不知要说啥。

这时,客人说话了。他一张口,才仁就有一种不祥的预感。客人给她带来了一个不幸的消息,一个噩耗:她丈夫已经死了……

才仁很震惊,还以为自己听错了。这人怎么这么说话呢?她当时就没好气地说:"不可能,他不会死的……"

客人连声说着"保重……才仁……才仁……保重……"便匆匆走了。

看他离去，才仁觉得好笑又生气。当地藏族人在祝福和告别时都喜欢说"才仁"两个字，里面有"吉祥"和"保重"的意思，这两个字又正好是她的名字。也不知道，那个人是在叫她的名字，还是在向她祝福和告别……

也是在这天下午，我接到了报社编辑部的一个紧急通知。是一个年轻同事特意跑到宿舍来通知我的，那时候还没有移动电话，住的是宿舍，几层楼只有一部电话，在六楼。我住在三楼。

年轻同事转述报社部门领导安排，说事情非常紧急，让我准备一下，第二天一早就去玉树治多采访。报社跟记者部研究决定，让我跟同事贺棣葆同去完成这次采访报道任务，简单情况已经给他交代过，路上让我俩再商量。

我多了一嘴，已经腊月年根了，什么事这么急？再说，我们咋去？同事说，这个上面已经安排好了，明天早上4点半，让你们俩在报社家属院门口等，玉树州上来车接你们……

"哦，你看我差点忘了……说现在那里很冷，要是没有皮大衣、棉皮靴、皮帽子、皮手套和手电筒什么的，赶紧到社里后勤科去借，已经通知后勤科了，下班前，那里一直会有人等你们。"临走又叮嘱道。

他转身走出去好几步，我又追上去问了一句："知道是什么事吗？这么急。"

"这个我不太清楚,听别人说,好像是一个人死了,在可可西里,人名字不记得了。"

除了这个采访通知,我跟贺棣葆对这个采访对象的情况一无所知。他是什么人?生前的工作岗位是什么?是领导还是一般干部?是治多当地人吗?因什么事情死的?怎么死的?这个世界每天都有很多人死去,他的死有那么重要吗?以至于在腊月年根,让我们到一千几百公里以外的冰天雪地做一个专门的采访报道?即便要发一条消息,也不至于如此兴师动众啊……

说实话,接到任务,收拾行李、准备出发时,我心里还极不情愿,也不大痛快,有种被故意捉弄的感觉。

我的一个强烈感觉是,自己要去采访的是一个已经不在人世的人——那些年,我去采访的好几个人,去采访之前都已经死了。活着的时候,没人知道,死了之后都成了英雄。不知道,应该为此感到悲哀还是庆幸,但对一个采访者来说,一定是一个莫大的遗憾,因为,我们再也无法让他讲述自己的故事。他所有的故事,只能找别人去打听。讲错了,也无法去证实。这是在去寻找——要想记住,也只能去寻找。

现在,世界任何一个地方发生一件突发事件,比如战乱、地震或海啸,不出10分钟全世界都会听到这个消息,不出20分钟,就能看到现场画面。任何消息,一经发生即可发送传播。

可那时，互联网还没进入我们的生活，通讯业也没有现在这样发达迅捷。玉树治多这样的地方，信息的传递尤其困难，进出都受到青藏高原的阻隔。除了写信、实地调查和远程电话，没有任何办法获取相关信息。一封信从西宁寄到玉树，一个星期后能收到算快了，一半个月后能收到也属正常。当天邮发的《青海日报》，一些偏远乡镇大多在一个月后才能收到，一次收到一大摞。

像治多索加那样的地方，一封邮件也许会走一个多月，碰到雨季或大雪封山，过几个月也未必能送到。那里只有旧闻，没有新闻，或者说这里总把旧闻当新闻。很多时候，在他们看到新闻时，事情已经发生很大变化。但对他们来说，那还是新闻，只是与外面世界的新闻不同步而已。同样，从里面往外传递一条消息，等它抵达时，也早已时过境迁，成旧闻了。

次日凌晨——我采访本记录的时间是1994年1月28日，我和我的同事准时在青海日报社家属院门口等候。腊月的凌晨4点多，天还黑着，离天亮还有两三个小时。街上没有行人，也没有车。不远处，长江路与七一路十字路口的一盏路灯下，一个早起的清洁工已经在清扫马路，一股灰尘在灯光下升腾，像烟雾。

等了一会儿，一辆黑色的尼桑越野车准时开到我们身边停住，车前的大灯还亮着，在昏暗路灯下的马路一侧照射出长长一道白光。车里面有没有人也看不清,彼此都不问,我们看了下车牌号,直接打开车门上去,坐好,车就开了。那道长长的白光伸向远方,我们追着那道白光,驶出了还在夜色中的西宁。

这时,坐在副驾上的人才自我介绍说,他是史国枢,时任玉树州委书记。记得出西宁、黎明来临之前,我们没说过别的话。因为起太早,上车之后,几个人又眯了一会儿。是一阵剧烈的颠簸把我们颠醒的,一醒来,我跟贺棣葆相互看了一眼,彼此问道:"到哪儿了?"然后又往车窗外望了望,像是已经过了湟源。

那时候,西宁往玉树的路大多还是沙土路,很不好走。司机因为常走这条路,路况熟悉,好像什么地方有个小坑、有块石头他都了如指掌,车开得飞快,一般的凹凸不平处也不减速,上坡还好,下坡时,受到强烈颠簸,车就会跳起来。

我们从后座上不时地被弹起来,头会不停地碰到车顶和车门。我坐在后排右侧,头顶和靠太阳穴的地方好像被碰出了两个大包。中途也没停,午饭是在车上吃的干粮——白饼加咸菜和牛肉,就自带的茶水。即使这样,900多公里的路程,我们整整走了十八九个小时,才抵达玉树州府结古。

这已经是最快的速度了。那会儿,西宁发往玉树的班车单程要走三天,在河卡住一晚,到玛多花石峡再住一晚。这条路,此前我已经走过一两次,而史国枢他们经常走。

漫漫长路，正好可以说话。一路上，史国枢一直在讲我们要去采访的这个人。他说了好几遍这个人的名字，我们还没有完全记住。史国枢似乎也感觉到了："他的名字有点长，不懂藏语，或对藏族人名不熟悉，一时半会儿是记不住的。"

果然，过了一会儿，贺棣葆问："哎，书记，这个索南……噢对了，是桑杰……他是怎么死的？具体情况调查清楚了吗？"

"看，还是没记住吧，不是索南，不是桑杰，也不是桑杰索南，是杰桑·索南达杰……"

经史国枢的讲述，才知道我们要去采访的杰桑·索南达杰也经常走这条路。他到那个新成立的单位任职一年多时间，只要车里还有汽油，因为没有司机，便自己开着那辆北京吉普，穿梭于治多—结古—西宁—格尔木—可可西里的路上，有很多次一连好几天白天黑夜都是在车上度过的。

史国枢接着说："因为通讯不方便，好好联系不上，详细情况我们也不是太清楚。目前只知道，他已经死了——也是昨天下午才得到确切消息的，说是与盗猎分子发生枪战时被乱枪打死的。"车又猛烈颠簸了一下，我左侧脑门儿狠狠地撞在车门框上，头里"嗡"的一声，太阳穴以上部位火辣辣地疼。

"盗猎分子乱枪打死的！这都啥年月了？这得有多少杆枪呀？难道就没有国法了吗？这究竟是个什么样的地方？"我心里的疑问越来越多。

从 20 世纪 80 年代初开始，为了讨生活，青海东部及周边地区大批贫困农民不断涌入青藏高原腹地淘金，一波一波的采金狂潮曾席卷可可西里旷野。这事我知道，也知道可可西里是一片无边无际的旷野，几乎没有人居住，号称"无人区""生命禁区"。可可西里有藏羊种群分布的事，也有所耳闻，可有人大肆盗猎藏羚羊的事，此前还真没听到过。

1992 年 5 月 6 日至 8 日，我曾沿青藏公路采访，到过青藏兵站部在沿线的所有兵站，公路一侧就是可可西里，一连好几天，我一只藏羚羊都没看到过。根据史国枢讲到的时间节点，两个月之后，1992 年 7 月索南达杰就到了可可西里。

没想到，盗猎分子竟如此猖獗，到了无法无天的程度！

我问史国枢："我们能去他牺牲的那个地方吗？"

"你们要是想去，我让州委安排，尽可能让你们进去看看……"他停顿了一下又说："不过，快过年了，到了以后再看，是否真有进去的必要。州县上大部分人都已放假回去过年了，留下值班的没几个人，车况、路况都不太好……要是工作需要，必须进去，我们一定想办法让你们进去看看。"

我赶紧接过话说："当然得进去看看，他死在什么地方都不清楚，我们怎么写报道啊？"说这话时，我好像担心他会反悔，收回刚才的话。贺棣葆转过头看了我一眼，也说："能进就进去看看啊。"表示他也赞成去现场。

史国枢是青海湟中人，一口地道的青海方言，我就跟他说青海话。

从西宁讲到玉树,史国枢一直在讲述我们这个采访对象的事,事无巨细。当时,我还想,一个州委书记对自己的一个下属能熟悉到这个程度,不是一件容易的事。

史国枢一路不停地讲,我们一路细细地听。快到玉树州府结古时,我们对这个人的事迹有了一些基本的了解,名字也记住了——杰桑·索南达杰,再也不会忘。

那时候没有录音笔,必要时用装磁带的录音机,我没用过——车上也不方便记录。过去20多年,史国枢所谈到的很多事情、很多细节已经记不太清了。一些梗概也是后来补记的。

从史国枢的讲述,我们得知,这个叫杰桑·索南达杰的人,曾当过人民教师、县文教局副局长、乡党委书记、西部工委第一任书记。最后,为保护藏羚羊死在了可可西里……

"我认识他的时候,他在索加乡当书记,还跟他一起去了一趟索加……从那之后一直有工作上的联系。"史国枢说,他身材高大健壮,有勇有谋,是一个勇敢担当、敢闯敢干的硬汉子,也是一个疾恶如仇、性格倔强、脾气暴躁的人。

有好几次,谈起一些事情时,史国枢会突然停住,沉默半晌,不说一个字,神情凝重。感觉他也在一边回忆一边讲述,讲着讲着,可能有一些现场情景浮现眼前,心里有点乱,不免感伤,就停下,细细回忆和分辨,生怕遗漏了什么重要细节……

史国枢说，他也是刚从玉树回来，显然是回家过年的。我能感觉到，他对索南达杰的牺牲非常震惊，也非常重视。要不，他也不会在腊月年根专程从西宁再赶回玉树，去处理这件事。

那个时候，一到腊月，青海玉树、果洛等几个藏族自治州除了留在单位值班的个别人，大部分干部早早回家过年了。如果没有雪灾什么的突发事件，不过了正月十五，是不会回去上班的。

我就说："千里迢迢，你能专程赶回去处理他的后事，对他也是个安慰！"这不是客套话。

"不回去不行啊！一、这是我分内之事，在自己管辖的地方，出了这么大的事，我也有责任；二、省委很重视，尹书记（时任青海省委书记尹克升）昨天亲自打电话叮嘱，要引起高度重视，妥善处理这件事，要把他当成党的优秀领导干部的重大典型，好好宣传学习，你俩就是来完成这个宣传任务的，你俩的担子也不轻啊……"史国枢说。

我跟贺棣葆这才知道，这任务不是报社安排的，更不是我们记者部的安排，而是省委书记的安排，他安排玉树州委和青海日报社，安排记者是青海日报的事。

第二天往治多的路也不好走，200多公里路走了大半天。史国枢没去治多，我们是搭乘玉树藏族自治州副州长马占魁的顺车去治多的，他代表州委、州政府先去处理眼前的事。马占魁是土生土长的玉树人，曾任治多县县长、县委书记，离开治多时间不长，在州政府分管农牧业工作，与我们的采访对象多有接触，在车上他又继续给我们讲他的故事。

在前往玉树、治多的路上，我对自己说，你这是去寻找曾经活着的这个人。他已经不在了，你要到哪里寻找？能找得到吗？说心里话，我并不知道。

抵达治多县城时，因为年关临近，外地在治多工作和生活的人都已经回家过年了，剩下的大都是当地人，原本也在等着过年。说是县城，也就是一条尘土飞扬的小街道，两旁散落着几小片不成规模的破旧瓦房。

可在这时，他们突然听到了索南达杰的死讯。街上见不到几个人，也看不到一点节日的气氛。走在街上的人都行色匆匆，听不见笑声，也听不见大声说话的声音。

整个治多草原的父老乡亲都在等一个人。

等他回来和他回来之后的几天里，我们一直在一个固定的会议室里，听很多人不停地讲述他的故事，回忆他的一生一世。会议室在一排旧瓦房尽头，四面都透着阴冷，牛粪炉火旺的时候还好，有时忘了添加牛粪，火下去了，要是有谁进出门没有关严、像毡子一样的厚门帘没有拉好，一股冷风吹进来，裹着皮大衣都会打寒战。

从1月29日下午到2月4日，一个星期的时间，白天黑夜，我都在他的故事里，没有出来过。轮番到那个会议室给我们讲述这个人生前故事的人，大多是他不同时期的同事、同学、学生、亲戚和朋友……还有一些知情人已回家过年，不在县上了。

采访主要集中在每天上午和下午天黑以前进行。时间宝贵，上午说完话，中午吃点饭，来不及休息，又赶紧到那会议室说话。夜晚的治多县城漆黑一片，有条件的单位才用柴油机发电照明，整个县城没几盏路灯，出门得拿着手电筒。

每天一大早，我们都提前几分钟走到那个固定的会议室里坐下，而后，静静地等待他们——他们从不同的方向走向这里。

有一两个人进来，一坐下，我们就开始说话，每个人说完，便可以离开，也可以继续坐在那里，等想起什么了，再继续说。这样，会议室里总有很多人跟我们讲述索南达杰的故事，但却不是同一拨人。我发现，一些来得早的人说完了，还留在那里，感觉他们也想听到更多的故事。

当老师时，他救助过许多贫困的学生；遭遇雪灾时，他踏着厚雪去救助过孤寡老人；在可可西里，他总是把危险留给自己；为了群众的利益，他宁肯得罪上级领导；与盗猎分子发生激烈冲突后，他又设法抢救向自己开枪的伤员，最后，自己竟然死在了盗猎者的枪下……

那些天，我们费尽心思苦苦寻找，只找到了一张照片，是一张他在可可西里的工作照。据才仁说，是从他办公桌的玻璃板底下找到的，这是我们第一次看到这个人的相貌。照片上的人在画面左下方，是个侧影，戴着一顶礼帽，微微仰着头站在旷野上，高举一只手，指着前方。在辽阔天空和无边旷野的衬托下，身材魁梧、英俊潇洒。人像画面不够清晰，面部只看到一个轮廓，眼睛和表情看不大清楚。我去过他办公室，有点凌乱，文件柜里还有几份文件，地板上也散落着一些纸片什么的。给我们打开办公室门的人说，家里人刚整理完遗物，还没来得及收拾。

这是我们找到的第一张索南达杰的照片。

我和同事贺棣葆刚到寒冷的治多县城，听所遇见的每个人给我们讲述杰桑·索南达杰的故事时，他还在可可西里，在回家的路上，具体位置不详，只知道那里更加寒冷。

索南达杰一行7人，是1月8日夜里11点45分从格尔木出发前往可可西里的，出格尔木市区，已经是9日凌晨了。

出发前他从格尔木给妻子才仁发的那封电报上写着："1月9日离格赴可。索。"电报上没有归期。过几天就要过大年了，一家人都等着他回来过年。那几年，他几乎每年都是踏着年三十的夜色走进家门的。

可是，他再也没回来。

那是1994年，从1月8日深夜至20日，整整12天的时间里，索南达杰一行进入可可西里之后，再无任何消息。

20日上午，县委办公室突然接到一份加急电报，是西部工委秘书哈希·扎西多杰（扎多）从格尔木市发来的电报。从西部工委成立那天，他就一直跟在索南达杰身边，从未分开过。扎多在电报里说，索南达杰一行在可可西里接连遭遇盗猎团伙，已抓获嫌疑人十几人，收缴作案车辆和枪支若干，以及大量子弹和大批藏羚羊等珍稀野生动物皮张……请示该怎么办？

那段时间，县委书记陈德杰正好在省委党校学习，县委副书记、县长罗松仁青在家主持工作。一收到电报，县委办的同志就拿着电报去向他报告。罗松仁青盯着电报看了好几遍，一边看一边骂道："这些盗猎者也太嚣张了，就得狠狠地打击！"接着，抖了抖手中的电报说："这是一封捷报，没什么可着急的。时刻留意前方动向，一有消息立刻报告！"并叮嘱副县长才仁公保密切关注此事，随时准备接应！

才仁公保一边答应，一边又宽慰道："不会有事的。他（指索南达杰）有两个脑袋，别人能想到的他都会想到，别人想不到的他也能想到。"话虽如此，才仁公保却丝毫不敢大意，他即刻从县委组织部临时抽调了一个年轻干部到机要科，白天黑夜守在一部电话机旁，让他密切注意无线电台传来的任何消息。这个年轻人就是文扎。

20日下午再无任何消息，20日一夜还是没有消息，21日上午仍无动静。按理说，索南达杰一行应该押解那群盗猎者已经走出可可西里了，不会没有消息。这事蹊跷。不能再等了，罗松仁青和才仁公保决定，迅速组织接应和救援。

22日一早，还将案情上报玉树州公安局和省公安厅。

省州县公安系统和武警部队随即展开行动。当天夜里，治多县及邻近的曲麻莱县和格尔木市组织的三个救援队奔赴可可西里，去救援索南达杰一行。

经再三斟酌，三支救援队的会合地点选在五道梁，这里是进出可可西里最重要的通道口。治多救援队一行14人分乘三辆车——其中一辆是卡车，两辆吉普，23日凌晨1点30分从治多县城出发，经曲麻河前往可可西里。23日晚8点前赶到五道梁，与曲麻莱和格尔木救援队会合。

他们赶到时，由六名武警和四名公安干警组成的格尔木救援队已经先期抵达，去格尔木护送伤员的扎西多杰（扎多）他们也随救援队返回到那里。晚8点，由九名武警、公安干警和一名医生组成的曲麻莱救援队也准时赶到五道梁会合点。

三支救援队当晚在五道梁待命，商量下一步的救援计划。

24日，救援队接到玉树州救援指挥部命令：曲麻莱救援队原地设卡，拦截有可能潜逃的嫌犯和可疑人员；其余两支救援队合成一队，下午2点30分，从五道梁进入可可西里，昼夜兼程，一路向西北莽原挺进。扎多担任救援向导。

这个季节，可可西里无边的山野已经冻结成一块巨大的冰块，严实地扣在无边无际的莽原上。救援车队从上面驶过，如果不仔细察看，很多地方竟然看不出丝毫痕迹。这也是开展反盗猎行动时经常陷入困境的原因。

分明已经发现盗猎者的行踪,走着走着却不知去向,所有的踪迹会从眼前诡异地消失。有时候,走很远了,盗猎者的踪迹会再次出现;有时候,搜寻好几天,那踪迹却再也不会出现——好像它突然就从眼前消失了,无影无踪。

根据扎多的回忆,25日,他们继续赶路。约下午3点30分,救援队赶到卓乃湖边上,这里是高原精灵藏羚羊每年集中产羔的地方。湖边停着一辆东风大卡车,车牌号是39—02222,门徽上写着"格尔木市气象局"。扎多说,这是索南达杰他们此次进可可西里时从格尔木花钱雇的车辆。车上有四个袋子,是索南达杰进可可西里时带的被褥、皮大衣等行李物品。几个袋子均沾满血迹。一种不祥的预感压上心头。

又往前走了很长时间,快到马兰山口的干河滩时,迎面驶来一台手扶拖拉机,他们停车,拦住拖拉机询问情况。上面坐着三个人,都是海东金农——当时在可可西里淘金子的农民,他们有一支小口径步枪,被公安当场收缴。

据这三个人说,索南达杰已经死了,对方也被打死一个人。

这个消息如同晴天霹雳!救援队受到沉重打击!扎多更不敢相信这会是真的!

他是怎么死的?在什么地方?当时究竟发生了什么样的变故?还有,其他同伴没在一起吗?有太多的疑问,这三个人都说不清楚,他们只说,在里面(指可可西里)见过西部工委的人——他们还在里面。这些消息是听工委的人亲口说的,应该是真的。

这是大家最担心的事。对此,可可西里之外的人们还毫不知情。救援队很想在第一时间把这一不幸的消息传出去,但是毫无办法,无线电台接收不到任何信号。一切只能等找到索南达杰,回到五道梁再做进一步的打算。

这几个人还提供了一个重要的搜救线索:与索南达杰一起的其他四个人在太阳湖附近的四道沟里,住在守金窝子的金农的帐篷里,等待救援。这是个重要的消息。于是让他们带救援队进山,去那个金窝子,找那四个人。

一直走到四道沟口——穿过这条山谷就是太阳湖。远处有一辆吉普车,那三个金农说,那是索南达杰的车,从远处就能看清,车窗玻璃都还完好。

四道沟是一条狭窄险峻的河谷,易守难攻,只要有一人把守谷口,就能抵挡一支大队人马。他们开始进四道沟,刚进入谷口不远,路边还停着一辆东风大卡车,装着满满一车藏羚羊皮。

往里两三公里,发现河谷有一顶活动帐篷。这季节,这里的平均气温接近零下40摄氏度,风速达每秒15米以上,属奇寒之地。但凡对当时可可西里的情景有所了解的人都知道,这时节,除了守金窝子的人和盗猎者,不会再有别人留守在这里。离帐篷不远有一辆北京吉普,右边的后轮胎已经被卸掉。

车开到帐篷跟前,从里面出来几个人。有两个是金农,另外四个人是此次跟随索南达杰一起进可可西里的队员。

这时，天已经黑了，是25日晚上。

直到此刻，救援队对案发过程中的很多事情依然所知甚少，亟待了解清楚。除了寻找索南达杰，他们又多了一项重要使命，就是对案情做出尽可能详尽、客观和准确的调查。救援队决定在这里住一晚，第二天继续赶路，去寻找索南达杰。

有的人开始扎帐篷，治多救援组组长、县公安局局长才仁拉加和格尔木救援组的人开始向西部工委的四个人了解案情。有人试着用无线电台与州县指挥部联系，想了解一下外面的动静，一直无法取得联系。离他们扎帐篷的地方不远处还摊放着50多张藏羚羊皮，156张沙狐皮。那是生灵被屠戮后血淋淋的现场，惨不忍睹。

索南达杰一行此次收缴的1231发半自动步枪子弹、6发火药弹、约1公斤铅弹、2支小口径步枪等，已被西部工委的四个人带到此处保管。

扎好帐篷，简单吃了点东西，救援队一行开始研究下一步的行动。据小靳（靳炎祖）他们几个人的讲述，索南达杰遇难的地方就在太阳湖西岸，是18日晚天黑了出的事。

他们说，找到他的遗体时，他冻僵了的躯体还保持着推弹夹射击的姿势，身上落着一层白雪，像一座冰雪雕像。

他们原本是拉着索南达杰的遗体一起出来的。

19日，当时剩下的三个人开着一辆卡车，已经拉着索南达杰遗体往回走了。走到卓乃湖边,发现了被一盗猎团伙开走的格尔木市气象局的那辆东风车,几个人担心又遇上那一伙盗猎者,便急忙掉头往北走,在经过红水河时,车陷入冰河,动弹不了,几个人没办法,就把车放在那个地方,走到了四道沟这里。没想到,前一天走散的另一名西部工委人员也已到了这里。

索南达杰的遗体与缴获的一车藏羚羊皮都还在车上。一个人的遗体、一堆藏羚羊皮,同在一个车厢里,都冻成了冰疙瘩。这个人活着的时候曾去拯救藏羚羊种群,死后却跟一群惨死的藏羚羊在一起。在现实世界里,体毛早已蜕尽的人类都喜欢用动物的皮毛来温暖自己。在另一个世界里,那群藏羚羊是否会用自己已然冰冷的皮毛给他一些曾经的温暖呢!

那具遗体已经不是那个人,那堆藏羚羊皮也已经不是一群藏羚羊。它们都已成皮囊,寒冷或者温暖,在现实世界里已经没有任何意义。生命已经没有气息,有的只是生命死亡后留下的依据——除了鲜血,皮囊遗体是死亡唯一的依据。没有死亡现场——死亡本身也不需要现场,死亡是一个开始的结束,也是一个结束的开始。

那一夜,救援队一行20余人的心情都格外沉重。

帐篷里面,每个人的脸上都罩上了一层悲伤和凝重。帐篷外呼啸的寒风像鬼哭狼嚎,阴森恐怖。一弯残月从天空东南的一层乌云边缘探出头来,冷冷地俯瞰苍茫大地。

那些依然璀璨的星斗眨着眼睛疑惑地望着山谷深处的这几顶帐篷，与里面昏暗飘摇的烛光形成巨大的反差。

从16日晚到25日，除了两三个晚上睡了一会儿，扎多已经五六天没合眼了。他不敢闭上眼睛，一闭上眼睛，索书记那张满脸大胡子的脸庞就会贴近他，还跟平日里一样，一脸威严，像是又有什么事要给他叮嘱。

有一两次，他像是睡着了，又像是醒着，迷迷糊糊地看见索书记走过来，对着他大吼："你的备用弹夹呢？"这是那天下午与盗猎分子发生枪战时，索南达杰对他吼的一句话。

他惊醒了，睁大眼睛看，眼前什么也没有，再看帐篷门帘，又仿佛看到索南达杰刚从那里出去——好像还回头看了他一眼，目光冷峻，像一道寒光，像黑夜里狼的眼睛。

一骨碌坐起来，细听，远处似真有狼的嚎叫，悠长、辽远、悲凉。伴随那声声嚎叫，他感觉自己灵魂深处的某个地方似乎正在被撕裂开来，循着夜色莽原四散而去。他似乎听到自己骨骼断裂的声音，因而仰首长叹，两行泪水滚落……

第二天——1月26日晨，救援队兵分两路，一路直奔太阳湖案发现场，一路原地掉头往回走，在四道沟口会合。会合之后，才收拾索南达杰他们的那辆吉普车，再从那里折回，去红水河陷车的地方，寻找索南达杰。

26日下午三四点，他们找到了索南达杰遗体。把陷入冰河、被冰坎卡住的卡车拉出来，再把车上的藏羚羊皮重新装好，修好车，开始往回走。

当晚五六点，他们才开始往卓乃湖方向返回。夜里 11 点左右抵达那辆气象局大卡车跟前，开始修理这辆车。凌晨 3 点车还没有修好，可能到 4 点以后了，车突然发动着了，发动机的轰鸣声在旷野寂静的黑夜里像一群猛兽的狂啸怒吼，那喧嚣让人振奋。

可接下来的一幕，又让他们沮丧万分。他们忍着奇寒，折腾大半夜，精疲力竭，终于发动着了卡车，却发现，水箱是漏的。车根本没办法开回去，临了，还得扔在那里。大半夜的心血白费了。

27 日凌晨 5 点，他们从卓乃湖边启程返回，往五道梁。不足百公里的路，整整走了 10 个小时，下午 3 点左右才赶到距离五道梁 70 公里的地方，曲麻莱救援队的人已经等候在那里接应。同时来接应的还有治多县派出的第二支救援队。

得赶紧把前方救援进展情况和索南达杰牺牲的消息报告后方。幸好这里还有无线电台信号。从省城到玉树、到治多，有很多人在眼巴巴地等待他们的消息。

几天来，文扎时刻守在治多县救援指挥部电话机旁，焦急地等待前方的消息。23 日晚 8 点多，三支救援队抵达五道梁后用电台传来过一个消息，之后再没有任何消息。24 日一天一夜也没有消息。25 日还是没有任何消息，治多县又紧急派出第二支救援队，奔赴可可西里。

又一天过去了——26 日还是没有消息。27 日也过去大半天了，依然没有消息。文扎说："那几天时间过得特别慢，天亮了等着不黑，天黑了等着不亮，一分一秒都是一种煎熬。"27日下午3点多，终于有消息了，等来的却是一个噩耗。

听到前方的救援消息，玉树指挥部命令救援队伍当晚在五道梁待命。几支救援队、十几台车、近50人的队伍即刻启程，返回五道梁，夜里11点，抵达目的地。

索南达杰的牺牲时间是1月18日晚。因为受交通、通讯等条件所限，时隔9天之后，才接到确切消息。一个噩耗，一个不幸的消息经过9天时间才从那莽原深处传到外面的世界！

也许因为大家等待的时间太长了，突然听到这个消息，都不敢相信。

那天下午——距离五道梁发出电台报告的时间顶多过了一个小时，索南达杰的妻子才仁就听到了这个不幸的消息。她先是惊讶，而后平复了一下情绪镇静地说："不会！这样的事绝不会发生在他身上。"她了解自己的丈夫，他不仅胆识过人，还有计谋和智慧。即使在平日里，他都有很高的警觉性，面对危险，面对一群歹徒，他不可能放松警惕发生这样的事。

可不幸真的已经发生了。

才仁听到这一不幸消息的时间，也是我们接到去治多采访通知的时间。

28日中午12点，治多县公安局局长才仁拉加带领救援队一部分人与格尔木救援队一起前往格尔木方向继续执行侦破追捕任务；一部分人继续驻守五道梁，拦截盗猎分子，扎多也留在那里，其余人护送索南达杰遗体前往曲麻莱县城。

往回的路也不好走。经过 20 个小时的连夜跋涉，29 日早上 8 点多，护送索南达杰遗体的人才回到曲麻莱县城。救援队一行，连续八天七夜没喝上一口热水、没吃上一口热饭，除了两个晚上睡了一会儿，都未曾合过眼。

他们回到曲麻莱时，治多县一名副县长和县政协一名副主席奉命前来迎接，他们带来了县委县政府的意见：要在曲麻莱对索南达杰遗体进行全面认真的检查，仔细清理包扎伤口，清洗满身的血迹，再给他换上一身干净的衣服，好让他干干净净地回家。

曲麻莱县医院在仔细查验他的伤口时发现，尽管全身多处受伤，但致命的伤口只有一处。他左大腿根里中了一枪，从伤口取出来的是一发"五四"式手枪的子弹。子弹几乎击穿了左臀部，打断了左腿大动脉血管。死亡原因是失血过多。

这是黑色的 11 天。

30 日，他才离开曲麻莱，回到治多……

记得是从 1 月 29 日开始，治多县所有僧人都自愿聚集县城，连续七天七夜点燃千灯、诵经，为英雄的亡灵超度——这也许是有史以来第一次由一群僧人为一个无神论者送行。

1994 年 2 月 3 日，治多县电影院里挤满了人，前厅和主席台上都摆满了花圈。杰桑·索南达杰追悼会在这里举行。现场摆着他的遗像，一张接近正面的黑白半身像应该是他更年轻时照的，这是我们看到的索南达杰的第二张照片，图像清晰，黑白反差对比度高。他身穿中山装，上唇的两撇小胡子短且淡，浓眉大眼，一个英俊的康巴汉子略带微笑望着每一个进来的人。一个人的形象这才第一次清晰地印在我们的脑海里。

这座小小的草原县城，总共只有两千多人口，临近年关，约一千人已回家过年，却有一千多人参加了这场追悼会，为他送行。除去回家过春节的人，整个县城几乎所有的人都来了。

没有人通知，没有人要求，他们都是主动前来，为他们的好书记、好师长、好兄弟、好儿子送行。他们胸前都佩戴着自己精心制作的小白花。

腊月的治多寒冷无比，县招待所房间的木门变形关不严实，早上醒来，门缝里结着冰，门都打不开。暖瓶可能不保温，早上醒来，夜里烧开灌到暖瓶里的开水结成了冰疙瘩。

我平时少有感冒，在治多却感冒了，烧得厉害，还一阵一阵地咳嗽，咽喉发炎，痛得厉害，一说话就刺痛。也可能在西宁已经感冒了，到治多加重了。采访时，我嘴里一直含着药片。我知道，在海拔4000米以上的地方，这很危险。很多人从低海拔地区突然到这么高的地方，能坐着好好喘气都有点困难。

2月1日深夜，贺棣葆老兄一定要陪我到县医院急诊科打点滴，裹着厚厚的皮大衣，戴着皮帽，捂着耳朵和脸，穿一双翻毛大头皮靴，套着长长的皮手套，就去了。可能因为穿得太厚重，捂得又严实，走在昏暗的大街上，头重脚轻，晕。过路边的小排水渠时，差点一头栽倒，幸好贺棣葆老兄在身边，一伸手就把我搀住了，一直扶着我走进医院。灯影里，我们两个的影子像两头笨熊。让我们变成笨熊的这些装备都是从报社后勤科借的，却没带任何急救药。可能行前我嗓子有点不舒服，带了几小袋现成的润嗓含片。那几年，我嗓子经常不舒服，身上总是带着含片。

躺在县医院急诊科简陋的病床上，一量体温，都快40度了。整个急诊科没几个病人，狭小的病房里只有我跟贺棣葆老兄两人，像一对难友。给我打针的护士说，已经很危险了，医生建议，最好住下来观察几日。

我们说不行，还有事。她说，啥事比自己的身体还重要，我们就说到了索南达杰。她看了一眼，没再说啥。我打点滴时，贺棣葆老兄找医生开了一堆药，其中有一种药是喷嘴里的，雾化剂，说可以有效防止肺部和胸腔感染，以免引起肺气肿、肺水肿等高原病。听起来很恐怖。

浑身上下的疼痛好像一下加剧了，躺在床上都感到晕。好像我感受到的不是我自己的病痛，而是治多草原的疼痛。好在，这次只是感冒，我从小就有的心脏病没有发作，或者没有严重发作。医生问我病史时，我也只字未提心脏的事。

穿白大褂给我打点滴的护士，正忙中偷闲在精心制作一朵小白花，说后天是杰桑·索南达杰的葬礼，她要去送行，那朵白花是特意为他准备的。她身前的一个瓷盘里已经放着好几朵小白花，可能是别人做好放在那里的，也可能是她替别人做的。做小白花剪出来、剩下的碎纸片也都小心地堆放在瓷盘里，一片也没撒出来。

灯光下的这一幕令人感动，灯影里，穿白衣的人像天使。

我问白衣人："你认识他吗？"

白衣人回答："不认识，也没见过。听说是一个愿为一群藏羚羊去献身的人……就想去送送他！"停顿了一下，她又说："听到世上还有这样一个人，就像听到了自己亲人的消息，突然走了，谁都会心疼！"

说着，白衣人晃了一下，形象渐渐模糊。我感觉自己在犯迷糊，有点神志不清，似乎出现了幻觉，有影影绰绰，在眼前晃来晃去，像盗猎者……

那一年治多县几乎所有藏族人家都自行为索南达杰守夜，没有过年。整个治多草原一片悲痛！它好像真的病了。

索南达杰之死

他生命最后 11 天所经历的事情，基本上是清楚的。除了个别地方我们还有一些疑惑之外，整个过程的脉络是清晰的，前后的逻辑也没有太大问题。

现在的问题是，我们对现场的情景依然一无所知，或者说，我们还没有抵达现场。没有看到可可西里，也没有看到太阳湖。我们听到的可可西里和太阳湖只是两个地名，却并不知道那是个什么样的地方。

对采访报道来说，现场至关重要，在场和不在场有质的区别。何况，那还不是一般的现场，是盗猎者横行霸道的地方，是疆场，是英雄的牺牲地。对后世子孙，那是个要去祭拜的地方。

可我们去不了可可西里，更到不了现场。

自从抵达治多，再没人提让我们去英雄牺牲地实地采访的事。我却一直惦记着可可西里，心存一线希望，希望能够抵达现场，哪怕只是看上一眼。

几次跟县上的人谈及此事，表示我们还是想到现场去看看，虽然没有遭到直接拒绝，但也是婉言相拒了。说只为了看一眼现场，舟车劳顿，耗费大量精力，必要性不大。

他们还说，里面的人也都已经出来了，要了解现场，等方便的时候，让他们给你们讲讲。还有一点，过了这么多天，所有的痕迹都已经被风沙抹掉，即使去了，也什么都看不到……他们眼里的现场跟我们想的不一样。

去现场看看的希望越来越渺茫。我们只好继续找人坐到会议室里，说话。

人们讲述的现场，也并非真实的现场，讲述者和倾听者都不在场。时间地点都不对，我们都在另一个时空里。更糟糕的是，对现场的描述者大多也没到过现场，他们只是在转述。对一个记者这是一种痛苦和折磨，你总是靠人们的讲述，在想象中试着还原一个又一个场景，再将所有在每一个场景中出现过的人试图放回到一个历史现场中去，让他们走动、说话、冲突、打斗，以至牺牲。

没有具体的场景描述，甚至没有情节，有的只是总结体语言，都是一番思虑之后得出的一个结论，一个定论。没有表情、情绪、疼痛，也没有风霜雨雪和在荒野艰难跋涉的具体细节。一个人苦苦挣扎、视死如归的一天最后就只剩下一句短语，一个人跌宕起伏、波澜壮阔的一生最后概括成了一段话。

你发现，把几个人的讲述放在一起时，有很多地方是对不上的，甚至是相互矛盾的。这里面某个地方、某个环节上肯定是有问题的，你所能做的就是去寻找更多的讲述者，就同一个片段不断加以复述，求同存异。

最好讲述的是他生前生后22天的故事，因为它离我们最近。人们对这22天某些片段的记忆依然是清晰的，或者还没来得及提炼成一个结论、一个总结。

我们之所以把所有注意力都集中在他生命最后的11天，也是这个原因。

这11天导致了一个人的死亡，它时时刺痛着我们的神经，每一天都无法轻易忘却，好像那就是他在可可西里的全部。

我们必须倒回去，看看这11天里究竟发生了什么。

是的——那是1994年1月8日，夜里11点45分，杰桑·索南达杰一行从格尔木启程前往可可西里，这是他最后一次进可可西里，也是他任西部工委书记之后的第12次可可西里之行。

任西部工委书记不到一年半的时间，他在可可西里的时间长达354天。

以他回到曲麻莱县城前的日子算，他这次在可可西里总共度过了 22 天。这 22 天正好分成了两个 11 天。其中，前 11 天是他活着的时候，是他生命最后的短暂时光；后 11 天是他牺牲以后在可可西里的时间，是他死后依然待在可可西里的日子。

两个 11 天，阴阳相隔。上一节文字记述的是后 11 天里发生的事，这里要讲述的是他生前的 11 天——这 11 天里发生的事惊心动魄。

无论在什么样的讲述中，索南达杰生命最后的 11 天都是整个故事最引人注目的核心部分，其余都像是铺垫。如果没有了这 11 天，索南达杰就成不了英雄。可是，对索南达杰来说，这 11 天只是他生命最后的短暂时光——没有了这 11 天的索南达杰依然活着。

什么意思呢？索南达杰牺牲时差 3 个月才满 40 周岁，总共 14510 多个日子，11 天只是他短暂人生的一千三百一十九分之一。对于他的人生，这 14500 个日子更加宝贵。

任何一个人都会说，活着比什么都重要。如果自己能选择，世上几乎所有的人都不会主动放弃活着的权利。唯英雄除外，他们之所以选择赴死，是为了让别的生命更好地活着，为了世界的安宁，是就义。

如果那 11 天不是最后的日子，而是最初的日子，那么他还在襁褓中，刚刚睁开眼睛，连这个世界是啥样子都还没看清。可是，我们依然不会在这 11 天之外截取另一个11天来讲述他的故事，比如他在治渠河谷的童年时光、他在索加的日子。即使讲到，也是为了给这最后的11天做更多的铺垫，好像他所有过往的存在都是为了等待这11天的来临。但是，如果没有那14500个日子，还会有这11天吗？

没有最初就不会有最后。活过一生才是死亡。

我们之所以铭记这最后的11天，是因为他的不幸！

他身后，这不幸却成了他的光荣！

他把光荣留给了这个世界，自己却去了另一个世界。

索南达杰在任西部工委书记一职前，已经是治多县委副书记，另外还有一个后来往往被忽略的头衔——治多县可可西里经济技术开发总公司总经理。

西部工委是中共玉树州委、州政府实行改革开放、贯彻落实国家发展战略的一个重要决策，是治多县委、县政府的一个派出机构，是一个副县级建制的行政机构。西部工委并不是一个反盗猎组织，更不是一个环保组织。

这是一个关键的伏笔，先搁在这里，相关的叙事将在后文慢慢展开。

根据我们在青海日报刊发的长篇通讯《高原魂》《可可西里壮歌》[1]和我的采访笔记，现将那11天的经历复述如下：

---

[1] 分别见1994年7月28日、1995年2月15日《青海日报》。

1月8日深夜，索南达杰带着西部工委3名干部扎多、靳炎祖、才仁扎西和司机韩伟林，向导马耀忠（音）、临时雇佣格尔木气象局卡车司机张金山一行7人、2台车，随队挟带"七九"式冲锋枪2支、"五四"式手枪2支、"七七"式手枪1支，"五四""六四"子弹300发。他们出格尔木，走南线前往可可西里。

他们此行的目的是，根据县委、县政府安排和省农林厅、省黄金管理局的委托，进行县界勘察和矿产资源调查，为保护和合理开发利用那里的矿产资源，为摸清那里的野生动植物资源状况以及盗猎现象继续搜集和补充第一手资料，为下一步开展资源开发和生态环境保护提供科学依据。还有一个重要的使命，就是打击非法盗猎藏羚羊犯罪活动。

出格尔木不远，9日凌晨，在青藏公路西大滩附近的岔道口，他们发现有很多手扶拖拉机留下的辙痕，索南达杰示意跟过去察看究竟，未果。

9日正午，他们抵达海丁诺尔湖边，发现那里有一顶帐篷、一辆手扶。帐篷里面，有几个人正在睡觉。经过查询，知道这是一伙刚刚进入此地的盗猎分子。他们从帐篷里搜到2支小口径步枪、3000发子弹。索南达杰当即决定没收了枪支弹药。考虑到盗猎人员中有病号，手扶暂不没收。经说服教育后，责令其马上离开可可西里，返回原地。索南达杰一行继续前行，当晚抵达库赛湖西岸宿营。

10日早晨，索南达杰让司助人员就地休息守候，其他工作人员到一些采金点巡查。下午2点，他们在库赛湖南边发现一个采金窝点，有一辆东风车，一辆北京吉普。搜查中找到2支小口径步枪、1支改装的半自动步枪和3400发子弹。没收了枪支弹药之后，除让东风卡车和司机留下听用外，让其他非法采金、盗猎人员限期离开可可西里。

第四天，继续西进。离豹子沟3公里处，又遇到一个盗猎团伙，共7人。查获了一些捕杀野生动物的毒药和73张国家三级保护动物沙狐皮。清理完现场之后，他们就地宿营。

12日，他们又西行30余公里。搜集到一些有价值的数据和资料。索南达杰在科学考察地图上又添加了很多标记。

次日清晨，他们正要准备出发时，突然听到一阵手扶拖拉机的响声，循声追去。在一条沟口上截住手扶，查获8个人的一个盗猎团伙，收缴小口径步枪1支、火枪1支、200发子弹、许多火药和毒药。没收了160张沙狐皮和20余张狐狸皮。当晚，索南达杰一行赶到大雪山东麓，进行了一些地界勘察活动。

这一夜，草原上汽车和拖拉机的轰鸣声一直没有停过，感觉他们不是在号称"无人区"的旷野，更像是在一个交通要道。那些车熄灯摸黑行进，空旷无际的草原上很难辨别出声音的方向，好像到处都有汽车和拖拉机在行驶。他们几次起来仔细察看，都没看到车影。

14日——这已经是第七天了——他们继续西行。这一天，他们在太阳湖四道沟又捣毁一个非法采金、盗猎的团伙，查获2支小口径步枪、200多发子弹和10吨炸药。

这一天，索南达杰的慢性肠胃炎开始剧烈发作。进可可西里以来，他一直坚持自己担任司机，和以往每一次进可可西里时一样，他紧紧地握着方向盘，眼睛直直地盯着前方，不时地吞进一大把干酵母片。他又开始"绝食"了。以后的几天里，他一直没吃过东西，没喝过水，直到他生命的最后。

第八天，他们进到海拔6000多米的大雪山西部，住在离鲸鱼湖20公里的地方。一天无事。

1月16日，他们抵达青海、西藏、新疆三省（区）交界处的鲸鱼湖—魏雪山一带，基本完成了地界勘察任务。约上午11时，他们正要准备返回时，隐隐听到一阵汽车的马达声。稍事准备之后，第一辆汽车已经朝他们开过来，越来越近。那是一辆吉普车，没能拦截住，便鸣枪警告，车还是没停，继续向前疾驰而去。

　　这时，第二辆吉普车奔驰而来，费尽周折，终于拦住了。接着，索南达杰又带着两个人去追前面的车，剩下的人又堵住一辆卡车，上面装着近400张藏羚羊皮。前面逃跑的那辆吉普车也追回来了。这个盗猎团伙一行8人全被扣押。

　　看着那些血淋淋的藏羚羊皮，索南达杰心疼得直想哭。野生动物的生命也是生命啊。他做梦经常梦见一群群藏羚羊在草原上纵情驰骋的情景。它们是人类的朋友，我们不能把枪口对准自己的朋友啊！他不能忍受这样的罪恶竟发生在自己的眼皮底下，发生在让他管理的这片土地上。人民既然把这片土地交给他管理和保护，他就要守护好这片土地，这是他的责任。

　　正在这时，又有一辆吉普车和一辆东风卡车迎面疾驰而来。他们赶紧鸣枪拦车，却没有拦住。两辆车从他们身边横冲而过。索南达杰被激怒了！他恨不得一枪打死这些戕害无辜生灵的罪犯。但他还是忍住了，他一定要把这些罪犯交给法律制裁。

　　追击时，他们迫不得已才从车上向逃跑的汽

车轮胎开枪，强迫停车，不慎将那辆满载羚羊皮的卡车司机马忠平的腿部打伤。这又是一个盗猎团伙，一行12人，查获1支火枪、1支改装的半自动步枪、9支小口径步枪、子弹3000发、现金万余元。

出于人道主义，担心伤病员的安危，16日当晚，索南达杰派遣扎多和才仁扎西两名主力队员，开一辆缴获的北京吉普，将抓获的盗猎者中患肺气肿的韩成英和受枪伤的马忠平两名嫌犯紧急送往格尔木救治。离开时，对受枪伤者的伤口还做了止血消炎的处理。

（临出发前，索南达杰叮嘱扎多，千万要记住，一到格尔木立刻给县上发电报报案，并简要口述电文所写内容。临了，还强调，案情所涉及数字可适当放小一点，别说那么大，以免引起恐慌。主要是向县委请示：一举捣毁好几个盗猎团伙，抓获一大群嫌犯，缴获若干涉案车辆、枪支和大量弹药、赃物、赃款，下一步该怎么办？并非请求救援。索南达杰从未想过，他们一行会走不出可可西里……）

17日晨，索南达杰一行让所有扣押车辆只留司机一人驾驶，其余盗猎分子都押解在一辆东风卡车上启程返回。这些罪犯开始软下来了，求索南达杰："请你高抬贵手，大事化小，放了我们。一切都好商量。"索南达杰回答说："你们是罪犯，我代表人民政府，我们之间没有商量的余地。"

在翻越大雪峰时，一直拖在后面的一辆东风卡车陷在雪坑里拖不出来，只好丢在那里，耽搁了时间，当晚，宿营大雪峰，难忍奇寒。这一夜，索南达杰曾3次走到工委干部和向导跟前，问他们的脚冻坏了没有，还亲自为他们脱鞋揉脚，怕他们入睡后被冻伤。这时，他已是两三天没吃没喝，两个晚上没合过眼了。

18日继续往回走，这是索南达杰此次可可西里之行的第十一天，他驾驶一辆东风卡车走在最后。行至太阳湖西岸时，索南达杰驾驶的这辆卡车左侧两个轮胎同时爆了。当时他还觉得奇怪，一面的两个轮胎怎么会同时爆呢？

那是盗猎团伙中的马学平趁人不注意，用刀扎破的。索南达杰毫不知情。盗猎者就是想把索南达杰和他的同伴们分开，好伺机行事。如果他们一直在一起，盗猎者就没有任何机会。

他被迫停车维修，因为他走在最后，前面的人不知道发生了什么事，别的车辆继续往前。索南达杰便指示身边仅留的一名工委干部小靳（靳炎祖），乘坐一辆吉普车追上去，截住其余车辆，停止前行，就地烧水做饭，并让雇佣东风卡车返回救援。

傍晚8时许，从太阳湖西岸绕到南岸，小靳才截住前面的车辆，让他们烧水做饭，让东风车回去接应索南达杰。这时，在前方的太阳湖南岸，18名盗猎分子开始在车上用喷灯烧水。

夜幕已经降临了，呼啸的寒风如鬼哭狼嚎。

夜幕下，一场阴谋正在偷偷地酝酿着。

盗猎团伙中，开始有人议论："这次我们损失太大了，猎物和钱全没了……"

根据后来的案情侦察记录，这个人当时还曾提议："我们将来肯定还要被判刑，干脆逃跑算了。"

马忠孝坚决反对："不行，我弟弟（指受伤的马忠平）还在格尔木。我们跑了，他怎么办？"

"要不，我们把他们几个统统捆起来，把枪都抢了。然后，救出马忠平，再跑。"有人提议。

"好！就这么办。"大家都觉得这个办法好，齐声响应。

几个头目分了一下工，哪个指挥捆干部，哪个指挥抢枪，然后分头传达，伺机行事。他们心里都清楚，必须在索南达杰赶来之前，把一切都准备停当，否则，谁也别想跑掉！虽然此前他们还不曾与索南达杰的队伍正面交锋，但是对这个人的胆识他们早有耳闻，如果明着干，他们肯定不是他的对手。

几个罪犯端着烧好的水，走到工委干部和雇佣向导的车前让他们喝水，说："喝口水暖一暖……"话音未落，便一个猛扑，将两名干部扑倒在地，死死绑住，塞住嘴巴，打昏后塞进了车厢。抢走了被收缴的所有枪支弹药、财物和一把"五四"式手枪。

草原又恢复了平静，好像什么也没有发生过。

当索南达杰修好车，赶到这里时，天已经很黑了，几乎什么也看不清。

突然，车灯齐亮，只见几辆大小车辆一字儿排开。只有一个大高个站在一辆大卡车下。他认出那个人是马忠平的哥哥马忠孝。却不见其他人，也看不到自己的同伴。

索南达杰感觉不妙。随即停车，拔出随身携带的"五四"式手枪，下了车。这时，他发现自己已处在危险之中。"太大意了。"有人听到他说话的声音，不知是责怪自己还是责怪自己的同伴。

要是他乘坐的车不出故障，不落在后面，就绝不会出现这种情况。他意识到这是盗猎者设下的陷阱，自己中计了。

这时，站在东风车下的马忠孝向他慢慢走过

来。一边走一边还跟他大声说话，突然闪到身后，将他死死抱住。也许是气极了，已有三四天没吃东西的索南达杰，也不知哪来那么大力气，一转身就把那个大高个摔倒在地。随即，举手开枪，那人便不动了。

他还没回过神，刚要抬头看时，枪声已响成一片。

一颗颗子弹呼啸着从他耳边飞过。他也迅速还击。这时，一颗子弹从后面击中他的左大腿，左腿好像断了，身子剧烈地晃了一下。他拖着受伤的左腿，忍着剧痛从一辆卡车的右侧绕到了左侧。可他再也支撑不住身体，一头栽倒在那里。

鲜血从他伤口涌出，染红了身下的土地。

倒在血泊中时，他还在还击。子弹打光了，他又掏出一梭子正要往上推时，他怎么也使不上劲儿。一连几天没吃饭的他刚刚还能一翻身摔倒一个壮汉，可只一会儿工夫，却没有力气把小小弹夹推上去。后来，人们找到他的遗体时，他还保持着推子弹准备射击的姿势，怒睁双眼！

他倒下了。任凭寒风吹打，也不肯闭上那双疾恶如仇的眼睛。

他们没看到，索南达杰倒在血泊中，身上的血已经流尽，鲜血染红了大地，也染红了双腿、腹部以及胸膛，尔后被冻结成鲜红的冰。雪落在上面，鲜血也染红了白雪。他依然高昂的头顶也落满白雪，鼻子、嘴唇和下巴的胡子上挂着冰凌……

那些罪犯却逃之夭夭。他的几位同伴也被绑架失踪，不知死活。

草原上只留下他一个人，孤独地倒在那里，像一个睡着的孩子。

生命的最后 11 天，他在可可西里的跋涉就以那个姿势成为定格的历史。后来人们找到他时，身上落着一层薄薄的雪，鲜血也已被白雪覆盖，血透出来，让白雪一片殷红，格外耀眼。

在鲜血染红的雪原上，他已变成了一座冰雪雕像。

一座雕像。

后来有关索南达杰的所有文字（包括文学作品）中都有这四个字。影视作品中也都有用这四个字还原的现场画面。电影中索南达杰的扮演者郭碧川爬卧在雪地里，身上落着一层白雪，眉毛和头发上都是雪花。因为雪的缘故，画面基调呈淡淡的蓝。他抬着头，怒视前方，手中的枪口对准了前方，镜头突出了他的双眼和黑洞洞的枪口……

我感觉这画面不真实，一看就是一个表演，一个在舞台上摆出来的形象造型，太假。也许真实的现场原本就无法复原，除非你就在现场，就是亲历者。

事实上，我们都不在场。索南达杰变成一座冰雪的雕像时，身边没有一个人。第二天，他失散的三个同伴才在太阳湖边找到他，并确认他已经牺牲。当时，他们尽一切努力，想把英雄的遗体尽快运回治多。

他们把他抬到了一辆卡车里，与那些血淋淋的藏羚羊皮放在一起，开始往回走，走到卓乃湖边，过一条冰河时，车陷入冰河卡住了，动不了了。

等救援队找到索南达杰时，他早已不在现场了，至少已经不在案发现场。现场已经移位，这就像是案发现场遭到了破坏。我们看到的是一个陷车的现场，那里并没有发生枪战，也没有发生命案。

也没人再回到那个至关重要的现场，或者即使回去了，也不一定能找到什么，可可西里的风沙和冰雪会掩盖一切。再往后，即使有人经过那里，即使仔细搜寻，也找不到任何蛛丝马迹。后来，对那个历史现场所有的叙事都源于他同伴的描述。

索南达杰变成一座冰雪雕像时，送伤病员去格尔木救治的扎多他们还在路上。历尽艰辛，走了整整两天两夜，18日夜里，他们才走出可可西里，见到青藏公路。到五道梁时，他们早已精疲力竭。担心路上再出意外，他们在五道梁住了一晚。

第二天——19日夜里，他们才赶到格尔木，入住农垦宾馆。20日上午，把两名伤病员送去医院救治，一安顿好，扎多就发出了那封电报……

意外还是发生了，当扎多发完电报回到医院时，乘人不备，两名盗猎者从医院逃之夭夭……

扎多他们立即跟格尔木市政府取得联系，请求帮助。

两名伤病员能从医院轻松逃走，说明有人接应——很可能还有盗猎者在格尔木秘密活动。扎多他们随时会有生命危险，市政府一边将扎多和才仁扎西紧急转移至安全地方妥善安置，一边迅速实施抓捕行动。

抓捕未果，他们好像从格尔木蒸发了。

这时，治多县一名副县长已抵达格尔木，与扎多他们会合，安排他们吃了一口热饭。23日一早，让他们即随格尔木救援队重返可可西里……

索 加

采访继续。

听着人们断断续续的讲述,我们对索南达杰的故事也有了更多的了解,理性和感性的认识也在不断加深,但这个人的形象依然模糊不清。

似有多个形象,既相互交错和重叠,又互相矛盾和冲突。那并非源自主人公的真实内心和现实人格,而是出于讲述者的主观印象和判断。可以确定的是,接下来,它将会在很大程度上影响并左右你对主人公整体形象的真实刻画。要做到形似都不易,神似更难,但你必须尽可能接近真实,否则,就会陷入虚假的臆想。

当人们字斟句酌地道出一些事情的原委时,感觉就是在用自己的主观判断进行一遍遍过滤。时间和地点变了，语境也变了。说出事实不仅需要说真话的勇气，还需要守护正义的良知和勇气。当然，前提是你得了解事实真相。

"当你说出事实——最简单的真理时，你要知道，你周围会即刻燃起火焰：欲望、责问、受害者的火光。讲出事实的人，就像是穿越火海……火上行走者仰仗着其热忱的信仰和冷静的意志，从而能够赤脚走上火线，并毫发无伤。"马洛伊·山多尔说。

我不太明白，为什么索南达杰非要去可可西里呢？为什么只有去可可西里，他才能为贫穷的治多做出贡献呢？可可西里对索南达杰本人又意味着什么？

还有，治多县为什么要成立一个西部工委？既然成立了，哪怕是一个临时派出机构——从当时的情况看，它好像还不是一个临时机构，至少会存在很长一段时间——人力、财力、物力为什么又没有一点保障？州财政、县财政，是困难——省财政也困难，可起码的物质保障还得有吧！比如给一辆去可可西里的汽车加满汽油，实际上，很多时候，汽车的油箱是空的，要不，索南达杰他们可能会在可可西里待更长的时间。

随着采访的深入，我们的疑惑和问题也越来越多。

我们可能还得倒回去，回到他去可可西里之前，去寻找他为什么要去可可西里的答案。我感觉它并不像治多县成立了一个西部工委、他恰好就任第一任工委书记那么简单。

还得退回到他出生和长大的地方，到那里去找寻蛛丝马迹。比如他的童年是在哪里度过的？长大后又有过怎样的经历？甚至要回到他出生以前的可可西里、治渠河谷和索加草原，去探寻他的祖先们迁徙跋涉的漫漫长路。

这条路从千年以前一直延伸到他出生的地方，对祖先们所经历的久远跋涉那也许是一个终点，对他而言却是人生的起点。不过，有了这个起点，这条路又可以不断向前延伸。至于下一个终点或起点会在什么地方，已不是他所能左右。这条路上，他也只是一个过客，只走过其中的一小段路，有很多人与他同时走在那段路上。

我们把注意力再次集中到一个叫索加的地方，一个在人们的讲述中一直被频繁提到的地方。由治渠河谷草原到索加草原，那是他们最后一次迁徙居住的地方。那时，他还是一个孩子，他得跟随父母迁徙远方。

去索加的路比去可可西里还难走。车辆不敢进去不说，要是再遇到个大雪封山什么的，就别想出来——而大雪封山是经常有的事情，每年的冬春季节随时都会发生。不得已，我们也只能在人们的讲述中走进索加。在他们的讲述中，我们的目光越过通天河谷的治渠草原，越过辽阔的可可西里，停留在长江南源当曲流域，久久注视着索加这片土地。

人们在谈起索南达杰再次回到索加工作的那段经历时，

好像都觉得那是命中注定的事情。他说:"我不去索加谁去?"

难道仅仅是没人去,他才去的索加吗?似乎不是,这话另有深意。

他对自己的妹妹也说过同样的话。

那时他还没回到索加,他在县文教局任副局长主持文化教育工作,妹妹从州民师毕业要分配工作,他说:"你得去索加。"妹妹很不高兴,很多人都分配到了海拔较低、条件相对较好的地方,自己的哥哥管分配,她原本可以留在县城工作的,却要去最远最高的索加。

为此,有一段时间妹妹都不怎么理他,父母亲责怪他,亲戚们说他。人心都是肉长的,当妹妹哭着离开家去索加时,他也哭了。他说:"索加条件虽然艰苦,但那是我们的家乡。那里更需要老师,你又是我的妹妹,你不去,谁去?"

索加在治多西部,接壤西藏。玉树已经够艰苦了,索加却是整个玉树藏族自治州条件最艰苦的地方。现在有公路通达,以前一年的大部分时间,路都不通。直到20世纪末,在玉树和治多生活工作了一辈子的人,很多都没去过索加。

索加也不是索南达杰唯一的故乡,索加以外,他还有一个故乡。如果故乡是一个人留下童年记忆的地方,那么,另一个地方才是他真正的故乡。他在索加生活并长大,但那里并不是他的出生地,也不是他度过童年的地方。

1954年4月,索南达杰出生在通天河谷的治渠草原,在那里度过了他短暂的童年时光。1967—1968年,为开发利用西部广袤草原，治多县从东部各人民公社陆续迁移数百牧户前往西部大草原，新成立索加公社。它被描述成一个天堂一样的地方，说那里的草原一直伸向天边——很久以后，索加仍被人们称之为"天边的索加"。

13岁的索南达杰随爷爷奶奶和父亲母亲西迁索加，落户莫曲大队——翻译成汉语，莫曲就是富饶的河流。索加原本就是雅拉部落世代迁徙居住的地方，作为雅拉杰桑家族的后代，最终他们一家人又回到了祖先的草原。与爷爷奶奶和父亲母亲一起，索南达杰在索加度过了他的少年时代。

听上去，这只是在一个县域内从一个公社到另一个公社的一次迁移，像是从一座小山的这面搬到了另一面，还是在一片草原上——可以说是同一片草原，只是比以前的草原稍稍高一些，但是更加辽阔富饶，也更加美丽。

往西出通天河谷治渠草原，索加也不算远，但索加是一片总面积近5万平方公里的土地，如果加上治渠和中间的扎河，这片草原的实际面积可能超过6万平方公里，差不多是一个宁夏回族自治区的面积。

这还不足以说明这次迁徙的艰难程度，从通天河谷往当曲流域，他们不能直接前往，得不停地绕道，唯一的交通运输工具就是牦牛。上路时，一群健壮的牦牛驮载着全部家当和幼小的孩子，走不动路的老人骑在马背上，其余的一家老小都跟在牛羊畜群后面，亦步亦趋，缓慢前行。每天还要找有水源的地方停下，扎好帐篷，吃饭睡觉，牲畜也要停下来吃草喝水，也得卧下来休息和反刍……

他们中途要翻越的不是一座小山，沿途有好几座山，赶着牛羊畜群是根本无法翻越的，需要从山前绕行。其中有几座山，绕道太远了，必须翻越，比如吾给拉美山，山口海拔超过5000米。他们所要经过的山麓的海拔大都在4500米以上……

沿途不只有高山，还有一条一条的大河，每一条河上都没有桥梁，更没有渡船。不少河流需要绕到大河上游水量较小、水流不太湍急的地方，才能涉水而过。

他们从通天河谷的治渠草原出发时，夏天还没来临，山上还有雪，河上还有厚厚的冰层，他们就从冰河上走过。有时候，人和牲畜不小心就会掉冰窟窿里，历尽艰难险阻。往前走了好些天，天气开始变热了，冰雪开始融化，河上的冰面也化开了，真正艰难的跋涉这才开始……

他已经是个十几岁的孩子，骑马骑牦牛都轮不到他，他得跟大人们一起走路。这是他第一次走那么远的路，感觉每天总是在走，却总也抵达不了他们要去的那个地方，"索加"两个字深深刻进了他的生命里。

这是一次向着远方的迁徙。对一个孩子来说，这已经是非常遥远的跋涉了。这次迁徙，给索南达杰留下的记忆是用风霜雨雪的刀刃深深刻进心里的，无论过去多久，一回头，它还在那里，像一个胎记和疤痕。

这次迁徙，让索南达杰一家离开了那个叫故乡的地方，后来他才知道，他们抵达的那个地方也是他们的故乡，祖先们生活过的地方。

"索加公社"是刻在所有西迁牧人脑子里的一个名字，也印在索南达杰的心里。直到今天，很多治多人还习惯性地称它为"索加公社"，管莫曲也不叫村，还是叫"大队"。每次听他们说"公社"和"大队"这两个名词时，我总感觉自己穿越到了很久以前的岁月，回到了自己的童年。

从莫曲的任何一个地方，站在山坡上望去，或远或近，都能望得见雪山。每一座山都有一个神圣的名字，老人们提起那些山名时都满怀崇敬，那是祖先们敬拜过的山。每一座山脚下，都有清澈湖泊，都有小河流淌，每一片湖水、每一条小河也有自己的神灵，不可污染亵渎。小河出了山谷，都汇入同一条河，那就是莫曲。莫曲汇入当曲，尔后入通天河——长江源区干流。河谷草原静谧丰美，对牧人来说，真是一个理想的家园，想要的一切，这里都有。

也许是历尽千辛万苦才走到了索加，一家人扎好帐篷、安顿住下来的那一刻，他就暗下决心，要么从此再也不离开此地，要么要修一条路，顺顺当当走出这片土地。有了这样一条路，离开的人随时都可以回来。

在莫曲一条叫才仁谷的吉祥山谷里，我曾住过好几天，住在向巴琼培家的帐篷里，我们骑马从那里往雪豹王国烟瘴挂去寻访过雪豹。从山坡上往向巴琼培家帐篷前望下去，山脚有清澈河水潺潺流淌。

> 那时我感觉远方正有大雪飘落
> 而那谷地里就只剩下了那个美丽的姑娘
> 羊群正在回家的路上呼唤斜阳
> 一盏灯就要点燃草原的夜晚
> 月亮就会挂在一头野牛的犄角上
> 越过莽原向这谷地里一路摇晃[1]

多年之后再去索加,经过才仁谷,我一直盯着车窗外,寻找曾经的记忆。一条治多县城往索加的宽敞公路从那河谷穿过,进出都方便了。可是,才仁谷清清的河水不见了,曾经水草丰美的宁静河谷到处尘土飞扬,山坡上的那片湖水也几近消失,山坡草原也变得跟以前大不一样了。

莫曲河谷开阔平缓,河岸沙土地上生长着西藏沙棘,一种看上去像青草一样的低矮灌木。我是在莫曲河谷第一次看到这种植物的,因为海拔太高的缘故,它只能紧贴着地表才能存活,完成开花结果的生命旅程,珍珠样的小果子只能结到沙层里面,原本可以红嘟嘟的果子因而变得金黄。

无论植物、动物还是人,环境对生物界的影响至关重要。再往高处,西藏沙棘就不能存活。索加是西藏沙棘的极限

---

[1] 引自古岳《才仁谷》。

分布，是环境造就了沙棘顽强的生命力。

索南达杰亦如西藏沙棘一样，在这样的环境里长大，烙在身上的印记就长成了胎记，那是大地赐予的秉性。无论走到哪里，他都带着索加的印记。一旦离开，时间长了，就会想念，就会魂牵梦绕，就成了乡愁，一种思乡的病，就想回去。

大学毕业后，他为什么执意要回到治多？就是这原因。

我当年的采访本上，记着这样一个情节，是一个叫索南罗卜的人讲给我的。那个时候，索南罗卜也在西宁，两个人经常见面。他说，1974年夏的一天下午，索南达杰独自爬到母校青海民族学院（后更名为青海民族大学）的一栋楼顶上，望着西面天际的霞光。他就要毕业离开学习生活了四年的校园，回，还是不回？他必须做出一个抉择！据说，那时天际里还有一只鹰在飞翔。

系里的老师已经找他谈过了，因为成绩优异，国家翻译局和省民族出版社都希望他能去那里工作，一个是首都北京，一个在省会西宁，条件之优越，一点不动心那是假的。可转念一想，想留在省城的人有很多，想去北京的人更多，他不去，自然会有人去，那是求之不得的事。玉树——治多——索加就不同了，别说班级和系里，就是整个学校，除了他和几个玉树籍的同乡，恐怕再不会有人愿意去。

他都不回去，还会有人去吗？"你不去谁去？"这是他一贯的思维方式。那里是生他养他的地方，是自己的家乡，那里也是自己的父亲母亲和爷爷奶奶生活的地方,更是祖先们世代栖居的地方。他想念那里的雪山、草原、河流以及生灵,也忘不了那雪山下生活着的人。

从楼顶上下来时,他已经做出选择,他要回去了。索南罗卜觉得,可能是受了那只鹰的启示,他决定回到治多草原,只有在那里,鹰才可以自由翱翔。

他先是在县民族中学当老师,后又在县翻译室工作,凭着他过硬的藏汉文功底,为治多县民族翻译事业立下了汗马功劳。在民中当老师时,学校的师资力量不足,他承担了初中三个年级的藏语文、全校的体育课和初二年级的班主任,为了完成繁重的教学任务,他经常挑灯备课、批改作业。教学中因材施教,利用节假日和课余时间,给成绩较差的学生单独辅导。他对学生,在学习上严格要求,在生活上关心爱护,带出了一批又一批品学兼优的好学生。

有一次学校开展勤工俭学活动,组织学生到牙琼山上采挖虫草,一位叫扎西的学生在山上突发急性阑尾炎,在四周没有牧户借不到马匹的情况下,他背着这位学生,连夜赶了近40公里山路,把学生送到了县医院。他快累瘫了,还顾不上休息,坚持守护在学生身边,直到这位学生脱离危险。

之后,他任治多县文教局副局长(当时正职空缺),主持全县的文化教育工作,他把工作重点放在了基础教育。面对全县教育滑坡、学校管理混乱、适龄儿童入学率低、各乡寄宿学校教学质量差的状况,他心焦如焚。[1]

为了解掌握实际情况,动员牧民群众的子女上学,上任伊始,他从最基层着手,开展工作。他只身一人,骑马奔赴治多县西部多彩、扎河、索加等乡进行调查研究。每天翻山越岭,在草原上跋涉,足足走了35天,总行程还不到600公里,每天走17公里,行路难啊!

在广泛深入调查的基础上,他组织制定了寄校教学管理办法,果断试行了两门主课不及格降级一年的"降级制",使学龄儿童的入学率、巩固率和升学率等均明显提高。他带领文教局仅有的两名干部,上下奔走,争取和筹措资金,为改善办学条件,提高教学质量费尽了心血,使治多县民族教育事业在短时间内有了一个崭新的局面。

他心里始终装着教育,想着学校。哪个基层寄校没有床,他总是想方设法送去;哪个基层寄校缺少桌凳,他又四处求情,帮助解决。为了稳

---

[1] 参见1995年2月15日《青海日报》长篇通讯《可可西里壮歌》。

定汉族教学骨干,他让学校腾出最好的房子让他们住,每天给他们供应牛奶,让他们担任教学骨干和领导。

1985年第一个教师节来临之际,他为了让教师们过好自己的节日,亲自跑到西宁拉运蔬菜,自己却忍受着病毒性痢疾的煎熬,顾不上休息和治疗,连夜赶到治多,在节日之前亲自把新鲜的蔬菜送到了每个学校的教师手中。[1]

在与他当年的学生、治多县教育局局长扎西的一次交谈中,他告诉我:索南达杰对治多县民族教育的影响改变了治多一代人的命运。扎西被公认为是当代治多杰出的教育家,受索南达杰影响,他把自己的一生都献给了治多的教育事业。不只扎西,治多不少有所作为的人都曾是索南达杰的学生,深受他的影响,比如杰出文化学者多杰文扎(文扎)、为青藏高原生态环境保护事业做出突出贡献的扎多等。

玉树多灾多难,尤以雪灾为最,"三年一小灾,五年一大灾"几成定律,间或还会遭遇五十年不遇或百年不遇的特大雪灾。每次雪灾,治多都会成为重灾区。

1985年冬的雪灾就是一场百年不遇的大灾。这一年,整个青海南部草原遭遇特大雪灾,雪压昆仑,治多是重灾区,

---

[1] 参见1995年2月15日《青海日报》长篇通讯《可可西里壮歌》。

索加更是重中之重。大批的牛羊冻饿倒毙在雪地上。被大雪围困的牧人企盼着救援。

时任县文教局副局长的索南达杰,主动请缨去离县城最远、雪灾最严重的索加救灾。他和救援队的干部们挖雪路,过冰河,翻雪山,经过万千艰难,终于抵达索加乡莫曲一带,他熟悉那里的一草一木。

放眼望去,无边的皑皑雪原上看不见一顶牧人的帐篷,也看不见牛羊的踪影。怎样才能把救灾物资及时送到牧民手中呢?他焦急万分。

他第一个背起煤油炉等救灾物资走进了茫茫雪原。他身后跟着一支负重踏雪前行的队伍。队伍越走越远,一行深深留在雪地里的脚印越来越长。

十里……二十里……他们一个个在雪地里滚爬,都快成"雪人"了,还是没有找到一户被大雪围困的牧民。

"咬咬牙,再加把劲啊!翻过前面的山梁就会有人的。"喘着粗气,一步步领头走在雪野深处,索南达杰不时回头,这样鼓励大家。

果然,翻过那座山梁之后,第一户受困的牧民的帐篷出现在视野的尽头。望着那茫茫雪原上的一个黑点,他们感动得哭出声来。

"找到了!找到了!终于找到了啊!"他们齐声欢呼着,热泪纵横——其实,从走进茫茫雪原的那一刻,他们每个人都一直在流泪。寒风加上大雪强烈地刺激,一睁眼就不停地流泪。

接着第二个、第三个、第四个"黑点"也出现了。索南达杰把同志们一个个留在沿路的牧人帐篷里，自己背着沉重的救灾物资向最远的一户牧民家走去……

几天下来，每个人的眼睛都布满血丝，红红的一片，一眼望出去，皑皑白雪都变成红色了。这还是轻的，在这次雪灾中，很多被大雪围困的牧人都患上了雪盲症。多年之后，有老人回忆起这场大雪灾时，都恍惚那一年是否下过一场厚厚的红雪。他们记得，一开始下的雪是白的，后来看到地上的雪都成红的了。一些老人说，以前草原上下红雪的事只在传说中出现过，他们从未亲身经历。

索南达杰拖着冻伤的腿脚刚回到乡上，听说乡寄校的放牧员吾周老阿妈病倒在大雪覆盖的牧场上，他顾不上休息一下，暖一下身子，立即带领一名乡干部，携带急救药品，又走进了雪原深处。

找到老人，给她喂过药之后，两人轮流背着老人回到了乡上，请来医生治疗，并一连几天守护在老人身边。老人在他背上哭："自己的儿子都没有背着她走这么远的路……"他安慰老人："你就把我们当你儿子。"

这场雪灾使索加很多牧民成了无畜户，所有牧户大多牲畜死亡，无一幸免。全乡数千牧民的生活几乎陷入绝境，需要靠政府救济度日……后来，有人说，过了10年甚至20年，索加牧民的生活都没有完全恢复到1985年之前的水平。

尽管自己早已离开索加，但那里还是他的家乡，那里的任何消息都牵动着他的心，他无时无刻不在牵挂。雪一直在他的记忆里纷纷扬扬，他从没想过，一场雪的影响会这样大。

这场大雪给他上了一课，让他猛然惊醒。

人在大自然面前何其渺小脆弱？一场大雪就能让你失去所有，包括牛羊畜群。索南达杰开始重新打量赖以生存的山川万物，也开始重新审视高原世居民族几千年来与大自然和谐相处的生存智慧。

雪灾之前，县上曾征求索南达杰意见，想让他去索加任乡党委书记，他没同意，还发了一顿牢骚——因为自己是索加人就得去索加工作吗？这是什么道理，为什么别人不去？

雪灾之后，他却主动请求去索加工作，说自己想通了，他的确应该去索加，索加需要他。也说了那句话："连我都不去，谁还愿意去？"1987年，县上就让索南达杰到索加任乡党委书记，他如愿以偿，一去就是整整五年。

他去索加时，大雪已经过去，但大雪留下的灾情还在继续。他去索加任乡党委书记时，那里的人均牲畜尚不足10头（只），年人均收入不足70元。牧民的生产、生活条件极差，差不多有二分之一的人生活毫无着落，无以为继，一派凄凉和悲悯。看着牧民们每日里全力维持生计的那一份艰辛和苦难，索南达杰落泪了。

他13岁就到了索加，在索加长大，是索加母亲的乳汁养育了他，是索加草原给了他一副魁梧健壮的身板。面对眼前的一切，一种"受命于危难之时"的责任感和使命感，深深地激励着他，也在拷问他的灵魂。

"如果不把索加治理好，让索加的父老乡亲们过上像样的日子，我愧为索加的儿子！"他常常这样告诫自己。

他开始走帐串户，访寒问苦，一连几个月地在牧业点上做深入调查，帮助牧民们制定生产自救的办法。全乡4个牧委会、16个牧民小组、700多户牧民家中都留下了他的身影。他还跑州上，跑省里，甚至几上北京，争取扶持和救济资金，争取优惠政策。

他一遍遍给县上、州上打报告反应，请求给索加免税两年，兹事体大，谁也不表态。于是，他擅自做出一个决定：抗税，让全乡牧民免缴两年的牧业税。很多人说，这是要坐牢的事，这样的事也就索南达杰干得出来，不会有第二个。可是，这为全乡父老乡亲赢得了休养生息的宝贵时间。他说，我们的根本目的不就是让老百姓过上好日子吗？如果要为此去坐牢，他愿意！

当年冬天，他带领几名乡干部，冒着零下40摄氏度的严寒，实地踏勘索加至沱沱河的冬季运输线，历时七天七夜的艰难勘测，他们一步步丈量和确定了140多公里的路程，用石头垒起了路线标记，开通了这条维系索加乡生产、生活的生命线，为索加的生产自救、物资拉运开辟了一条新的路径。

整个冬天，他又一个人蹲守在乡上，放弃节假日休息，顾不上回家，从西宁、格尔木联系拉运牧民过冬的粮食和日用商品。在索加的五年中，他几乎每一年都是大年三十才回到家里，也只小住几日便匆匆赶回乡上，他放心不下啊！

从此，索加再也不缺过冬的粮食。索加的牲畜头数也开始回升，仅两年时间就增加4万多头（只）。索加正在恢复元气，牧民们的脸上又有了笑容。

第二年春，索加来了几个地质队员，是来找矿的。索南达杰赶紧把乡上最好的房子腾出来让他们住，又是送牛粪，又是生火烧水，让他们感到温暖。他们要出去调查，他又出面找牧民免费给他们提供牛马，解决运输困难。

很多人不理解，说他们又不是给索加找矿的，没必要这样对他们。索南达杰不赞同这种看法，他说，他们能到索加这么艰苦的地方找矿不容易，再说，他们要真找到了矿藏，还不都是为了国家吗？说不定索加也能跟着沾光呢。

很快，他跟这些地质队员成了朋友，无话不谈。他说，一场雪灾使索加的畜牧业大伤元气，看来光靠牛羊是搞不成现代化的，可又没有别的出路，难啊！

这些地质队员就说，既然你知道光靠牛羊搞不成现代化，为什么不把眼光放远一点，去可可西里？可可西里有丰富的矿藏，还有黄金。

之前他也听说可可西里有黄金——所有治多人都知道，可可西里不只有藏羚羊和野牦牛，还有黄金和盐。这是他第一次把可可西里放在心上，也许可可西里真能救索加。

一个构想开始在他心里酝酿成形，但真正将这一构想付诸行动，是他再次回到县上工作以后的事了。

1989年乡党委决定召开一次三级干部会议。会前三天，他的肠胃炎发作了，发高烧，三四天粒米未进。大家劝他到县上治疗，他却硬是支撑着主持开完了四天的会议，同大家一起研究工作，谋划索加的未来。

组织上考虑他身患严重肠胃炎，就跟他谈话，想把他调回县城或附近的乡上工作。他却回答说，要坚持在索加多干几年，把雪灾的损失夺回来。最起码索加的牲畜再增加一些，牧民的生活水平再提高一点。

1990年12月的一天，莫曲牧委会牧民格义才多，跑到乡上找索南达杰。哭着说，他在西宁上学的女儿因病住院，来信说，让他带些钱尽快去西宁。可他既没钱，也没去过西宁。索南达杰安慰道："你不要着急，我一定想办法帮你解决。"说着把身上仅有的200元钱掏出来塞给他说："不多，这点你先拿着。我们再想办法啊。"

随即召集几位乡领导开会研究，看怎么帮助格义才多。最后决定从民政救济款中再给他救济200元，并让一位乡干部乘坐给乡上拉运建筑材料的卡车，陪才多一同去趟西宁。临行，索南达杰又一再叮嘱这个乡干部，一定照顾好才多和他的女儿。

1991年索加乡的牲畜总数由雪灾后的3.78万头（只）上升到11.26万头（只），人均收入由63.5元增加到211元，牧民欠银行贷款由201万元下降到28万元。

这一年，他还积极争取将索加至县城公路列入以工代赈工程（一种因投入严重不足，组织当地群众用义务投劳的方式来进行基础设施项目建设的工程）。全长265公里的这条公路到他牺牲前已修通近百公里，实现季节性通车。这条公路修通之后，索加乡长期以来被封闭的历史宣告结束。

但是，索南达杰却累垮了。他魁梧健壮的身子瘦了一圈，还落下了一身的疾病。他一心只想着群众，哪家有困难，哪家需要救济和帮助，他心里都有个数。

永红牧委会有位叫巴吾的老人，索南达杰曾10余次给他买粮送钱。老人临终时喊着他的名字，不停地流着眼泪。

当曲牧委会有位年过八旬的老人叫阿卓色义。索南达杰一直像儿子一样关心和照顾他。五年中，他每年都拿出200多元的钱物济助老人。1991年冬天，他去看望老人时，发现老人脚上的鞋子破了一个洞，他就把刚从家里捎来、自己还没舍得穿的棉靴子送给了老人。自己穿着一双单鞋回到家里时，双脚已经冻伤。

他积极倡导定居点建设，经常帮助牧民到州上选购木料，做门窗，回来又亲手帮助他们盖房子。有位牧民修建定居点时，他帮他去州上拉运木料，还为其垫付了200多元的费用。

前一年春上，下了一场大雪，很多牧户失去联系。他心里惦记着那些困难户和五保户老人，总担心他们缺粮食少燃料。最后，还是放心不下，就用马驮上许多煤油和干粮，自己也背了一些，一步步在没膝的雪中艰难跋涉，去看望那些困难户和老人。

一次看不完，就去两次，两次看不完就去三次、四次……直到把他们都安排妥了，心里才踏实了。他自己却一连好几天吃不上一顿饱饭热饭，喝不上一口热水，冒着严寒忍饥挨饿。

他关心和爱护那些牧人，但身为儿子，身为父亲，身为丈夫，对自己的父母、孩子和妻子，因他常年奔波在外，很少尽到应有的义务。他每年有一半以上的时间是在牧民的帐篷里度过的，而且还专往那些贫困户、五保户的帐篷里钻，和他们一起住，一起吃。帮他们发展生产，改善生活条件，他把自己的一切都献给了那片草原。

一次下帐房回来的路上，天黑了，同行的人建议他住在村支书的家里，说那家里条件好，有铺盖。他却要坚持住在一位贫困老牧人的帐篷里。老人死了妻子，带着四个孩子，家里极为困难。老人却为难了，说："对不起啊，家里别说没有像样的铺盖，就连吃的，也是拿不出手给你们吃呀！"

索南达杰紧紧握住老人的手说："你能盖的，我也能盖，你们吃啥我也吃啥。我是在索加吃曲拉长大的，我父亲和你一样也是个牧民，和你的几个孩子一样，我也是牧民的儿子。"

看到老人眼含泪水、连声说着对不起的样子，他也流下泪来。

"来，我们坐下说啊。"一边说着，一边拉着老人的手盘腿坐在帐篷的地铺上。他说："让你们没过上好日子，是我没尽到责任啊，这都啥时候了，还让你过着这样的苦日子。老阿爸，该说对不起的人是我啊！"[1]

1991年3月，玉树州委书记史国枢专程到索加调研，此前很少有州上领导到过索加，连县上的领导也很少去。据说，一开始，索南达杰对自己的这个领导没有一点好感。

从治多县城前往索加，索南达杰与史国枢同乘一辆车，

---

[1] 参见1995年2月15日《青海日报》长篇通讯《可可西里壮歌》。

途中索南达杰在车里抽烟，史国枢让他把烟掐了。索南达杰就让司机停车，车一停，他开门下车，说："你们先走，我自己后面慢慢来。"说着，使劲儿关上了车门，自己站在路边抽烟生气。当然，最后他还是上车了，是在抽完烟之后。史国枢对自己这个部下的犟脾气也算是领教了，印象深刻。

交谈中，有一两次，他还跟史国枢顶起来了。他感到奇怪的是，史国枢虽然不太高兴，也大声指责，但并没有真的生气，反而有点欣赏的样子。这也是后来，史国枢在一些场合对索南达杰大加赞赏的缘故。他说："索加有一个叫索南达杰的大胡子，是个敢闯敢干、敢讲实话的硬汉。"

很快索南达杰对史国枢的态度也发生了一个180度的大转变。调研结束时，按惯例，索南达杰要正式汇报一下索加乡的工作。他也做了条顺理清的充分准备，可是他刚翻开本子，开了个头，史国枢就打断他，毫不客气地说："你少拿这些虚的糊弄我，别尽说空话，我到索加可不是来听你说这些没用的，多说点真话、实话！"

一听这话，他觉得自己遇见了一个喜欢听真话的领导，这让他很兴奋，也很受鼓舞。他一下合上本子，给州委书记讲他心里的索加、治多和玉树，越说越激动，不像是在汇报工作，倒像是回到昔日讲台的一个老师，越说越激动，竟然没注意到史国枢一直在不停地记笔记，还不时地频频点头。

临走，史国枢撂下一句话，让他把当天的汇报再行推敲斟酌，完善一下，尽快整理成文字材料，专呈州委，也可以直接交给他本人。告别时，史国枢紧紧地握着索南达杰的手，他感受到了一种信任的力量。他知道，那是一份嘱托。

史国枢一走，他就写了一份报告，提出包括治多索加在内的玉树西三县西部五个乡，海拔最高，气候最恶劣，交通最不便，应该分别成立一个西部工作委员会，作为县委县政府的派出机构，着眼长远，做出符合当地实情的发展规划，通盘考虑玉树西部的发展问题。

写完报告，递上去之后，索南达杰像是完成了一件大事，之后是等待。他想，至少也得等一阵子才会有响动。但是，报告递上去没几天就有响动了，动静比他预想的还要大得多。报告以州委正式文件形式下发全州各县、州直各机关单位和相关部门，要求西三县尽快组织成立西部工作委员会，以加快西部各乡镇经济社会全面发展，着力改善群众生活。

应该说，索南达杰与史国枢在索加的那次交谈才是关键，没有史国枢的索加之行就不会有后来的"西部工委"。从此，史国枢在索南达杰心里的位置没人可以替代。西部工委成立之后，但凡遇到困难，他都直接去找史国枢。

很多时候，史国枢当面批评起来依然不留一点情面，同去的人看不惯，偶尔会在背后议论，替索南达杰委屈。

只要他听见，都会当场严厉斥责，并明确告诉他们，永远不能忘了，这个人是西部工委的恩人，没有这个人就不会有西部工委。

后来，在西部工委，即使没见过史国枢的人，只要一听到这个名字都会心生敬畏，因为连索南达杰都敬畏这个人，还让他们感恩——他们对索南达杰已经很敬畏了。

最初，玉树州和治多县成立西部工委的主要目的，也只是开发可可西里的黄金和其他矿产资源，而不是去保护可可西里的生态环境，更不是要去保护和拯救藏羚羊种群，不惜付出生命，去跟疯狂的盗猎者战斗。这是后话。起初，包括索南达杰，谁也没想到，他们会在可可西里遭遇大批盗猎者，并与之展开一场殊死之战。

治多县西部工委率先成立，索南达杰提前离开索加，升任治多县委副书记，兼任西部工委书记。1992年7月23日，治多县成立可可西里经济技术开发总公司，由西部工委全权管理，索南达杰兼任总经理。用他自己的话说，他成了世界上所占地盘面积最大的一家公司的总经理，却手无分文。

他感觉，所有的困难都是暂时的，很快就会财源滚滚，他仿佛已经看到一个梦一样迷人的前景。

可可西里矿产资源大开发的帷幕仿佛已经正式拉开了……

黄金和盐

就这样,可可西里成了索南达杰的一个梦。

就这样,索南达杰成了可可西里的一个寻梦者。

梦里有黄金和盐。当然,还有藏羚羊和野牦牛以及无边的旷野。

治多县约5万平方公里的土地在可可西里,约占全县总面积的60%。那里不仅有大片可开发利用的草场、丰富的沙金和盐湖等矿产资源,还是藏羚羊、野牦牛、藏野驴、盘羊、猞猁等数十种珍稀野生动物的天然乐园。

尤以藏羚羊和野牦牛的分布更为集中,数百只乃至数千只一群的藏羚羊时有所见。千百年来,它们一直无忧无虑地繁衍生息在这片土地上。"无人区"的天然屏障使它们绝少受到外界的侵扰。

以前进过可可西里的人都说，从那里出来的每一个人，一见到青藏线都会流泪。那说明自己活着走出了可可西里那片生命的禁区。那里平均海拔5300米，90%以上的土地属常年冻土层和冰川，地势高峻，气候严寒，最冷的地方年平均气温在零下10摄氏度以下，寒冷季节平均气温接近零下40摄氏度，环境极为恶劣，迄今仍为无人区。

整个可可西里可饮用淡水分布极少，冬天进去就得喝雪水度日。每天，平均风速5米／秒——很多时候超过15米／秒，寒风挟带着沙子打在脸上，加上高寒地区极强的紫外线和冰雪的刺激，人脸上的皮一层一层地脱落，那个痛，就像皮鞭抽打在伤口上一般。

至20世纪80年代初，改革开放才几年时间，却已经让每一个中国人都感受到从未有过的豪迈和希望，好像每一天都比前一天更加美好。梦想和憧憬燃起的火焰已经照耀未来，往后的岁月仿佛到处都会长出财富。任何与财富有关的消息都牵动着人们的神经。

可可西里发现大型金矿的消息也不胫而走，开始有大批淘金者涌入可可西里。不仅可可西里，从黄河源玛多，到长江源治多、曲麻莱再到澜沧江源杂多的很多河谷地带，乃至整个青藏高原的很多地方，都曾一度出现了淘金热，其狂热程度堪比当年美国西部大淘金。

那些金矿一直在那里，一直与绿水青山相伴。当地藏族人从未动过开采的念头，至少此前没有动过这样的念头。在他们看来，只要它存在就好。它一直存在，大地一直安详，万物生灵一直安详。

我老家在青海东部农村，记得那些年，每年年底和年初，乡政府所在地街道两边的砖墙上都会如期贴出一些大字印刷的告示，都是省内乃至西藏黄金主产区各州县哪里可以淘金、哪里限制或禁止金农进入的通告。头些年，通告内容大凡都写各金农所在地县乡政府可以有组织地进入某区域开展采金活动。

看到告示，青海河湟流域贫困山区的各族群众开始闻风而动，准备盘缠和铺盖。一些金老板白天黑夜地忙着雇佣车辆、组织自己的队伍，之后就去资源所在地州县办理采金手续。回来时，拿着一沓一沓早已印好的方形小纸片，上面除了印着发证时间、采金区域，还印着这样几个大字：采金许可证。

那是今生我所见过最令人疯狂的一张小纸片。持有这张小纸片，他们就可以开着手扶拖拉机和大卡车，拉着采金床、行李和足够的口粮，从河湟谷地出发，翻过日月山，一路向西或向南，往巴颜喀拉山、唐古拉山和昆仑山麓，走进一条条高原河谷，抢占山头，各霸一方，拉开架势——确切地说是摆开进可攻、退可守的阵列，翻开河床、河谷和草原，开始淘金。

据淘金者的描述，一些大型金矿的采金现场，白天黑夜一派热火朝天的景象。感觉那地方除了没有学校，社会上有的，那地方都有，药店、诊所、录像厅、饭馆、商店等一应俱全，甚至还有贩卖枪支弹药的，个别还设有资源所在地和各金农县乡临时行政办事机构……

大场、秀沟、大干沟、小干沟、一道沟、二道沟、四道沟、库赛湖、马兰山、魏雪山、鲸鱼湖、红金台、乌图美仁、曲麻河……这些地名，最早我都是从淘金者口中听说的。那个时候，我还辨不清它们的所在，等后来知道它们的大致方位，也去过很多地方后，我发现它们都在大江大河的源头。

淘金，尤其是淘沙金，需要用水冲洗，冲走沙子，淘出金子。木质的采金床形同木板床，故名。正面四周边缘有凸起边框，里面从上到下有一道道密度相仿的凹槽。采金时，采金床会呈一定倾斜度固定在水边，采出的金沙不断地堆放其上，而后引来水管冲洗金沙，把沙子冲走，一粒粒碎小的金子便沉淀在木质的采金床上，闪着金光——是金子就会发光的。

如此反复，采金者便可一床一床收获金子。后来的大型采金船，机械化、自动化程度和作业能力大大提高，但基本原理亦如是。采金者不仅要找到理想的金矿，还得尽可能靠近水源。

这也是为什么几乎所有的沙金开采地都在河谷的原因。

几年、十几年下来，一条条河谷面目全非。河床被掏空，草原被毁，家园被毁。我记得一个数字，仅曲麻莱一个县就有上百条河谷被毁，一片片河谷草原不复存在……

在拉布东周说唱的格萨尔史诗《巴毛肉食宗》中讲，很早以前，此地的狩猎部落头领叫米拉拉赞松保。他是一位富裕而知足的人。他临终前拿出自己积攒的一斗金子，撒向米拉山间，爬到米拉雪山举起白幡，祈愿这北部阿卿羌塘永世富足，远离贫困和饥饿！从此他抛撒金子的山间称为"米拉塞卡格哲"，即米拉九道金沟；他举幡发愿的雪峰称为"米拉丹东"，即米拉白幡山。

20 世纪 80 年代，上万名金农涌入可可西里，疯狂采挖金子的地点就是传说当年米拉尊者抛撒一斗金子的地方。历史往往有一些不为人知的巧合。当年米拉尊者发愿布施金子的地方叫九道金沟，金农采挖金子时，也对各矿点命名为一道沟、二道沟等。米拉丹东雪山南面有一个东西走向的狭长湖泊，地图上标称"饮马湖"。其实这是米拉赛措（米拉金湖）。从米拉赛措继续向东走，就能看到可可西里湖，藏语称"俄仁措"。[1]

---

[1] 引自《可可西里地名文化》，治多县第二次全国地名普查领导小组办公室编，文扎主编，甘肃民族出版社，2017 年 9 月第 1 版。

从西宁方向翻过巴颜喀拉山，由清水河往曲麻莱县，走不远会进入一条河谷，以前有清澈的河水流淌，河谷草原牧草丰美，有畜群在河谷散落，有牧人依山傍水而居，一派宁静祥和。后来，这一切都消失了。

问题也出在那名字上。这条河谷名曰"赛柴沟"。翻译成汉语，这条河谷的名字可写成"黄金谷"。因为这名字，整个河谷曾一度机声隆隆，几艘大型采金船昼夜不停地采挖黄金。几年过后，金矿已将那一片谷地采挖得面目全非，整条河谷望见的只有堆积如山的沙土和矿层，河水不见了，草原不见了，牛羊不见了，牧人也不见了。当然，家园没有了，只见满河谷的石头和沙砾。

一次路经此地时，我看到金矿已经关闭，满河谷那些矿坑也已经填平，但是，河谷里再也见不到绿草，河水也埋到砂层里了。几艘锈迹斑斑的采金船还停在河谷，像几头张牙舞爪的巨型怪兽。一个此前从不曾见过那条美丽河谷的人突然经过这里，一定会被眼前的景象震撼，以为自己正置身早已失落的史前文明或外星文明遗址，像极了科幻大片的实景现场。

2020年6月，我最后一次路过赛柴沟时，那些废弃的采金船也不见了。重新填埋的河谷里也长着一些稀疏的青草，然而昔日绿草丰美、溪水潺潺的河谷再也没有了。

我以前曾写到过这条河谷——其实，我写的不仅是曾经的绿水青山，也是曾经的金山银山。我曾多次从那河谷穿行而过，最初，一切好像是本来的样子，宁静安详，那是我所见过的最美的草原。后来突然建起一片厂房，一大群来自天南地北的人身着鲜艳工装、头戴安全帽，满河谷开着挖掘机和采金船，白天黑夜地忙碌。美丽河谷成了热火朝天的矿区。

再后来，金矿关闭，河谷被废弃，那群人也不知所踪，像是从那河谷直接蒸发了。可是他们却毁掉了原来生活在这里的那些牧人的家园，这些牧人再也回不到自己曾经的家园了。

如果我们从未动过那条河谷，即使再过千年万年，那片绿水青山也会一直怀抱金山银山，也许还会不断升值增值。可是我们毁掉了那片绿水青山，同时也毁掉了金山银山。

更让人痛心的是，挖掉了一座"金山银山"，无论是物质的还是精神的，几乎未给当地或国家留下任何与"财富"相关的东西——至少没有可存续的"财富"，好像那不是开发，而是毁灭。一经采挖，一切皆成泡影，瞬间，全消失不见了。

而今,那河谷曾经的一切已成为历史,所以更值得铭记。历史需要铭记。[1]

在人类文明史上,黄金作为一个奇怪的稀有金属,一直扮演着令人丧心病狂的角色,尤其是它作为硬通货大行其道之后。它开启过地理大发现为标志的殖民时代,最终导致了黄金国度——印加帝国的灭亡。人类历史的很多精彩篇章都跟黄金有关,无数的征战因它而起,是所有掠夺和杀伐的推动者。在爱与恨、善与恶、慷慨与贪婪的较量中,它总能不失时机地成为诱饵和导火索。

只要牵扯到黄金,只要与黄金开采有关,历史上几乎所有民族都会采用最严苛的办法,以保证所开采黄金不会流失。青海历史上最严苛的一幕出现在20世纪初马步芳统治时期。他在湟水、大通河、黄河及长江上游流域都曾规模开采黄金,只要有人离开金场,必须要过一道关——搜身。金矿很多雇佣矿工为逃避搜查,会割开大腿上的肉,提前把黄金颗粒藏在里面,等伤口愈合后再离开。设卡搜身的人想出了一个残忍的办法,以杜绝此类事情。每一个借故离开金矿的人过卡时,须砍断双腿接受搜查。自此,再无人敢私藏黄金!

20世纪80年代开始的这场淘金潮中,也每天都在上演这样的惨剧,经常会听到"又有人暴死"的消息。除了提

---

[1] 引自《源启中国:三江源国家公园诞生记》,古岳著,青海人民出版社,2021年。

防自己手下之外，金老板还得防御其他山头的金霸头来抢占自己的金窝子。

我出生的那个村庄，现在55到80岁这个年龄段的男性村民，几乎都有多年淘金的经历。我的家族内也有十几个人曾去挖过金子，他们讲述的一些事，听上去就像是在战场上。有点势力的金老板、金霸头都有武器装备，大多是土法自制的枪炮。据说，用粗钢管自制的火炮威力巨大，除了火药和导火索，里面装的弹药以铅弹和碎石头为主。一炮轰出去，杀伤力覆盖一大片。据说每年淘金季，都会发生若干次这样的混战……

刘鉴强先生在《天珠》一书中写道：

> 1989年2月，青海省黄金领导小组决定在可可西里马兰山40平方公里的区域试采黄金。人员限定为10000名。但当地官员大肆炒卖发售采金证，大量金农涌进可可西里。5月25日，突降暴雪，8000多名金农被困。他们没有吃的，一辆东风汽车只能换来两个馒头。政府动用直升机空投物资救灾，仍有42名金农丧命……（这是一个大事件。类似事件此前也曾发生过。当年，省内外各大媒体曾持续关注事态发展——笔者注）
>
> 可可西里除了淘金者，更有许多强盗。有些强盗一路跟随找金矿的老手，一旦发现金矿就劫

夺过来，占地为王。扎多曾见过一个山沟，山的两侧修着碉堡，进山的车道两边有十米深的大坑，外来车辆一不小心就会掉下去。更有些不法之徒随便圈起一座山，放出风去，说这里遍地黄金，派人到各地招徕农民。老乡骗老乡，很快一个所谓的金矿就聚集上千农民。策划者发放采金证，每人交500元，若有不交者，打手们找机会打死个人，杀鸡给猴看。于是农民们在这里辛辛苦苦挖上一年的"土"，所谓"矿主"坐地生财……[1]

我是一名记者，曾长期关注三江源以及青藏高原的自然生态环境变化，也写过大量有深度的相关报道，包括青藏高原的淘金热，当然也包括索南达杰、藏羚羊、可可西里和三江源。这些公开的报道加起来，少说也有百万字左右的规模。

这些年青海农村面貌相对过去发生了巨大变化，商品经济抑或是市场经济的大潮拥裹着大批的农民走出村庄，离开土地，出门挣钱。其中每年外出淘金的至少有10万人，多时达到几十万人。他们不仅淘空和翻遍了村庄附近那些埋藏着金子的山沟，他们还开着拖拉机，赶着马车，雇着汽车，

---

[1] 引自《天珠》，刘鉴强著，西藏人民出版社，2009年12月。

从河湟谷地翻过日月山、达坂山向西向南，向着青藏高原腹地开进。在那些大川大河的谷地里安营扎寨，用最原始最笨拙的办法开采黄金。

应该说农民大淘金也有其不可否认的积极意义，它不仅使一批又一批的人一夜之间从一文不名的穷汉子变成了腰缠万贯的"暴发户"，很多穷山村几年之间变了个样子。更重要的是，它使一大批农民彻底走出了村庄以及土地的束缚，他们通过淘金有了资金的积累，而后转入商业，转入兴办实业，为步入市场经济打下了基础。

但是，很多金矿资源因之遭到毁灭性的破坏，将永远无法开采，还有那大片大片被翻过来的草场也将永远无法恢复它原有的植被。一年就有10万亩左右的草场沦为飞沙走石的荒漠——其实惨遭破坏的草原面积要远远高出这个数字，也许是50万亩。在玛多、曲麻莱、可可西里等许多地方的数百万亩草原被挖得面目全非。还有大批珍稀野生动物被捕杀，成了淘金者的美味佳肴。

尽管国家和省、州、县一再强调要有计划、有组织地开采黄金，但又有哪一年不是一些金霸头占山为王，带领金农乱挖乱采。他们会有闲心关心你的生态环境那才怪呢。于是资源县头疼，他们心疼那些草原；金农所在县也头疼，他们害怕金农惹麻烦,打死人。但是事实就是,那里的生态环境正在遭到严重的破坏。

　　那些产金地大都地处高寒,植被恢复能力极差,长成一簇草根需要几十年乃至更长的时间。有人断言,即使用黄金把那些草原重新铺一遍,牧草也不会重新长出地面,铺满大地。

　　近10年的中国西部大淘金也许是对亚洲生态环境——尤其是对青藏高原这块高大陆造成最严重破坏的一幕,它肯定将在10年或者20年后给人类以无情的回击。人类肯定要为此付出代价。[1]

　　从20世纪80年代初开始,美丽神奇的长江源便也失去了它往日的安宁,大批被贫困折磨得失去了理性的淘金者和偷猎者疯狂地涌入这片净土,到处乱挖滥采,破坏植被,猎杀珍稀野生动物,于是,大片大片的高寒草地变成了座座沙丘。大批的藏羚羊、野牦牛成了他们果腹充饥的食物,成了他们获取金钱的牺牲品。1981年到1993年的10余年间,每年进入青藏高原腹地的金农都在15万人以上。

　　这次大规模的淘金热带给青藏高原的便是累累

---

[1] 引自古岳《大地忧思录》,见1994年6月23日《青海日报》。

伤痕，到处千疮百孔，使其原本十分脆弱的生态环境遭到了有史以来最严重的破坏。几乎所有大小河流的谷地都被挖了个底朝天。一个紧挨着一个的深坑如挖掉了眼珠的眼窝，茫然向天。植被消失了，山河遭到了几乎是永远无法恢复的破坏。[1]

后来所发生的一切足以证明，我当初的文字并非杞人忧天！

草原植被一度严重退化，冰川雪山快速消失，河流湖泊不断干涸，野牦牛、藏羚羊、棕熊、麝等珍稀野生动物曾一度濒临灭绝……随着大批非法淘金者涌入这片沉睡的土地，给野生动物也带来了一场浩劫。很多金农同时也是非法猎杀珍稀野生动物的盗猎者。

他们夏天采金，到处乱采乱挖，破坏那里原本就很脆弱的生态环境，冬天则以守金场为由，荷枪实弹，开着车到处捕杀野生动物，食它们的肉，剥它们的皮。给自然万物带来巨大伤害。那些年捕来的珍稀野生动物不计其数，可可西里那些无辜生命也惨遭戕害。

当时，人们总爱用"速度""崛起""神话"这样的词来形容城乡面貌日新月异的变化。但是，地区间发展不均衡问题依然突出，地处青藏高原腹地的玉树治多县党委和政府也感觉到了这种不均衡发展带来的巨大压力。

---

[1] 引自古岳《生命长江源》，见 1998 年 1 月 22 日《青海日报》。

畜牧业依然是治多县域经济的主体，群众生活依然极度贫困，地处可可西里边缘的西部牧区群众生活尤为艰难。全县基础设施建设极度落后，交通、通讯条件极差。县财政的拮据甚至可用"千疮百孔"来形容，干部职工工资常年拖欠，行政开支无法保障，医疗费用等不能按时报销兑付，连有限的教育经费都无法保障……

五花八门的商品和形形色色的经营者已经出现在治多的街头巷尾，像一股潮水四处涌动，前所未有的发展机遇和巨大挑战同时降临。治多的决策者们也在积极酝酿怎样迎接挑战，抓住历史机遇，推动经济社会的快速发展。成立"西部工作委员会"的主要目的，就是要尽快开发可可西里丰富的矿产资源，促进县域经济产业结构的调整，培育自己的二、三产业，发展特色工商业，尽快摆脱单一畜牧业经济的困境，全面振兴县域经济，加快改善人民生活。至少从当时的文件上看是这样。

他们也想成为"淘金者"，开发可可西里的黄金——当然还有盐。

西部工委，一个新的机构就这样诞生了，时间是1992年7月。一时间，"西部工委"几个字成为治多人茶余饭后的一个热点话题，并为之欢欣鼓舞。感觉可可西里的黄金和盐一旦被开发，可可西里就会长成一棵巨大的摇钱树，黄金取之不尽，治多就会富得流油。

其实，索南达杰肩负这样的光荣使命，出征可可西里时，除了一纸任命书,什么也没有。没有经费、没有办公场所、没有车辆,也没有人。他就一光杆司令。

7月23日,西部工委成立。第二天,县委门口就贴出了一张红纸,上面写着,治多县西部工作委员会已经成立,县委副书记杰桑·索南达杰任工委书记,现招聘工作人员,有意者自愿到县委报名……

很多报道中,把西部工委等同于一个反盗猎环保组织,其实,西部工委是当地县委县政府的一个派出机构,它的主要职责是开发矿产资源,以发展地方经济。索南达杰肩负的使命也一样。野生动物和其他自然资源的保护列入其职责范围,是索南达杰走进可可西里以后的事,至少在当时并不是他们首要的任务。

索南达杰最初把目光投向那片荒野时,目的也在可可西里丰富的黄金和盐等矿产资源,欲以缓解县财政当时捉襟见肘的紧张局面,改善父老乡亲的生活。

"无农不稳,无工不富,无商不活。"这是当时非常流行的一句话。拿索南达杰的话说就是"盯着牛屁股羊屁股翻不了身"!他想发展治多县的工业经济。而仅仅一年多之后,矿产资源还未及开发,自己却为保护自然资源和藏羚羊献出了宝贵的生命。

要是索南达杰知道,自己所剩的时间只来得及做一些开发的准备,他会不会急着成立那些除了一个名字从没真正存在过的公司呢？或者，他要是知道自己将为保护藏羚羊献出生命，他也许从一开始就会去保护藏羚羊。可他并不知道——谁也不知道事情会是那样。他一直惦记着可可西里的黄金和盐。

他所领导的治多县西部工委旗下，已经组建成立了若干盐业、黄金等开发公司，比如"可可西里经济技术开发总公司""可可西里第一盐业公司""可可西里第二盐业公司"和"可可西里有色金属开发公司"等。他亲任开发总公司总经理，但除了一堆随时背在身上以备用的公章外——这些公章通常都是由扎多背在身上的——所有公司均未开展实质性业务，更谈不上经营。

把这几个公司的名字，用两个关键词来概括，就是：黄金和盐。

透过索南达杰组建的这些公司之名可以看出，他的目标不只是黄金，还有盐。如果在迄今已知的所有矿物中只选一种人类最需要的矿产，盐也许会排在黄金之前，比黄金还要珍贵。

没有了黄金人类尚可存活，要是没有盐，人就无法活命。几千年来，当地藏族人一直都知道可可西里有黄金——一些古老的地名里就藏着黄金的秘密。可是，直到 20 世纪后期，这些宝藏一直被小心守护，甚至小心保守宝藏所在地的秘密，从不曾被开采。

多少年之后，有一句话在中国大地广为流传：绿水青山也是金山银山。可可西里藏有宝藏秘密的那些山的名字里似乎也有这样的含义,像是大自然昭示的一个秘密,像一个历史伏笔。

盐却是一直在适度少量地开采。青藏高原腹地多盐湖,那是大海退去之前留给高原的宝藏。这些盐湖,对人类以及生灵万物的繁衍提供了必要的条件。可可西里的盐湖也一样。

据《可可西里地名文化》[1]一书中的记载,弥底查钦、查琼、弥底茶卡是可可西里距青藏线不远的三个盐湖。查,或查卡(或茶卡),在藏语中即是盐的意思。

弥底,传说是未来佛弥勒的转世——这世上本无弥底之人。他特意降生印度,成为一代大德,以寻找机会救度自己的母亲。他在观想时看到,自己前世的母亲投生为一只青蛙,困于一块无缝的顽石。这块石头被一个人抬去砌了灶台,置于灶台最里面烟道口上,每天烟熏火燎,痛不欲生。这户人家的位置在青藏高原一条大河的岸边,他就从印度一路寻访而来,到了长江上游楚玛尔河、通天河流域。最终找到并救出母亲,自己也在通天河谷圆寂。

圆寂前留下遗言,就地掘一深坑,将他的法体倒置,头朝下埋葬。而后在上面建一座塔,有永世不得翻身的意思,以此来惩罚自己违反戒律、从未来回到过去救度母亲的行为。后来,此地专门建有佛寺,纪念弥底大师。

[1] 引自《可可西里地名文化》,治多县第二次全国地名普查领导小组办公室编,文扎主编,甘肃民族出版社,2017年9月第1版。

2019年夏天,我与文扎去考察通天河谷文化走廊时,出于对一个人穿越久远时空、回到过往岁月搭救母亲的感动,曾到河谷四川石渠县洛须镇的弥底塔前稍做停留。寺院里没几个人,一派宁静。从佛殿前的青石板轻轻走过时,我听见有很轻的脚步声在远处响起。一回首,见一老阿妈佝偻着身子,正要走到一道土墙的另一面。她也正好回过头来,露出微笑,正好让我看到。再看,她已消失在墙的另一面,不见了踪影,而那微笑仿佛还留在那里。

传说,弥底大师途经昆仑山时,曾一度在巴拉达泽雪山等地修行停留,为三个盐湖开光加持。此后,长江源区民间藏医一直从这几个盐湖取盐配伍入药。弥底查卡也因此成为一个远近闻名的盐矿。

  弥底特意从未来回来,来到过去,救度受难的母亲。

  想起人间苦难,回到未来之前,留下了珍贵的盐。

  有了盐,生命就有了咸味,日子就五味俱全。

  盐是地球生命得以繁衍的另一条根脉。

  海水是咸的,汗水是咸的,泪水是咸的,血水也是咸的……

  盐在生命里汹涌,一经流淌,便会结晶成白

色的花朵。

无论迁徙,还是漂泊,所有的生命都在大地上寻找盐。

盐是一种跋涉的方向。

盐是过往带给未来的一个信物。

也是未来留在过去的一个念想。

盐是生命与大地的一个秘密契约。

找到了有盐的地方,就仿佛得到了允许,人就能安心驻扎下来。

把畜群赶往山冈草地,尔后燃起火堆,火在黑夜呼唤满天星斗。

让炊烟摇荡心灵。让回忆浸泡苦难。让肉身温暖大地。

尔后,生命的繁衍继续。

让梦想长成一株青草,期待花朵。

花开时有蝴蝶和蜜蜂飞来。

草丛里有蜘蛛和蛇在爬行。蜥蜴在沙滩上睁开眼睛。

所有的花朵,都以爱和恨的名义分开两种。

一种有蜜,一种有毒。

1992年7月底,索南达杰首次考察可可西里时,就发现有人在偷运盐矿。由于这个盐矿离曲麻莱县曲麻河乡多秀大队(村)近,人们习惯上称之为"多秀盐矿"。索南达杰恢复了它的原名,仍然叫"弥底查卡"。后来,奇卡·扎巴多杰带领野牦牛队也对此进行过考察,并更名为"东周盐湖"。也许——也许索南达杰雅拉部落的祖先们一次次迁徙时,也一直在食用这里的盐。

这是一片蕴藏着黄金和盐的土地,也是祖先们世代居住生活的土地。作为可可西里雅拉部落的后世子孙,他不能不感到骄傲和自豪。

索南达杰曾戏言:"我是世界上最大的一个总经理,公司管辖5万多平方公里的土地,区域内矿产资源储量惊人,因而也是最富有的一个总经理,可手里没有一分钱,也是一个最穷的总经理。"

既是戏谑自嘲,也出于骄傲豪情。

具有悲剧色彩的是,他为开发黄金和盐走进可可西里,最终,却为保护藏羚羊献出了生命。

从一开始,他就知道可可西里是藏羚羊主要的栖息地。但是,一开始他的注意力并不在藏羚羊。或者也注意到了,但不是从稀有物种或生态意义上,而是从生命和自然遗产的意义上。后来,他之所以将注意力转向藏羚羊,是因为盗猎分子的大肆猎杀。

他看到的是一个屠宰场!他当时就说:"这哪里是无人

区？简直是无法区！"那是在他眼皮底下发生的屠戮，他不能坐视不管。在当地藏族人的心里，那里也从来不是什么无人区，而是自古就有人类居住，并留下过丰富的历史文化遗迹。他的祖先就曾在那里与藏羚羊一同迁徙栖居。

随即，他便组织成立了一些保护机构，像"高山草场保护办公室""可可西里野生动物保护办公室"等，那还是20世纪90年代初的事情，甚至开始着手争取将可可西里列入自然保护区的方案规划。

他牺牲后，我在他家里看到过一张规划图，他用不同颜色的油笔和铅笔在上面标满了各种数据和自然资源的分布状况。

征得他妻子才仁的同意后，我还仔细翻看过他的笔记，大多是只有几个字或几行字的工作日志，很零乱。笔记本的扉页上写着这样一句话："凡是值得思考的东西，没有不是被人思考过的，我们做的只是试图重新加以思考而已！"

我查过，这句话是歌德说的，索南达杰可能是凭记忆写的，与原话稍有出入。歌德这句话的前半句是用一个问句开始的："世上最艰难的工作是什么？思想。"末句才强调："我们必须做的只是试图重新加以思考。"

他对自己的抉择也在重新加以思考。当时他还心存一线希望，想通过治理整顿实现部分稀有矿产资源的有序开采。等到他再次与那些非法采矿者和盗猎者正面交锋时，他要开发可可西里的最后一线希望已经彻底破灭了。

那是他在索加草原上做的一个梦,离开索加之后,他就带着它径直走向可可西里,一心想着在那无边的旷野上把它变成现实。而残酷的现实像一场风暴,将他的梦撕碎在那青色山梁的背后,正在变成海市蜃楼乃至一个噩梦。

最后一次进可可西里之前,他还专门去了一趟西宁,是去跟省黄金公司接洽黄金资源开发事宜的。据说开发项目的磋商已有实质性进展,如果没有后来突然发生的不幸,或许真有一家黄金公司在可可西里投入开发生产也未可知。

他还活着的时候,正好赶上一个大时代。

索南达杰是一个具有时代意义的代表人物,他感受到有一种力量正在深刻地改变着贫穷的中国。

他牺牲前,土地承包到户已有十几个年头,草原承包到户也已经十年了。农村牧区能吃饱肚子的人也越来越多,却仍有大量农牧民生活在贫困线以下。1980年代全国农牧民贫困线标准为年人均纯收入200元,1990年代初增加到300元。标准提高了,生活在贫困线以下的人口总量却并没有减少。青海农牧区贫困人口比例占总人口的三分之一以上,东部农业区贫困人口所占比例更高。发家致富的欲望在很多饱受贫困折磨的人心里肆意膨胀,猖獗横行于可可西里的那些淘金者和盗猎者就是其中的一部分。

听上去,可可西里不像是无人区,倒像个土匪窝。

一次次走进这样一片土地时,索南达杰有过怎样的经历？这样的经历对一个人意味着什么？这个人为什么一定是索南达杰，而不是别人？

索南达杰前后12次进入可可西里，纵深跋涉，行程达6万公里。如果加上死后的11天，他在可可西里的时间恰好是365天，整整一年，一天也不少。

从西部工委成立到他牺牲不到一年半时间，他几乎都在可可西里，每次在里面的平均时间超过29天，最后一次只有11天。除了第一次，最后这一次，也是时间最短的一次。

第一次时间不长，走得也不远。最后一次时间虽短，走得却最远。以致进去之后，他再也没能回来，是一次真正的远行。

西部工委成立时，文件上写得很清楚，第二年他们就与县财政"断奶"，实现自收自支，第三年开始给县财政创造收入，并逐年递增。这不仅是县委县政府和全县父老乡亲的期望，也可以说是他立下的一个军令状。还没踏上可可西里，他已对这片土地满怀憧憬，好像那里遍地是黄金。

扎多说，第一次进可可西里时，索南达杰带着一本《工业矿产手册》，一有时间就翻开读。可能扎多的记忆有误，我曾百度搜寻，并未找到这样一本书，找到书名比较接近的两本书分别是《矿产资源工业要求手册》和《矿产资源综合利用手册》。总之，从扎多反复回忆讲述的情况看，索南达杰的确有这样一本书，而且一直随身携带，稍有闲暇都会翻开了读。

索南达杰对扎多说:"不学习,就真成一头野牦牛了。"我 27 年前的采访本上有这样的记录——采访本上记录的很多情节,扎多后来又讲过很多次。

听得次数太多了,几经转化,似乎已经成了我自己的记忆,像是我并不是一个记录者,而是一个亲历者。随着时间的推移,不断得以补充完善的记忆,在重新翻开的采访本上各自寻找属于自己的着落,彼此相互辨认,相互印证。历史辨认未来,未来印证历史。

那时候,从治多无法直接进入可可西里,绕道曲麻河的路也十分难走。一般都会走治多—结古—西宁—格尔木—可可西里这条路。选这条路还有一个目的,他可以顺道去州上、省上的一些部门反映他们遇到的困难,希望能多得到一些支持。在格尔木还可以补充野外生活的给养。

在西宁,他们不敢住像样的宾馆,几个人找了一家很简陋的旅社,住一晚每人才要 5 元。晚上,几个人走在西宁街头,望着一片片灯火辉煌的高楼,索南达杰豪情万丈,说以后我们在可可西里也盖很多房子,里面再拉上电灯,那样工作就方便了。那片号称"无人区"的广袤土地,有无尽的宝藏正等待他们去开发。

第一次,索南达杰一行刚一踏上可可西里的土地,还没见到宝藏,先看到了密密麻麻的车印——拖拉机和汽车的车辙,好像到处都是路。"怎么会有这么多车印呢?这得有多少车辆啊？"扎多小声嘀咕。

索南达杰也注意到了那些车印，他先是反问了一声："知道这些路和车印是怎么来的吗？"可能意识到身边没人回答得了这个问题，才又自己说出一个令大伙半信半疑的答案："都是拉金子的车压出来的，可以想象他们从可可西里拉出去了多少金子啊！"

再往里面走不远，沿途有许多野生动物的遗骸和尸体，野牦牛和黄羊什么的只剩骨架了，藏羚羊尸体骨肉完好，只是已经被剥了皮。越往里面走，所看到被猎杀的野生动物越多，惨不忍睹。

第一次进可可西里，原以为会发现一座金山，但他们没见到金子，更没看到金山。除了这血淋淋的猎杀现场，他们一无所获。这样说也不确切，他们的确发现了一些与金子有关的线索或现场，也发现了很多淘金者留下的踪迹。那是被挖开的河床和草原，一片接一片密密麻麻的矿坑，还有淘金者撤走以后扔在原地的帐篷和淘金工具，有些还有人驻守。那也是惨不忍睹的现场，但凡走近，都透着戾气和杀气。

他们赤手空拳，除了索南达杰带在身边的那本书，没有什么东西能跟金子扯上关系。虽然，索南达杰对自己所面临的困难和严峻现实已经有充分的心理准备，但是眼见的一切还是远远超出了他所能想象的程度。

此次可可西里之行，深深地触动了索南达杰，也刺痛了他的心。现实比想象和梦想严酷百倍。他感到无比愤怒——也许还有沮丧和焦虑。

原本要对可可西里进行细细勘察,但迎面而来的惨烈和苦难让他做出了一个尽快赶回州上的决定。从可可西里一回来,西部工委就买了一辆北京吉普。车一到西宁,因为没有专门的司机,索南达杰自己开着车赶忙往玉树州上赶。他要向州委汇报在可可西里看到的情况,得尽快采取措施加以保护。

那个时候"环保"这个词已经频繁地出现在很多政策性文件里,但全社会的重视程度还远远不够,玉树也一样。州委书记史国枢对索南达杰的这个举动大为不解,甚至很恼火,你当初建议成立西部工委是要开发那里的矿产资源,西部工委成立了,几个开发公司也成立了,可是什么矿产都没开发出来,一个产品都没见着,你又要成立一些什么"野生动物保护办公室"和"高山草场保护办公室",尽是瞎折腾。你能不能一个一个来,别全搞些空架子?

索南达杰自己也说不出更多为什么要保护的大道理,但丧心病狂、无节制的杀生就是罪过,这道理他从小就懂得。爷爷奶奶、父亲母亲不仅给他讲这样的道理,也讲祖先从猎人演变成牧人之后,怎样禁止杀生的故事。

发展还是保护?生存还是毁灭?他陷入巨大的矛盾和痛苦中,像是生了一场大病。在可可西里看到的一切再次教育了他,祖先们的故事与他所面对的杀戮形成鲜明对照。

一种意识就这样被唤醒，完成了一次从认知到行动的转换，一个保护可可西里的构想在索南达杰脑海中开始酝酿成形。

索南达杰变了，变得沉默寡言，动不动就发火，脾气越来越暴躁，一些行为匪夷所思。扎多说："有时候，他变得我都有点不认识了。"

一天，一群人去草原上郊游，县委县政府的领导都去了，索南达杰也在。那时候，每年一到夏天都会有这样的活动，高原的夏天迷人而短暂，一些单位和部门就利用节假日到附近草原上扎顶帐篷，野炊聚餐，散心休息。大家正高兴的时候，他让司机去打了一只旱獭在锅里煮了，然后大声叫喊："大家都快来吃旱獭了。"杀旱獭、吃旱獭肉是当地的一大忌，在当地人看来，这样的行为比犯罪还让人痛恨，做这事的人却是索南达杰！

听说此事，扎多很伤心，也很生气。去提醒索南达杰别太过分，没想到索南达杰却是一副无所谓的样子，反过来质问扎多："那又怎样？"

扎多当时真想揍他一顿，过了好久才从愤怒中缓过劲来，冷静下来一想，索南达杰肯定是心中的愤怒无法排遣才这样的，他一定比谁都痛苦。这样一想，扎多又觉得索南达杰太可怜了，心疼起来。

他何以陷入巨大的痛苦？一定与自己所面临的困境有关，也不全是。他已经开始怀疑成立西部工委的初衷——这段时间，目睹的严酷现实告诉他，可可西里所面临的已经不是如何开发的问题，而是怎样尽快去保护的问题！

几千年来，黄金和盐一直在那里，所有的矿产资源也一直在那里，为什么没去开发？人们不是不知道黄金和盐的珍贵，而是懂得它的存在更加珍贵。它们与人类一样也是大自然的一部分，只要大自然无恙，人类就能持续繁衍生息，大自然一旦遭到破坏，就会危及人类的生存，危及生命万物。

为什么青藏高原世居民族一直对生灵万物以及整个大自然满怀虔诚敬畏？为什么要让敬畏自然成为社会风尚乃至民族文化的传统习俗？因为是大自然养育了所有的生命，因而谦卑。在他们心里，一个人的生命并不比脚下的一只蝼蚁更高贵。因而将山川万物奉若神明，心存无限感恩，从不敢肆意妄为。他们不仅保护藏羚羊、野牦牛、棕熊和雪豹，也保护蚂蚁、蜘蛛和蝴蝶以及蚜虫、蠕虫等所有的生命。

一种文化基因的血脉就这样延续了下来，并得以自觉遵循和世代传承。如果这是血脉，索南达杰的血管里也流淌着同样的血。他曾一度以为，藏民族世代坚守的那些传统文化过于保守，阻碍了民族的发展，回过头去看，正是这样的文化积淀，才守住了大好河山，没让它遭到破坏。

放眼地球，很多地方早已出现的生态失衡也开始向青藏高原逼近。生态危机早已成为地球和人类共同面临的一大难题，现当代世界许多杰出的思想者对此都做过深刻反思。

博物学家爱德华·威尔逊在自传《大自然的猎人》中写道："既然已经生在这个世界上，而且还一步步参与了数百万年的生物进化，我们人类的生态环境、生理状况，乃至心灵状态，都和地球上其他生物密不可分。"

威尔逊以"大自然的猎人"自诩，也许是在强调作为博物学家的"猎人"与普通猎人或盗猎者有本质的区别。他一生行猎，目标猎物大多是分布世界各地的蚂蚁稀有种。他从北美专程飞往澳大利亚或南太平洋某岛国，就是想亲手逮住这样一只蚂蚁，将它收入瓶中，带回去研究。

在生命的意义上，一只蚂蚁或别的一只什么虫子与一只藏羚羊、野牦牛等大型陆生动物并没有什么区别，它们在地球上存在的历史甚至更为古老，生命的繁衍也更为久远。

爱德华·威尔逊继续写道："20世纪刚开始的时候，人们依然相信地球资源丰饶得取之不尽，用之不竭……才经过一个世代的开发，人类就已经将野外世界破坏到足以威胁自然资源的程度，生态系统和物种目前正以6500万年以来最快的速度消失！"

扎多断言，索南达杰也意识到了问题的严重性，可他心有不甘，还自以为是——至少曾经是——还要去开发那些祖先们守护了几千年的宝藏。如果他的那些开发计划得以实施，他与那些乱采滥挖的人有什么区别？他能不矛盾和痛苦吗？

在跟我反复讲述这段时间索南达杰身上的异常变化时，

扎多不像是在讲述自己经历的一段往事，而像是在替索南达杰说出他内心的挣扎和困惑。

"他能停下来吗？说成立西部工委想开发可可西里矿产资源的设想纯属扯淡，他不想干了？开弓没有回头箭，这个时候，即使他撂挑子不干了，也会有人去干。且不说，以他的性格做不出这样的事情，真要是那样，可可西里就不会遭到破坏吗？说不定，情况会更加糟糕，不可控制，那是他更不想看到的结果。"扎多告诉我，这也是索南达杰跟他反复讲过的话。

他别无选择，只能硬着头皮往前冲。刚刚成立不久的西部工委还有很多事等着他处理，一刻也不能耽搁。现在，他唯一能做的就是，怎样去开发才不至于遭到太大的破坏。

"这能做到吗？无论怎样开发，你都得在大地上挖开一个巨大的口子，那是一个伤口，很难愈合——而在可可西里那样生态极度脆弱的地方，这个伤口将永远无法愈合。此时的索南达杰心里已经非常清楚，当初他为开发可可西里自然资源精心绘制的那个宏伟蓝图，正在演变成一场噩梦！"扎多自问自答。

每次想到这些，在索南达杰身体里蠢蠢欲动的那些病灶就会剧烈发作，让他寝食难安。一个人是这样，自然万物又何尝不是。大地以及自然万物要是病了，又怎会安宁？每个生命的安危都与自然万物息息相关。

他对扎多说:"人的身体为什么会生各种各样的病?一定与大自然所遭受的各种病变有关——这个世界病了。"他反复告诫身边的人,山川万物也有自己的生命,必须细心呵护,不可随意伤害。

这些话也没什么新意,一代代藏族老人都这样告诫过自己的子孙。他们甚至说,大地上的每一块石头为什么会在那个地方,都是有道理的,不能随意挪动。还有大山地层里的每一种矿藏都是大地的生命养分,少一样,大地都会出现这样那样的问题,那就是大地的病。

索南达杰不会不记得这些,只是被自己要急着去开发黄金和盐的梦想所迷惑,判断出现了偏差。可在这个节骨眼儿上,他无论如何都得往前走,都不能离开可可西里。否则,在治多父老乡亲眼里他就是一个逃兵、一个懦夫。那样他和西部工委就成了一个笑话。这还是其次——可以完全不在乎,更难以收场的是,如何向县上、州上交代?如何面对史国枢?如何面对自己内心的煎熬和尴尬?

他只好继续往前,继续走进可可西里。如果能阻止破坏和杀戮,即使用自己的生命去阻挡,他也愿意。如果根本无法阻挡,那就用自己最大的努力尽量减少开发带来的破坏,能做多少就做多少,但绝不能坐等、坐视,必须有所行动!

1993年5月起,西部工委开始在青藏公路设卡,阻止非法采金者进入可可西里。

之前，他们已经在《青海日报》上刊登过一则通告，说凡进入可可西里采金者必须先到玉树驻西宁办事处办理相关手续，他想通过这种办法，从源头上切断可可西里乱采滥挖的渠道。从20世纪80年代初至90年代初，每年开春前，青海各沙金产地政府都会发这样的通告——后来又改成某区域禁止一切采金活动的通告。

通告发出去好多天之后，竟无一人到办事处办理相关手续，西部工委只好在青藏公路设卡拦截，却没有采金者从那里经过。一打探才得知，听说这里设卡拦截的消息之后，很多采金者都不从这里进了，他们选别的更难走的通道进入可可西里。

那都是一些只有采金者才知晓的秘密通道，像藏羚羊的迁徙通道，像狼道和野驴之路。索南达杰曾花时间去侦察，可没有找到……

这是索南达杰第七次进可可西里。一天傍晚，他们在半道上吃饭休息，索南达杰吃了点东西，胃病犯了，蜷缩在那里，直不起身。人们把他抬到车里时，他疼得直打滚儿。大家都不知道如何是好，扎多和靳炎祖商量了一下，决定赶回县里，先给他治病。

扎多和司机先去前方探路，没走多远，发现一台拖拉机停在那里，旁边还有一顶帐篷，不远处还有一辆卡车。走近了些，看见卡车一侧的地上堆着一大摞藏羚羊皮。扎多要下车去检查，司机拦住了他，说："他们有枪，会打死我们的。"

扎多一行立即赶回营地汇报。索南达杰疼得已经起不来了，他让扎多先带人过去抓人。扎多没敢迟疑，带上索南达杰借来的那支冲锋枪，开着吉普车冲了过去。拖拉机和帐篷还在，还有那一堆藏羚羊皮，可是卡车不见了，帐篷里也没人。这时，天已经黑了。扎多打着手电筒走进帐篷，地上还有一支没顾上拿走的小口径步枪，一拉枪栓，子弹已经上膛。盗猎者刚刚逃离。

这时，远处有一道车灯照射过来，汽车发动机的轰鸣声越来越近，扎多急忙走出帐篷，躲在暗处。一辆吉普车直直开到帐篷跟前一停下，车上跳下三个人，正要进帐篷，扎多喊了一声："不许动。"三个人站在原地不动了。这是一个盗猎团伙，他们冒险回来找那支遗落的小口径步枪。

索南达杰一行往回走，快到五道梁时得到消息，县上其他工作人员已将上千名非法淘金者堵在青藏线上，还有大批采金者正源源不断地向这里赶来，采金者越来越多。索南达杰感觉情况不妙，如果刚抓获的几名盗猎分子与这群淘金者有关，那么西部工委和县上的工作人员就会很危险。仅凭一个卡子吓唬不了他们，更挡不住他们。他下令快撤。

撤回五道梁后，他们要么往格尔木方向，再绕道西宁回治多，这条路好走，但要多走2000多公里；要么往东抄近路，都是便道，多泥沼河流，但是，近。索南达杰决定抄近道，直接往治多方向。没走多远，车陷河谷泥沼，他们挖了一夜，才把车推出烂泥坑。天亮了一看，五道梁就在眼前。

万幸的是，折腾了一夜，索南达杰的病痛却有所缓解。他们得尽快离开。索南达杰押解盗猎分子乘坐吉普车先走，扎多他们开装满藏羚羊皮的卡车殿后……没走多长时间，走在前面的索南达杰的吉普车已经消失在视野里，走远了。

第二天，走到曲麻河时，路边一块大石头上用一块小石头压着一张小纸片，很显眼，扎多老远就看到了。到跟前，他下车拿起一看，上面有几个字，是索南达杰的笔迹："你们一定要保重！"

索南达杰深知，每一次进可可西里都冒着生命危险。

西部工委成立后召开的第一次会议上，他对工委的同志们讲："不知你们对这一全新而陌生的工作环境有何思想准备？迎接我们的是号称'生命禁区'的可可西里以及横行在这片土地上的各种邪恶势力，我们肩上承担的是保护和开发利用我县 60% 版图的责任。需要我们具备吃苦耐劳、开拓创新、敢于奉献的精神。这是一项需要付出代价的艰苦工作，有可能需要我们用生命做抵偿。"

工委刚成立，条件有限，除了满腔热血，他们几乎什么都没有。每次进可可西里之前，每个队员唯一能做的就是从自己家里带上足够支撑个把月的糌粑、白饼当口粮，家里条件好点的还带一些风干肉、方便面和咸菜什么的。

12次可可西里之行，有5次赤手空拳，没有任何武器装备；有8次因没有帐篷顶着严寒，一直吃住在车里；有3次对可可西里的自然资源进行过全面详细的考察，搜集积累了大量一手文字和图片资料。仅提供给州、县领导的调查报告等研究成果类文章就有6篇，其中《保护和开发利用可可西里资源的总体规划》等有较高的经济价值和科学价值。

短短一年多时间里，索南达杰和他的战友们先后查获非法持枪盗猎团伙8个，收缴各类枪支25支，子弹万余发，各种车辆12台，藏羚羊皮1416张，沙狐皮200余张，没收非法采金费4万元……他到处奔走呼号，争取可可西里尽早列为自然保护区。为保护可可西里和藏羚羊一直战斗到生命的最后。

"为保护可可西里，如果一定要有人去死的话，我肯定是第一个。"谁都不会想到，竟一语成谶。杰桑·索南达杰是第一个走进可可西里履行自己神圣责任和义务的人，牺牲在与盗猎分子战斗的现场。

每一次进可可西里，遇到险情时，他总是第一个冲在前面——或挡在后面，让身边的其他人处在相对安全的位置；在与持枪歹徒交涉时，他又总是冒险只身前往，让同伴队友站在远处警戒；汽车陷入雪坑时，他又总是第一个跳下去挖凿开道……

第一次进可可西里，车都是借的，他自己开车。后来调来几个人，也配了一辆北京吉普，有一段时间依然没司机。在西部工委的大部分时间里，他一直兼任司机，拖着长达八年之久的慢性肠胃炎，自己开车在可可西里走过了4万多公里的风雪之路。

因为长期没时间治疗，他的病情日益恶化，几乎每次出门都会频繁发作。每当胃病发作、疼痛难耐时，他就大剂量地吞食干酵母片，有时不得不"绝食"或注射镇痛药剂，来缓解病痛。身边的人劝他抽时间到医院看看，他总是说："等以后有时间再说。我这又不是什么大病，是老毛病，忍一忍就过去了，不算什么事。"

第四次进可可西里时，一天，在库赛湖、巴拉达泽河中游一带截获一个持枪盗猎团伙时，他的胃病又发作了，痛得他脸上直冒冷汗，在车里打滚。回到营地后，大家一再劝他到医院治疗，可他说："现在工作这么紧张，我能脱开身吗？没事的，咬咬牙就过去了。"

第二天，巡山继续，已有两天没吃任何东西的索南达杰忍着剧痛开车在前面开道引路。当晚，他们的车再次陷入泥坑里，趁人们挖车时，扎多烧了点开水给他送去，发现他已昏倒在驾驶室里。

人们把他扶起救醒，他的第一句话却是："你们冷不冷？冻伤了没有？"在场的几个人顿时落下泪来。他可以不顾自己的安危，但不能不顾及别人的安危。

在可可西里坎坷不平、冰雪沼泽覆盖的无人区，连续开几天几夜的车，就是铁打的汉子也支撑不住，何况他身患多种疾病。每当他腰背痛得实在忍不住时，就让人找一块长石块，顶在车座靠背和自己的腰背之间。他说，这样舒服一些。有几次，身边的人发现，他背上的皮都磨破了。

他和工委的几名同志在远离组织、远离亲人的可可西里荒原度过了整整一年的时间，但在他的带领下，他们没拿过一分钱的出差费。工委在开展一些工作时，他曾向单位借用过3000元钱，最后全是他用自己的钱偿还的。

当一些人说他去可可西里不过是游山玩水，一些人说他不要命地蛮干时，他对身边的人说："走路，你要记住怎样才能到达目的地，不要计较路途的远近，更别计较沿途的风声。"还说："只要是为国家和人民的利益，挨点骂甚至受点委屈很正常，算不了什么。"他连生死都不顾了，还在乎别人的几句闲话？

1994年2月2日下午，我和同事到索南达杰家采访他的妻子，才仁拿出那张《可可西里自然保护区规划方案图》和一份关于开发可可西里地区盐湖资源的调查报告的草稿。这两份文件，让我想起此前已经看过的另一个规划——《保护和开发利用可可西里资源的总体规划》。从逻辑顺序判断，这个"总体规划"应该早于自然保护区规划方案，如果不是这样，这个总体规划也许就不会出现。

这两个规划所描绘的都是索南达杰的梦想，仔细琢磨，我发现，前一个规划的重点是开发利用，提出了可可西里有哪些矿产资源可以开发和如何开发的事情，后一个规划则是可可西里如何实现全面保护的规划蓝图。

如果要保护，就得放弃开发；如果要开发利用，哪怕是小规模的开发，在那个地方都会造成生态环境的破坏——即使以现在的技术条件，要在不破坏生态环境的前提下去开发可可西里矿产资源，也无法做到。

这是一对很难调和的矛盾。以索南达杰的严谨，做这两个规划时，他不可能不知道这两者之间的内在关系。

那张自然保护区规划图已经很破旧了，说明它一直被索南达杰带在身上，随时都会铺开了看。把可可西里列为国家级自然保护区，意味着那里的任何矿产资源将再也不能开发了。这不是主观推断，而是1994年国家颁布"自然保护条例"的明文规定。虽然，索南达杰做这个规划时，此"条例"尚未颁布实行，但他肯定明白，鱼和熊掌不可兼得，一个矿产资源开发区不可能成为一个自然保护区。

此时的索南达杰或许正在或已经放弃最初那个要去开发可可西里黄金和盐等矿产资源的梦想。他有了一个新的梦想——全面保护可可西里！

开发与保护？他已将自己置于两难境地。保护势在必行，一刻也不能耽搁，而开发是他的主要使命！

才仁还给我们看了一张照片和两块有花纹的精美小石头。

那张照片是当时我们找到的唯一一张他在可可西里的留影。听说他有数百张自己拍摄的关于可可西里的照片，我们费尽周折也只找到了几张。有人像的这张照片也压在他办公桌的玻璃板下面。

那两块花石头是他从可可西里带给大儿子索南仁青的生日礼物。

才仁告诉我们，他父亲把这两块小石头送给小仁青时说："儿子，这是我们可可西里的石头，你要好好保存它，等你长大了，要好好保护可可西里。"还说，虽然送给儿子的只是两块石头，但很珍贵，是可可西里的象征，那里有很多很多的宝贝，都需要去保护。

我们在翻阅这些东西时，他妻子才仁一直在哽咽着哭泣。我们不忍发问，只是小心地表示我们的来意，才仁说："我感谢你们来看我们。我没什么可说的，更没什么要求，孩子的父亲为那一片土地把生命都献上了。作为生者我还能有什么理由提要求。我唯一的愿望就是把两个儿子培养成才，继续为保护和开发可可西里做贡献，完成他们父亲未完成的事业，如果可能，我也要去可可西里……"

才仁是县完小的一名会计，心很细。她讲到了一个细节，家里有一台"橘子洲"牌收音机，她丈夫把上面的这三个字抠下来，重新组合，变成了"才仁"两个字。看得出来，她很看重这件事，才特意讲给我们听。

说这些话时，她每说一个字便哽咽着好一阵说不出下一个字。我们不忍再打扰她，不忍再听下去，不忍再看她泣不成声的样子。

我抬头望着窗外的院子，看到一颗水珠从走廊玻璃上滚落下来，像眼泪。玻璃上有一层水雾，使院子里走动的人影很模糊。夜里冻结在玻璃上的冰开始化了，变成了水珠往下滚落，在玻璃上留下一道道水痕。我对才仁说，我们要走了，有机会再来看你。

临别，她又拿出那封电报给我们看："1月9日离格赴可。索。"这是索南达杰进可可西里之前从格尔木发来的。电报上没有提归期。大家都盼着他早点回来，妻子已备好了年货等他回来过团圆年。

在可可西里时，他还曾叮嘱身边的人，说这次回到西宁，一定提醒他给两个儿子买点儿过年的花炮。说这几年孩子们总让他给他们买过年放的爆竹，今年一定要满足孩子们的这个愿望。他还有几次提起妻子的关节炎，说这辈子欠她的太多了……

他竟永远地留在了可可西里，再也没有回来。

索南达杰牺牲后，几乎每一年的1月18日——他的祭日，我都会想起那些往事。有时候，有人会在无意中提醒——这日子无须提醒，我也无法忘记——这一天是他的祭日，让我再写点什么；有时候，我会重新翻阅当年的采访笔记。

他生前所经历的所有平常和不寻常的往事，一幕幕在我的眼前浮现。我会情不自禁地想起，又到年跟前了，索南达杰的妻子和两个儿子是否又备好了年货，盼他归来？

索南达杰就这样去了可可西里。

一次接着一次，每一次都跟最后一次、最后11天一样，扑朔迷离，险象环生，都是一曲悲歌。12次可可西里之行就是一部悲壮的生命交响曲。

只要可可西里依然存在，只要可可西里的那些生灵依然存在，这支关于生命的悲歌将永远在可可西里上空回旋。

可可西里的每一天都成了一个永久的纪念日。

365天的可可西里之行，原本是一次为生命与爱的繁衍而持续的跋涉，最终却成了一次超越生命的远行。那么，这样的远行会抵达何处？是他心灵的故乡吗？有人说，此心安处是吾乡，那么，此心可安否？

因为索南达杰，可可西里和藏羚羊更加引人注目。可可西里恢复了昔日的宁静，藏羚羊也恢复了昔日的宁静。旷野安详，万物自在，史诗继续。

11天，12次，365天……

采访有一个巨大的障碍，你永远无法清除。那就是，你费尽心思得到的新闻素材，最缺的就是细节，多出来的全是总结式的材料语言——我们总是擅于整体的把握和总结，而疏于细节观察的记忆，大多也缺乏细节描述的技巧和能力。所有的细节都被大量无关紧要，甚至似是而非的材料语言所忽略、所淡忘、所淹没。

每一个被淹没的细节都是一片灵魂的羽毛——也许还有人性的光辉。

我们在治多的采访也一样——在任何一个地方的任何一次采访都一样。

采访是一个任务,每次采访也都有大致的时间要求,到时间,必须告一段落,以确保按时交稿,完成报道。而从事实的发掘和事态的变化来看,整个采访远没有到结束的时候,至少在我看来是这样,以致这么多年过去之后,采访还在继续……

索南达杰回到治多,我们却要告别治多。

年关日近,索南达杰回家,我们也得回家。

可可西里

也许你看见的那匹马并不是真的马
而是一只鸟,或一片云
或者,也不是一只鸟,更不是一朵云
也许那里什么都没有
你看见的是你自己的一个梦

也许你也没有做过这一个梦
也没有任何景象
出现在你的梦里
那只是你于歧途遇见的幻影
甚至,你自己也是那幻影的一个折射

> 或者回声。你听见了你自己发出的声响
> 像耳鸣,其实,那时并无声响
> 那时,悄无声息
>
> 那时,世界一片寂静
> 那时,时间像一枝待开的玫瑰
> 而空间却像一扇无形虚掩的门
> 无论里面或者外面
> 空无一物
> 也没有尘埃[1]

作为一个地名,今天,"可可西里"四个字已经传遍天下,妇孺皆知。可是,这个地名是哪个年代出现的?它的确切含义又是什么?并没有一个统一的认识。

从20世纪90年代初,有一个说法非常流行,说这四个字是蒙古语译音,意为"青色的山梁",也有"美丽的少女"的意思。因为好听,广为流传。如是,这应该不是一个新的地名,而是一个历史上早就有的名字。

我专门请教过好几位通晓蒙古语的朋友,其中一位是我大学同学布拉格,他曾潜心研究蒙古族历史文化,有不曾公开出版的专门著述,以为他的回答最可信。他说"可可西里"几个字在蒙古语中发"呼和西里"音,意为青川;

---

[1] 引自古岳组诗《世界》。

少女在蒙古语里发"呼肯西里"音。由此我判断,"可可西里"确有"青色的山梁"或"青色的山川"之意,"少女"之意受"西里"之音影响,纯属臆想,而"美丽"一词则是对臆想中"少女"的溢美之言。

蒙古人对青藏高原的深远影响始于元代,但元代对青藏高原的统治主要是依托当地藏族人来实现的,从而使两大草原民族的关系日益紧密。蒙古人大规模进驻青藏高原是明代以后的事情。17世纪初,固始汗大军进入青藏高原,整个青藏高原曾一度在其治下,其影响一直延续到清代,很多地方驻守的蒙古大军和族群都留有历史遗迹。

其间部分原来生活在伊犁一带的蒙古部族向青藏高原青海湖及黄河流域的迁徙,青海湖以北和黄河以南的蒙古人就是那个时候迁至此地的,他们的后裔至今还在这里生息。其余比较分散的蒙古人都融入当地藏族人,作为族群的蒙古人不见了,但不少地方依然沿用蒙古语地名,尤以黄河流域上游地带分布较为集中。

比如索呼日麻、夏日乎、塔拉等均为蒙古语译音,还有那些尾音为"特"的名字,比如蒙古语中对青海藏族人的称呼"唐古特"。布拉格说,"特"音在蒙古语中介于D和T之间,更靠近D音。还有"唐古拉""巴颜喀拉"这些后面缀有"拉"字的山名,原本应该发"乌拉"之音,原本就是"山"的意思,译成汉语时省去了中间轻滑之音,只取其重音,便又缀一"山"字——凡欧亚大陆叫"乌拉尔"的山，均源自蒙古语。就像藏语中"曲"就是河的意思，比如"玛曲""治曲""杂曲"（黄河、长江、澜沧江源区干流），译成汉语时，"曲"后又缀一"河"字一样。

青藏高原的很多蒙古语地名就是那个时候留下来的，"可可西里"也一样。

在所有藏族典籍中尚未找到"可可西里"这个地名。据文扎主编的《可可西里地名文化》记述，直到20世纪80年代之前的地图上都没有这个名字，全国第一次地名普查时，可可西里依然是一片空白。

20世纪80年代中期的行政地图上才开始出现"可可西里"几个字。这片广袤山野，在历史上也一直有人类栖息繁衍，它不可能没有一个总的历史名字。

短短几年间，这片一直鲜为人知的土地突然名扬天下。

因为日益猖獗的藏羚羊盗猎现象被世人瞩目；因为反盗猎，就在可可西里腹地，杰桑·索南达杰献出了自己宝贵的生命。可可西里成为举世瞩目的焦点。

凑巧的是，千年以前的阿卿羌塘或可可西里也曾有过藏羚羊被大肆屠杀的年代，史诗中的英雄格萨尔出征北方魔国，不仅是为了征服魔地，还有一个神圣的使命，就是拯救惨遭恶魔祸害的藏羚羊。大战在即，有一位"美丽的少女"隆重登场。

在藏族史书记载和传说中，这片约8万平方公里的北方大野因《格萨尔史诗》广为流传。史诗中岭国北方的辽阔疆域便是今天的可可西里，便是北方"魔国"，史称"阿卿羌塘"。

可可西里之名，或许真与这位"美丽的少女"有关，藏族历史文化中，古称"阿卿羌塘"的"可可西里"确曾出过这样一位"美丽的少女"。

据格萨尔艺人的演绎，这部伟大史诗中唯一的女将、传奇女性阿达拉姆就出生在那里。从史诗的故事情节判断，阿达拉姆的少女时代应该正好是在可可西里度过的，因此称她为"北方英雄阿达拉姆"。那里是她的故乡，用她的形象来为这片土地命名，也没什么不妥。不过，这话反过来说就欠妥当。

可可西里可以是美丽的少女，但美丽的少女未必是可可西里。

阿达拉姆是一位巾帼英雄，是雄狮大王格萨尔众多英雄中唯一的女性大将，同时也是格萨尔的王妃。这几个名头一个比一个响亮，在藏族社会妇孺皆知，深入人心。她是史诗结尾部分重要部本《地狱救妻》中的女主角，也是这部伟大史诗中唯一集女魔头、王妃与英雄多重身份于一身的重要人物，光彩照人。

阿达拉姆出生在北方阿卿谷地，是魔地鲁赞王之妹，护卫魔国的女将，手中的弓箭和长矛是她的身份象征。史诗中的阿达拉姆这样唱道："你若不知我是谁，我是黑魔父王亲生女,我是黑魔鲁赞他妹妹,我是阿达拉姆巾帼女。你若不知这城堡,它是鲁赞大王寄魂城,住在悬崖峭壁八峰前……"

有研究者认为,阿达拉姆称为"阿史那·陀女",出身突厥族某部落,能征善战,遇见格萨尔之后,一直为他冲锋陷阵,是一位具有传奇色彩的女性首领。

根据史诗中的记述,因为魔王鲁赞抢走了爱妃梅萨,格萨尔根据天神授记出征魔地,与阿达拉姆一见钟情。阿达拉姆主动表达爱意,在魔地神灵的见证下将自己许配给格萨尔,并将魔城三道难关的秘密告诉格萨尔。还与格萨尔里应外合,协助格萨尔杀死鲁赞,救出梅萨,自己也降伏于岭国。后来,格萨尔让她和魔地大臣香恩作为北方头人管理魔地。

格萨尔出征北方魔国期间,霍尔国白帐王乘虚而入,一战之下,格萨尔同父异母的哥哥、战功赫赫的嘉察被霍尔大将辛巴所杀,王妃珠姆被掳走。闻知此事,格萨尔随即由北方魔地转战霍尔,开始霍岭大战。

阿达拉姆亲率魔地将士前来助战,她头戴一顶白色盔帽,身披白盔甲,胸前尚有三兵器:杀敌钢铁箭,骑肉食罗刹腾空万里马……所到之处,吓得霍尔热巴部落首领南朗布哲巴图鲁掉头逃窜。阿达拉姆手刃上百兵卒,用弓箭射杀敌方首领……

随后的第三场著名战役——姜岭之战中,霍岭之战中归降的辛巴用计活捉姜王，阿达拉姆更是英勇无比。深得格萨尔赏识，将她与岭国骁勇善战的大将察香丹玛相提并论，并预言，姜国萨丹王眷属赛察岗让，必亡于阿达拉姆之手……

格萨尔接受天母贡曼嘉姆女神授记，让阿达拉姆迎战姜国勇士达图弥郭。阿达拉姆手持黎明食肉长矛迎面刺去，正中其胸。她率领十万兵马围攻北城门，用魔地鲁赞王的九尖霹雳箭，取下赛察岗让的首级，悬于胯下马鞍凯旋……

史诗中的第四场著名之战是门岭之战，阿达拉姆等岭国四大将领率八万兵马，围攻西方孔雀连屏城四方城门，她攻北门，也是一战而下。阿达拉姆助格萨尔征战四方，攻城略地，皆如探囊取物……

阿达拉姆的故事与大多英雄史诗的叙事结构相似，出发—征战—落难（死亡）—归来（复活，或被救赎）的命运主线贯穿始终。随着佛教思想的深入，秉持"弃恶扬善、因果报应"的价值观逐渐在藏民族思想意识中占据主导地位，"杀生"一直被视为首恶。阿达拉姆曾统领众将士，杀过金冠大上师，杀过多位首领，杀过黑帽大咒师，杀过英雄好汉，杀过女人、僧人……最终堕入地狱。

死后，她要在阎罗殿接受最后的审判，称量她生前所做善业和恶业。结果显示：阿达拉姆的恶业堆积如山，而善业只有为格萨尔做过一顿饭的一点功德。代表善与恶的白色精灵和黑色精灵陈述其善恶对错。

黑色精灵如是控诉道：活在阳世人间时，是九头妖魔的妹妹；在上部大千恶魔界，她的名字就叫食肉魔头；幼年三岁未到时，她已在荒野大地布设地弓，使鼠兔鸟雀被捕猎；少年时，她将发辫束肩来作恶……清晨，攀登山岩顶，她把铁箭搭在铁弓上，射杀九百野公牛；到傍晚时，她又残杀母野牛，大山都被血染红……阿达拉姆所到处，秃鹫鸟儿当空旋，豺狼猛兽无处藏，这姑娘如何能得解脱？

　　　　如果你没有眼睛
　　　　你所看到的，也许只有内心的臆想
　　　　那里没有缤纷绚烂
　　　　那里只有喧嚣和呐喊
　　　　也许，还有嚎叫和呻吟
　　　　也许还有节奏和旋律
　　　　相互交织的旋律像一张网
　　　　你一直向网的边缘跋涉
　　　　可那张网无边无际
　　　　你被困在一根蛛丝上摇摇欲坠

　　　　而假如你有眼睛
　　　　却没有耳朵，听不见声音
　　　　你所看到的一切将会无声无息
　　　　你曾确认的那个世界将会颠覆

于是，你不再相信看到的或没看到的一切
你试图去相信声音
而声音已经消隐
世界，又一片寂静[1]

在不同的格萨尔艺人说唱中，阿达拉姆的故事情节也稍有出入，文扎主编的《可可西里地名文化》写到过一个神授艺人。那天，地名普查组正在米拉雪山西北行进，那里的一些山体呈雅丹地貌，状貌千奇百怪，引人注目。随行的神授艺人说，那灰色的山梁就是阿达山脉，红色的山岭是巴毛夏卡，这两个山名都与阿达拉姆有关。

这个神授艺人的说唱中，阿达拉姆没有父母，她是从一株草尖上生出来的，被一个猎人发现后，当作自己的女儿抚养长大。后来，她的养父在一次外出打猎时，被一头野牦牛顶死。悲痛之余，阿达拉姆背上父亲的弓箭，走上了复仇之路，开始杀生。她的少女时代，都以猎杀野牦牛为生，被猎杀的野牦牛尸骨垒成了一座城堡，人称"巴毛夏卡"，意思是"巴毛肉城"。传说，从太阳湖向西南到整个可可西里中线区域（藏羚羊三大迁徙通道之一），都是阿达拉姆的领地。

直到遇见格萨尔，史诗中唯一女将的传奇才从这里开始说唱。

---

[1] 引自古岳组诗《世界》。

据《可可西里地名文化》记述,格萨尔艺人青梅让丁在《格萨尔·勒池藏羚羊宗》中的说唱内容:格萨尔征服滥杀藏羚羊的狩猎大盗之后,遵照天母娘娘的指引,从卓乃敦泽山麓找到了80支神箭。此箭威力无比,能轻易射穿野牦牛头骨。格萨尔14岁时,阿卿羌塘(今可可西里)出现了一头九头野牛魔王,连岭国众将之首、第一神箭手察香丹玛都不能取胜。最终,格萨尔用卓乃敦泽神箭才将它降伏。

从英雄史诗的说唱内容看,可可西里及周边自古就是藏羚羊的栖息地。早在千年以前,这里还曾生活着一直以狩猎为生的原始部族,野牦牛和藏羚羊等野生动物种群也曾遭到大肆猎杀,直到格萨尔征服这片魔地,生灵万物才得以安宁。

> 翻越米拉(马兰)岗根雪山时,尽管海拔早已超过5000米,但是我们的队员却空前兴奋。从米拉山垭口向北望去,那座雪山,那个湖泊如此熟悉,如此亲切,仿佛有一种久别重逢的感觉。大家一到垭口,就提议与卓乃敦泽和太阳湖一起留影。从格日措湖一路西进,经卓乃湖、科考湖(中杂措钠),到太阳湖的这一条路,便是阿卿羌塘古地名中所说的藏羚羊产仔北线迁徙通道,即阿卿祖兰窝玛,是当年杰桑·索南达杰先后12次深入

可可西里腹地时的主要路线，也是（后来）野牦牛队巡山反击盗猎分子时的主要进山路线。在这块古老的土地上，流下了先辈英烈的血汗，留下了他们可歌可泣的传奇故事。[1]

像阿达拉姆及其部族一样，雅拉部落的先民所使用的捕猎工具或武器应该都是弓箭，杀伤力及射杀范围有限可控。一个出色的猎人，一天早出晚归，循着猎物的踪迹苦苦追寻，有所收获还要看自己的运气。

由于捕猎手段和技术相对原始和落后，古代社会的猎人更接近于自然界的捕食者。古代猎人之于猎物，就像鹰隼之于鼠类、雪豹之于岩羊、棕熊之于旱獭。无论猎人还是猎物，或者捕食者和被捕食者根本上仍受制于自然法则。捕食者和被捕食者原本也是自然界的一个普遍现象。

人类石器时代的捕猎者猎获一头猎物的本领并不比一只雪豹和一只狼更高超，甚至会常常面临反被捕食的危险。他们既是捕食者也是被捕食者。直到他们发明了弓弩，才将几乎所有的动物列为可猎杀的对象——其中甚至也包括了人类自己，原始部落之间的战争更像是一次更大规模的围猎。"逐鹿中原"这个成语说的不是猎杀一头鹿的事，而是人类猎杀人类的事。

行猎者骑乘用的交通工具也发生了翻天覆地的变化，

---

[1] 引自《可可西里地名文化》，治多县第二次全国地名普查领导小组办公室编，文扎主编，甘肃民族出版社，2017年9月第1版。

从古岩画的行猎场景看，最早的猎人几乎是徒手行猎的，顶多手握一根木棍或一块经过打磨的石头，也没有骑乘工具。过了一两千年，他们开始骑着鹿和马匹去打猎，手中的木棍和石头也换成了长矛。他们手持弓箭去打猎已经是几千年以前的事了，及至发明了火枪，人类才将自己行猎的疆域不断推向极限。

至雅拉部落后期，他们可能也开始使用猎人专用的火器——猎枪来猎获猎物。猎枪的威力比弓箭大多了，但与后来盗猎者所用的现代半自动和自动步枪相比，依然是一种落后的武器，两者之间的差距好比弓箭之于装火药的猎枪。

最近的一次大变化是近半个世纪之内才发生的事，猎人打猎时不再骑乘训练有素的马匹，而是驾驶装有发动机的汽车去打猎。即使一辆北京吉普，它也能轻易地追赶上一只奔跑速度惊人的野生动物。

一只雪豹的时速超过120公里，一只藏羚羊和一头藏野驴的时速也超过60公里，可这样的速度只能保持在单位时间之内，比如半个小时之内，超过这个时间，速度再快的动物也会慢下来，甚至精疲力竭。但越野性能好的汽车不会，只要油箱里还有燃料，它会一直快速飞奔。这是多强悍的野生动物都无法做到的事。

20世纪90年代，可可西里盗猎者何以那般猖獗，除了贪婪的欲望，自动化步枪和吉普车是他们得以肆意妄为的主要支撑。北京吉普是可可西里盗猎者使用最多的交通工具之一，当然还有运输用的拖拉机和大卡车。

青海境内昆仑山周边，曾一度发生过盗猎者带着机关枪、开着吊车去大肆疯狂盗猎的个案。那已经不是一般的盗猎，而是疯狂屠杀。一些个体巨大的野生动物，比如野牦牛和藏野驴，猎获之后的装运是件非常困难的事，他们先用吉普车将一群大型野生动物驱赶至射程之内的一个狭窄山谷，而后用机枪扫射，完了，将成堆的猎物直接用吊车吊装运走……

除若干手持弓箭和猎枪的猎人之外，千年而来，直至一百多年以前，大河之源—可可西里—长江源—羌塘，这片总面积超过20万平方公里的广袤山野还是一片寂静，几乎无人侵扰。

对少量世居的游猎者来说，行猎是一种原始的生存方式，与后世以谋取商业利益为目标的盗猎者有本质的区别——当然，也没有反盗猎者阻止他们去打猎。

火枪的使用，意味着以刀剑为标志的冷兵器时代已经结束，以枪炮为标志的火器时代已经开始。作为一种兵器，火枪比弓箭来得更加直接，也更加有效。火枪的出现与火药的发明有关，火药是中国古代"四大发明"之一，也是人类文明史上最重要的发现之一，它对人类文明的深远影响丝毫不逊于活字印刷和指南针。一个使用弓箭的猎人与一个使用火枪的猎人有天壤之别，虽然都是猎人，但是他们的猎捕能力不可同日而语。除了眼力和定力之外，手握弓箭的猎人还须有惊人的臂力，而一个持有火枪的猎人只需扣动扳机即可。

虽然，我不曾仔细考证，但是，长期在青藏高原生活和工作的经历告诉我，至少在藏传佛教盛行之前，青藏高原的雪域藏地一定出现过一个以狩猎为生的时代，至少狩猎行为曾普遍地存在于整个藏地。有人把它称之为猎牧时代，我甚以为然。想来那个时候的藏地狩猎和游牧并存，先民们在狩猎的同时游牧，游牧的同时也在狩猎。

这个时代的前期曾经历过漫长的岁月，从青海湖流域到藏北湖群周边的那些岩画就是有力的佐证。因为大部分岩画上都画有牦牛的缘故，有学者（比如汤惠生）将青藏高原岩画（包括新疆昆仑山麓、宁夏贺兰山、内蒙古岩画和川滇横断山区岩画——这些岩画上也画有牦牛）统称为"牦牛岩画"。我曾仔细留意过这些古岩画，发现其中的很多岩画就是一幅狩猎图，猎人手持的弓箭和弓弩清晰可辨。不仅如此，骑猎的现象已经普遍存在。据考证，这些古岩画出现在青藏高原的历史在距今 3000—1000 年之间。汤惠生先生认为，青藏高原最早的岩画出现于公元前 1000 年前后，为早期金属时期——青铜时代的文化遗存。

尽管猎人在后来的藏族社会中成为被歧视的对象，但是，很久以前也许并不是这样。青藏高原严酷的自然环境决定了人类的生存状态和生活方式，狩猎也许是藏族先民最原始的生活方式，因为狩猎，他们开始驯化野生动物，继而衍生为饲养牧放，最后才开始游牧。

但是狩猎还在继续，游牧天涯与追逐猎物相得益彰。[1]

索南达杰和阿达拉姆不一定是同一个祖先，但他们有同一个故乡。

他们和藏羚羊、野牦牛也是同一个故乡。

都在可可西里。

让狩猎的雅拉部族最终放下弓箭和猎枪的不是反盗猎者，而是视杀生为第一大戒律的藏传佛教，它使一群猎人变成了纯粹的牧人。也因为藏传佛教，后来英雄格萨尔在那次自觉抵制滥杀无辜的行动中也扮演过非常重要的角色。格萨尔一生征战四方，杀伐无数，后来也像阿育王一样义无反顾地禁止杀生，并拯救了野牦牛和藏羚羊。

这是人类历史上第一次真正出于对生命万物的尊重而

---

[1] 引自《巴颜喀拉的众生》，古岳著，青海人民出版社，2018年11月。

进行的保护,"众生平等"四个字是它全部的意义。历史地看,这是人类文明的一大进步。它使世代以狩猎为生的族群逐渐被边缘化,不肯放弃狩猎的族人被迫四处迁徙,其余很快融入民族主体,彻底放弃狩猎,开始赶着牛羊四处游牧。遗憾的是,因为限于宗教,它未能在藏传佛教以外的世界对人类文明的走向产生更直接的影响。

在佛教传入青藏高原之前,本土原始宗教苯教为保护自然万物也起到过不可替代的重要作用,尤其是对雪山、河流、湖泊、森林的神化崇拜和敬畏的保护作用不可低估。佛教传入兴起之后又将这一传统系统植入佛教思想体系,继续得以传承弘扬,成为民族文化的根脉,影响并改变了民众的日常生活方式以及行为风习。这也是狩猎文化后来从未在青藏高原占据过主导地位的历史根源。

那是一千多年以前的事。一千多年前,可可西里的气候条件也许比现在还要温暖湿润,因为那个时候的可可西里正好也处在一个暖湿化的周期变化中。植被覆盖繁茂程度也一定比现在好很多,局部说不定还能看到几棵尚未消失的松柏类乔木。对一个狩猎者来说,这样的自然环境比之一览无遗的旷野更加理想。

猎人和各种猎物行进的路线和方向不大一样,猎人须仔细搜寻猎物喜欢走的路,猎物也在细心避开猎人会走的路。两条路交会的山顶垭口一般都是猎人等候猎物经过的地方,猎人和猎物都愿意让自己处在下风头的位置,尤其是猎人，因为猎物的嗅觉更加灵敏。

千年以前的可可西里，因为植被茂盛，更容易找到一个可以守候的理想垭口。可可西里的猎人却要放下手中的弓弩和猎枪去寻找水草丰美的牧场，去牧放畜群了。

一种延续几千年之久的狩猎群居生活方式就这样退出了青藏高原的历史视野。虽然受物质利益的诱惑，零星隐蔽的猎杀仍在继续，但是它再也没能回到社会人群主流的位置，只能以偷偷摸摸的方式谋取猎杀的利益。实际上，后来零星发生的狩猎行为，在民众眼里已然是盗猎了，猎必盗，盗则必诛。

雅拉部落杰桑家族的最后一次迁徙，使他们离开了可可西里猎场，进入通天河谷的治渠大草原，并在那里永久地安顿下来，成了那片草原的牧人。很久以后，他们再次迁徙江源索加时，已不是他们自己的抉择，而是人民公社组织的政策性移民。杰桑·索南达杰十几岁就成了这批移民中的一员。

又过了很多年，他却从一个猎人后裔变身为一个反盗猎英雄。从20世纪90年代初，由他开始的一系列反盗猎行动，将这一行动的意义推及整个社会的所有人群。英雄用自己的生命告诉人类，反盗猎或者对大自然的保护不是他一个人的事情，也不是藏族社会和青藏高原的事，而是整个人类和地球的事。

雅拉部落是极少数将狩猎为生的生活方式延续到近代以后的藏族部落之一，曾在可可西里及其周边世代繁衍生息。

为了生存，雅拉部族世代在这片土地上来回迁徙。他们居无定所，他们与这里的野生动物一起生活在同一个家园里，从约古宗列到可可西里、到长江源区当曲流域的君曲、莫曲和措池大草原，都是他们的家园。

与一般猎人所不同的是，他们也受到了原始苯教以及佛教思想的深刻影响，雅拉猎人世代遵循着一个非常严格的祖训。

祖训要求：无论何种动物，在其发情受孕、临产、产仔（产卵）、哺乳期间不得以任何方式、任何理由猎杀任何野生动物，如猎杀有身孕、哺乳期的雌性动物，罪孽尤其深重。即便情非得已，即便自己饿死了，这个训诫的底线也必须坚守，不得突破，否则会受到族人唾弃，乃至诅咒。

这个祖训的源头也许可以追溯到两千多年以前，苯教在青藏高原的兴起，将"万物有灵""平等"的思想种子播撒在人们的心里。青藏高原的严酷环境也告诉他们，人与自然相互依存是一个有机整体，谁也离不开谁，对万物当心怀感恩！

佛教传入青藏高原后，不但没有削弱这种传统文化心理，而且还将这种与自然和谐相处的文化形态推向极致，对后来藏民族的习俗以及地域风习的持续演进产生了深远影响。

因为这个祖训，猎人只能在固定的季节出去狩猎，而且只选择可以猎杀的对象，所猎获动物数量以养活族人为底线，从不滥杀无辜，也从不贪心多杀。对所有生命给予足够的尊重，并满怀感恩，因为正是这些生命养育了他们。

雅拉部落世代流传的遗训中，曾如此描述自己的家园：玛卿雪山的尽头是雅拉约古，约古的尽头是卡拉涌。再往前，越过"天来之水"，作别各拉丹东，走过大江大河的源头，走到众多山脉的尽头，便是阿卿羌塘（可可西里）。

里面的几个地名具有标志意义，雅拉约古在黄河源头，各拉丹东是长江源头，它们的尽头就是可可西里。雅拉是指黄河源头高耸的雅拉达泽峰，山前浩荡苍茫着约古宗列盆地。雅拉达泽还是传说中阿尼玛卿神山的儿子，山名与野牦牛有关。

20世纪80年代以前，这里已经见不到一头野牦牛了，但是山坡上随处可见的野牦牛头骨可以证明，这里曾是野牦牛的家园。山下就是约古宗列——炒青稞的锅。从这两个地名可以看出，牦牛和青稞对藏民族文化根脉的形成产生过怎样深刻的影响。

雅拉部落之名当与雅拉达泽峰有关，只是不知道，先有的雅拉达泽峰呢，还是先有的雅拉部落？可以确定的是，雅拉达泽峰下广袤的河源大草原曾是雅拉部落的故乡。狩猎为生的雅拉人曾以猎获野牦牛为主要谋生手段。后来，巴颜喀拉北麓河源大草原发生过多次激烈的部落之战，一次征战中，果洛藏族人侵占了雅拉人的领地，他们被迫从黄河源头迁徙至长江源头，从捕猎野牦牛转而狩猎藏野驴。

迁徙的路上，他们不仅带着猎枪，牛背上驮载着牛毛帐篷，也带着用野牛角做成的奶桶和野牛皮制作的锅。他们用厚厚的野牛皮卷成一个锅的形状，烤制固形，在地上挖一个锅卡，将野牛皮锅装进锅卡，下面再挖一个灶洞，留适当土层隔开，用来导热并防止烧坏牛皮锅。后面再挖一个烟筒，就可以在里面熬茶煮肉了。他们迁徙至索加一带行猎生活时，还保持着这样的风习。

索南达杰就是这个雅拉部落的后裔。他的祖先是一群猎人，他是一个猎人的后代。他是听着猎人与猎物的故事长大的，不得滥杀无辜的祖训也早已深入骨髓。

部落中的杰桑家族又是一个疾恶如仇的家族。

据老人们讲，这个家族世代都有与邪恶势力战斗的光荣传统，血脉相连，每两代人都会出一个为这光荣传统英勇就义的英雄好汉。索南达杰也是一个疾恶如仇的汉子。

老人们说，这一代就轮到他了。

他牺牲后，治多草原上的很多人都这么说。

文扎最后一次去可可西里又见到了那只不怕人的狼。

时隔多年，当初那只狼少年已垂垂老矣，文扎和其他曾见过那只狼的人，还是一眼就认出来了，它就是那只狼。

还是在太阳湖边，还是在离杰桑·索南达杰和奇卡·扎巴多杰纪念碑不远的地方。那纪念碑也可以看作是他们的墓碑，他们的骨灰就撒在湖滨山野。

这是文扎第二次见到这只狼。

第一次见到这只狼，是2007年11月的一天。治多县委常委、宣传部部长宗金才一行代表县委县政府前往太阳湖边，专程祭拜索南达杰和扎巴多杰的英灵，文扎也参与了这次活动。

据文扎后来的记述，祭拜仪式后，他们正在纪念碑前的草地上用午餐，一只狼悄无声息地出现在距离人群不到十米的地方。看样子，当时也只有两三岁的样子。因为有些意外，刚开始大家手忙脚乱，有点不知所措。

有的人拿出几块手抓肉扔给它，它毫不畏惧地叼起肉准备走，但是好几块肉没法一起叼走，便索性就在那儿吃起来了。在藏族民间文化里，出门人遇见狼被认为是吉兆，尤其是狼的右侧对着你时，更加吉祥，何况它如此靠近他们，致使大家无比激动和感恩。

这一次，在同一个地方，与同一只狼相遇，都有一见如故的感觉。

藏族人认为，狼、狗等只有九岁的寿命。而这只狼的寿命已经超过十岁了。从形象上看，它已是迟暮之年的一只老狼了。有的人质疑，狼本性狡猾，如此亲近人类，有点反常。而且，怎么能肯定这只狼与六七年以前见到的那只狼是同一只呢？文扎在文中写道："只有与我们同行的人，才知道答案。"

我们自荒原深处集结
从不同的地方走向命定的远方
我们得到一个秘密的指令
在漫漫长夜护送你远行
从久远的过去到久远的未来
我们一直就在同一条路上
从不曾偏离你行进的方向

黑夜降临。我听见你在山冈之上的一声叹息
眼眸如绿色的星辰璀璨夺目摄人心魄
远方悠扬的嚎叫划过寂寥的夜空
你孤独而行。你走过旷野
走向未知的远方,寻觅一个早已注定的方向
目光越过苍穹。你在找寻一颗星斗
而星斗已然坠落。从出发的那一刻起
你一直渴望抵达。抵达遥远的期待

我们是异类中的同类
你的使命也是我们的使命
你遥遥无期的跋涉成为一种孤独的守望
我们尾随你的足迹试着穿越恒久
用旷野上怒号的风吟诵你的诗篇
当早晨来临,阳光照耀黑暗的时候

> 你所走过的路上已经开满了花朵
> 花朵之上缀满了你在黎明前流下的眼泪
>
> 很久以后,你尚不曾抵达梦中的家园
> 而我们却一次次与自己的家园擦肩而过
> 呼唤依旧在远方。我们依旧在路上
> 有一天,你终于停住脚步
> 而我们却听到所有的脚步都已临近[1]

2020年5至6月间,我在治多,曾与文扎兄有过多次交谈,谈及他后来的几次可可西里之行,也谈到了他最后一次从可可西里出来时的情景。

"我突然感觉总有一个人一直远远地跟着我们,一个骑着一匹枣红或大青马的人,像是在护送。有时在远处的山冈,有时在附近的河谷。随时能感觉到一双眼睛在望着你。可是一回首,那里只有一朵云彩……"文扎说。

在当地一些老人的讲述中,索南达杰已经开始神化,说他牺牲后,依然放心不下可可西里和那里的生灵,已变成那里的守护神,日夜守护着那片辽阔的土地。还说,他会随时变幻形象,有时是一个骑在马背上的猎人形象,有时可能是一只狼。

我不确定,这是否就是文扎所说的那个答案?

---

[1] 引自古岳《狼的诗篇》。

如果这样一种语境能在这个族群一直延续，而且还有史诗一直流传，那么，很久以后，这样的想象很可能又会成为史诗新的篇章情节，越来越卷帙浩繁的格萨尔史诗中就有很多这样的情节。如是，未来的格萨尔艺人，说不定会把索南达杰的传奇故事也揉进格萨尔史诗中来。

可可西里本身就是一部伟大的史诗。

这是一种带有浓郁地域色彩和诗意想象的独特语境。一个依然保有童年纯真幻想的族群才会有的语境，人类早期的神话和后来的英雄史诗几乎都是在这样的语境中诞生的。从族群文化生态和文化心理上讲，比之农耕，游牧文化的土壤更适宜史诗的诞生和流传。远距离大范围的族群迁徙和长时间四处游牧的漂泊很容易延展出无穷无尽的史诗时空，诗意栖居让诗性想象肆意弥漫，汹涌，流淌。

即便是一个人，你要能独自穿越可可西里——羌塘草原，你就能把自己走成一首大气磅礴的诗。如果一群人或一个族群在地球最高处千百年不断穿越如此辽阔的一片大陆，就会走出一部震撼世界的民族史诗。这样的语境并非到处都有。

史诗不仅是诗意和诗性的表达，也是神性的表达。这也许就是几乎所有的民族史诗中都有伟大神灵的缘故。它缘于人类神性的生活和诗意的栖居。这个世界可以没有神灵——原本可能确实没有神,但是,你的生活不能没有神性,甚至你的心中也不能没有神性。否则,你就会肆意妄为,甚至会忘乎所以,无所忌惮。而那无疑是非常糟糕的事情。[1]

文扎最后一次去可可西里是 2014 年 7 月的事。

根据国务院《关于开展第二次全国地名普查的通知》要求,一支由 30 名队员组成的考察队肩负"填补普查盲点"的使命,深入可可西里开展地名普查,文扎是核心成员之一。

临出发收拾行囊时,那个藏文记录本的突然出现,着实让文扎大吃一惊。可它就在那一天出现在他的眼前,不早也不晚。因为与可可西里有关,而他正好要启程前往,没来得及细看,便带着它上路了。

这是一份珍贵的文献。它是杰桑·索南达杰有关可可西里的藏文笔记手稿,尽管所记录文字不多,内容却非常丰富。它应该早就在文扎手里了,可他始终想不起来,它是怎么到他手里的,对它的存在丝毫没有印象。

文扎后来一直主持治多县民语办的工作,很有可能是有人把这份文献送到他这里翻译的,至于是谁送来的,他毫无印象——也没人来催问过,也不曾着手翻译,手稿就一直在他手里放着。

索南达杰牺牲以后,所有人都感觉到,他的遗物中有

---

[1] 引自《巴颜喀拉的众生》,古岳著,青海人民出版社,2018 年 11 月。

关他自己的文字和图片影像资料非常稀少，除了后来作为遗像和纪念相片到处使用的那张工作照外，连一张多余的照片都找不到。

中国实行改革开放已经十五六年了，别的不说，照相似乎已经成为国人日常生活的一部分。那些年，照相馆随处可见，好像每个人都拍过很多照片。以索南达杰的身份和地位，怎么会没留下几张照片呢？而且，他自己也喜欢摄影，在可可西里至少拍过数百张图片，可都不见了。后来也不知从哪儿找到的，除了那张工作照，还找到了另一张头像照和两三张他在可可西里的照片，除头像照之外，都不是特写，照片上他也不在主体位置，成像效果也不好，人像模糊。

这就像一个巨大的空白点——不能不说，在随后的日子里，这个空白点一直是一个无法弥补的缺憾。很多年之后，除了那两张半身证件照，我们无从记忆索南达杰的形象，他的形象只能凭记忆描述。

又过了很多年——如果你从来没见过那张照片，在人们的回忆和讲述中，他的形象越来越像一个传说。如果说还有一些变化，那就是传说中的索南达杰越来越高大了，也越来越威风了，他满脸的大胡子也越来越长了。直到近一两年，我又看到过几张他在可可西里的照片，包括一张救援队找到他遗体时的现场照片。

我的印象中，有关他本人所有能找到的文字资料中，除了他所撰写的几份有关可可西里的调查报告之外，就是前面提到的那个笔记本。上面所记都是工作日志，大多只有百八十个字，有些只有几十个字。

没想到他还留下了这样一份手稿，文扎称之为"可可西里地名记录本"，而且就在文扎手里珍藏着。文扎记得，一就任西部工委书记，索南达杰觉得认识可可西里，要从地名入手，便着手调查采访了许多曾经生活在可可西里的知情人。

其中一位老者有"活着的历史"之誉，曾是宗举百户辖内老者赛琼尼玛。他是1958年藏族聚居区发生内乱时，带着一群族人穿过可可西里的头人和向导。他们从可可西里南面进入这块土地，之后逃到新疆。索南达杰记录了他出逃的经历和线路。在文扎眼里，打开可可西里之门得有好几把"钥匙"，这是第一把钥匙。

受此启示，文扎觉得还有一把钥匙。这把钥匙应该在至今依然生活在可可西里边缘的那些牧人手里。他们的祖辈曾与世居于此的雅拉族人世代混居混牧。

第三把钥匙就是一张1∶50000比例的可可西里地图和玉树州行政区划图，上面也标有一些地名。但是很明显，上面的很多地名与可可西里的历史无关。比如"陷车沟""迎军沟"等。第四把钥匙是神奇的格萨尔神授艺人，他们认为，可可西里是格萨尔史诗中唯一女将阿达拉姆的故乡。

那次从可可西里回来之后，普查组完成了一部大书——

《可可西里地名文化》，作者署名为"治多县第二次全国地名普查领导小组办公室编"，文扎是主编和第一撰稿人。书中的记述告诉我们，直到开展这次地名普查之前，除了"可可西里"这四个字，世人对这片土地的认知仅限于其丰富的矿产资源和藏羚羊。虽然，很多地方也有名字，甚至不止一个名字，但对其相应的地理信息以及文化内涵却一片模糊。他们就像走进了一片与世隔绝的蛮荒之地，总有迷失的感觉，一片茫然。

文扎他们写道：

> 我们此行是奔着可可西里的每一寸土地，因而即将进入可可西里的时刻，我们感到茫然，而且在紧张中夹带期盼。就像面对一位阔别多年的朋友，在过去与现实之间估摸熟悉和陌生，既欢喜又恐慌。

每当此时，文扎就会拿出索南达杰留下的可可西里手稿，从中寻找方向和启示，尔后，设法找到一位当地牧人，对包含其中的历史地理及文化信息进行仔细分辨。文扎发现，对可可西里几乎所有标志性的地理特征和重要的地名，索南达杰都做过深入细致的调查，并留下文字记录。在《可可西里地名文化》一书中，很多地方都引用过这些文字，以此向英雄致敬。

读这些文字时，我感觉，文扎一行在可可西里一路艰难跋涉时，索南达杰仿佛一直就在他们身边，从未离开过。他好像是特意赶来引导他们的，像一个精神向导。文扎在跟我讲起这些时，心怀感恩，神色语气充满崇敬之情。

也是从这些文字中，我第一次感觉到，有关可可西里，我们依然所知甚少。索南达杰在27年前曾一遍遍细细踏勘过的很多地方，直到今天，对我们来说，依然显得陌生。

我们从格勒湖向西进发，就已经踏上了一条"巧合之路"。索书记（索南达杰）留下的地名记录本中的记载——赛琼尼玛出逃可可西里的线路，与我们普查队伍行进的道路不谋而合。告别格勒湖，再往西，眼前是一大片莽莽平川。（索南达杰）记录本上说，这里是"巴毛秀拉"，有上中下三大藏羚羊平原。"巴毛"是格萨尔史诗中最勇敢的女将，传说是"阿卿羌塘"的主人。"秀拉"是牧场。索书记在记录本上写道：此处是藏羚羊携带幼仔生息的地方，古称"秀拉"。[1]

进入巴毛秀拉……东一群、西一群的藏羚羊，散布在一望无际的原野。4月份是进入可可西里的最佳时机，大地还没解冻，又基本上过了大雪封

---

[1] 引自《可可西里地名文化》，治多县第二次全国地名普查领导小组办公室编，文扎主编，甘肃民族出版社，2017年9月第1版。

山的危险期。离藏羚羊产仔还有个把月,那健步如飞的矫健身姿,仍然会从你眼前一闪而过……[1]

穿越藏羚羊栖息的腹地,环顾四周,到处都有藏羚羊。不像109国道(青藏线)附近的藏羚羊,几乎目力所及之处的藏羚羊,全是拼命远离我们的背影。索书记的可可西里地名记录本写道:"在三大'祖塘'(藏羚羊平川),有大小两个藏羚羊湖,即'祖日措钦'和'祖日措琼'。"它们是藏羚羊产羔后生息活动的摇篮。[2]

从桑氏山向西看,山势越来越低,东西走向的山脉似乎到了尽头,只要视力够用,仿佛能看到天边。南面是绵延百公里的查森山脉,过去雅拉人称之为仲杂仁毛,即野牦牛石子长梁。从索书记的记录本来看,1958年夏天,赛琼尼玛出逃可可西里时,也到过此山。当时这里有一户雅拉人家。[3]

……玉树四族有"上北三大开阔之地名",即措俄叶、岗斜叶和杂阿叶,意思依次是开阔而蓝

---

[1][2][3] 引自《可可西里地名文化》,治多县第二次全国地名普查领导小组办公室编,文扎主编,甘肃民族出版社,2017年9月第1版。

色的湖、开阔而晶亮的雪山、开阔而斑驳的石子山。索书记写道:"赛琼尼玛是从上北三大开阔之地进入新疆境内的。到了那里,河流不再是长江流域的,开始注入新疆境内。"[1]

从以前的地图上看,可可西里山好像指的是措俄叶北面的这一段山,但是(它)为何成了整个阿卿羌塘的代名词,却没有看到任何文字记载。索书记在地名记录本中写道:"上北三大开阔地,有俄仁日纠,有一条如聂洽河(为长江支流,流经治多县城入通天河)大小的江河,叫加茸藏布,在俄仁山脉的西南有一座山峰叫觉莫然萨。"[2]

当我们越来越走近可可西里时,可可西里却离我们越来越远,直到最后消遁在我们的眼前。当下我们行走的正北方有一座红色的山梁,山体上有规整的一道皱褶,像是出家人的披风(大氅)。索书记在记录本中写道:"可可西里山(俄仁日纠)有'玛尹玛项格哲山'。其意是红色九道沟。我们一看到这座山,便自然而然地想起了古老的地名。可可西里似乎指的是整个一座山脉……"[3]

---

[1][2][3] 引自《可可西里地名文化》,治多县第二次全国地名普查领导小组办公室编,文扎主编,甘肃民族出版社,2017年9月第1版。

从曹尼拉山向北遥望，在蔚蓝色的天空下，一座白得耀眼的雪山静静地横卧在大地上。我们从索书记的可可西里地名记录本中得知，这是著名的米拉雪山，原地图上称"马兰雪山"，语音相近，指的是同一座雪山。[1]

太阳湖的西北方有一座雪山，地图上标注的是魏雪山。杰桑·索南达杰第12次进入可可西里，破获了一起特大盗猎案，就是在这座雪山不远的鲸鱼湖东南边。从索书记可可西里地名记录本的内容看，这座雪山的名字应该是"阿卿岗嘎陆"。"岗"的意思是雪，"嘎陆"是指冰川形状。平常所有的雪山都是向上耸立，而唯独这座雪山是向下垂落的。索书记写道："从可可西里藏羚羊中线通道走，在阿卿仲宁拉则的西北面，露出了阿卿岗嘎陆雪山的峰巅。"[2]

出发前，文扎曾用电脑软件提供的技术手段对可可西里的地理地貌做了一个大致梳理，并细细打量，对梳理结果进行描述。他发现：整个可可西里，宽阔的谷地和盆地都是由西北向东南有规律地带状排列分布。

自北向南，依次排列着昆仑山（阿卿日纠）—马兰山

---

[1][2]引自《可可西里地名文化》，治多县第二次全国地名普查领导小组办公室编，文扎主编，甘肃民族出版社，2017年9月第1版。

（米拉日纠）—可可西里山（俄仁日纠）—冬布勒山（都热日纠）—乌兰乌拉山等绵延起伏的高山带,山顶终年有冰雪,冰川总面积逾 750 平方公里。高山之间有众多湖泊,依次为勒斜武旦湖—可可西里湖（俄仁措）—卓乃湖—库赛湖（格日措）—西金乌兰湖（措俄叶）等湖盆地带。

高山与湖盆地带又发育了三大水系,东部为长江北源楚玛尔河流域,北部中段为阿卿达杰藏布（洪水河）为主干的柴达木内流水系,西部是加茸藏布为主体的内流水系。三大水系又与湖盆地带互为依存,孕育了众多的湖泊。据统计,在 4.5 万平方公里的区域内,有 7110 多个大小湖泊,面积超过 1 平方公里的湖泊超过 100 个。夜幕下的可可西里有"满地星斗"。

普查组以长江源石碑为起点,走南线进入可可西里。由东往西横穿可可西里,有三条路线可选,北线可从格尔木进入纳森格勒河谷,沿昆仑山脉往西；中线从五道梁进入腹地,再一路向西；南线则从雅玛尔河沿格勒山往西金乌兰湖（措俄叶）。

进可可西里之前,他们遇见了一个年轻牧人,与之交谈时,文扎惊讶地发现,这个年轻人对可可西里南部和东部一带的大小地名非常熟悉,而且与索南达杰所记录地名及玉树行政区划图上的大部分地名相吻合。

地图上有一个地名叫"走拦压薪",他们百思不得其解。在与这年轻人交谈时,他用藏语说出的这个地名却让他们茅塞顿开,"阿卿祖兰仁毛",翻译成汉语就是藏羚羊通道垭口。一个死结一下就解开了,地名背后还藏着一个与藏羚羊迁徙有关的秘密。

雅拉部族传说,阿卿羌塘(今可可西里)有三条重要的藏羚羊迁徙通道,都叫"阿卿祖兰仁毛",分别从南、中、北三个方向通往今西金乌兰湖、乌兰乌拉湖、太阳湖、卓乃湖,都是千年以来藏羚羊产仔的迁徙通道。

南线,以雅玛尔河谷为起点,沿冬布勒山—乌兰乌拉与格勒山—查森山脉一线宽阔河谷为通道;中线,以二道沟为起点,沿格勒山—查森山与可可西里山间河谷为通道;北线,则沿可可西里山与昆仑山绵延的山谷为通道。

> 我们发现母藏羚羊由于临近产仔,因而爬不了山,下不了坡,需要顺着水草兼备的平缓地势迁徙,由此形成了千年不变的迁徙通道。[1]

格萨尔史诗《狩猎肉食宗》部本中也有类似的说唱内容。格萨尔曾进军阿卿羌塘(古地名,今可可西里),征服了大肆屠杀野生动物的狩猎部族,还宁静于阿卿羌塘。

> 登临阿卿卓乃敦泽(古地名,今布喀达坂峰,

---

[1] 引自《可可西里地名文化》,治多县第二次全国地名普查领导小组办公室编,文扎主编,甘肃民族出版社,2017年9月第1版。

亦名新青峰），遥望阿卿羌塘时，迁徙产仔地的藏羚羊，成千上万只如风起云涌，向卓乃湖、太阳湖奔跑而来，仿佛阿卿羌塘都在微微摇晃。格萨尔豪情万丈，无限深情地祈愿道："阿卿羌塘是藏羚羊的家园，永远得到天地神灵的护佑！"[1]

文扎说，"阿卿祖兰仁毛"是一个很有气魄的地名，三条大通道便是可可西里的三大地理纲领，是走进可可西里的三道大门。由此进入，穿越可可西里，你才能认识并读懂这片神奇的土地。

在电脑软件上打开三维地图，把你所在位置固定在卓乃湖，你就会看到，有三条山谷一路苍茫浩荡，一到卓乃湖边上，都一下敞开了怀抱，像是要张开双臂投进那一派浩渺的怀抱，那是母亲的怀抱。每年的迁徙季节，藏羚羊就是从这三条山谷如期回到这里。这是一个生命与爱的约定。

这次去可可西里，在太阳湖边那座小小的纪念碑前，普查队一行照例举行了一个短暂的祭拜仪式。这是一座很小的纪念碑，碑高只有2米。记得，当初为纪念索南达杰的功德，那个叫欧阳荣宗的福建人捐资为他立了三座石碑，一座立于昆仑山口，一座在治多县城，一座就在太阳湖边——这是最小的一座。

---

[1] 引自《可可西里地名文化》，治多县第二次全国地名普查领导小组办公室编，文扎主编，甘肃民族出版社，2017年9月第1版。

> 太阳湖（阿卿卓纳玉措）旁的这座快要被湖水淹没的石碑，是原中共治多县委副书记、西部工委书记杰桑·索南达杰烈士的墓碑，更是20世纪末中国环保事业具有划时代意义的里程碑。杰桑·索南达杰的牺牲，挽救了濒临灭绝的藏羚羊，停止了破坏可可西里脆弱生态环境的疯狂采挖行为，恢复了可可西里千年原始的宁静，唤醒了中国人的环保良知。只要进入这块绿色环保的圣地，看到悠闲自在的藏羚羊，看到巍峨的卓乃敦泽山，看到宁静而美丽的太阳湖……就能掂量出这座石碑的分量。[1]

1998年1月18日，索南达杰牺牲四周年之际，我在《生命长江源》一文中曾写到过这座纪念碑，也写到过为这纪念碑不遗余力的那个福建人欧阳荣宗。

> 欧阳荣宗是个福建人，他在青海高原20多年，现在（1997年底）是格尔木昆仑石材有限公司董事长。如果说他与索南达杰的相识相知是一种缘分的话，那么，后来他与西部工委的交往则是一种良知的张扬，更是一种笃信真理、坚信正义不

---

[1] 引自《可可西里地名文化》，治多县第二次全国地名普查领导小组办公室编，文扎主编，甘肃民族出版社，2017年9月第1版。

可欺辱的义善之举。

他已记不清有多少次进过可可西里，有多少次走近长江源。只是在他一次又一次地走向那片蛮荒高大陆的同时，便也就走近了索南达杰他们为之献身的主题。

索南达杰牺牲之后，他即与西部工委的同志们一道开始筹划为索南达杰建造纪念碑的事。他放下公司的事，全身心地投入，整整用了两年的时间，用昆仑山的花岗岩一凿一凿地雕凿成了三座纪念碑，共耗费70多万元，全由昆仑石材公司垫付。其中以他个人名义捐建的一座碑身2米高的纪念碑立于英雄牺牲地太阳湖畔。另两座，一座碑高6.8米，立于昆仑山口；一座碑高5.8米，立于治多县烈士陵园。每一座纪念碑都由基座、围栏、碑身等几部分组成。

为了这三座纪念碑，昆仑石材公司在建的办公楼被迫停工。原计划由西部工委通过募捐解决大部分投资，实际上，直到现在总共才募捐到3万多元。欧阳荣宗无怨无悔。他仍以极大的热情帮助和支持着西部工委，给他们提供办公场所和住处，甚至给他们吃的用的。他自豪地称自己是西部工委的正式顾问和义务工作人员。那天，杨欣他们要进可可西里，需要雇一辆卡车拉汽油，司机们一听三九寒天地要进可可西里，谁都不肯进去。欧阳荣宗就从工地上开来了他们公司的车，打发他们上路。[1]

现在已经没人记得欧阳荣宗这个热心仗义的福建人了。从那以后，我也没再见过他。记忆中，他的模样也越来越模糊，但是，我还常常想起这个人。

对这三座纪念碑，世人容易看到的肯定是昆仑山口这一座。它就在青藏公路边上，以前要到纪念碑跟前，还得下了公路走几步，冬天还得穿过一片雪地。青藏公路改建之后，那里特意建了一个纪念广场，但凡经过昆仑山口的车辆和行人，大多都会在那里停下，去瞻仰英雄遗容和纪念碑。后来，多次经过那里，看着广场上和纪念碑前瞻仰、祭拜和拍照留影的人流，感觉那里已经成一个旅游景点了。

但愿所有在此停住脚步的人，在留影留念的同时，也能记住纪念碑基座上方照片里的这个人。这座纪念碑有 6.8 米之高，是索南达杰三座纪念碑中最高的一座，站在碑前，昂首向天，碑身高耸入云。

站远一点看，无论从哪个方向看过去，纪念碑的背景都是昆仑，苍茫巍峨。昆仑头顶的蓝天白云，浩浩荡荡。视野中的纪念碑就变小了，似乎要隐于昆仑之巅。假如把昆仑比作一白发老翁，这纪念碑就像是那老翁手中的一座小塔。

---

[1] 参见 1998 年 1 月 19 日青海日报《生命长江源》。

索南达杰牺牲之后的这 27 年里，我们应该不止一次地遇见过。不只在昆仑山口，在治多、在玉树、在索加、在可可西里，在茫茫人海中，我们都曾见过。我不确定，他是否也看见过我。也许看到过，也许没有。

也许在一次次相遇时，我并没有意识到自己遇见或擦肩而过的那个人就是他。也许，我下次路过昆仑山口，再去可可西里，或去治多和索加时，还会遇见，就像已在梦中经历的那样。

藏羚羊

> 枪声消隐,
> 藏羚归来。
> 荒原寂静,
> 斯人远去。

　　史诗中的英雄格萨尔征服北方魔地,拯救了藏羚羊,魔国公主却作了他的大将和王妃。很久以后,雅拉部落的猎人在曾经的北方魔地来回迁徙,以猎杀野牦牛和藏野驴为生。又过了很久,雅拉部落已迁徙远方,大批盗猎者出现在这片荒野之上,大肆猎杀藏羚羊,致使种群濒临灭绝。雅拉部落的杰桑家族出了个叫索南达杰的后人,再次拯救了藏羚羊，自己却献出了生命。

从古至今，从史诗到史诗，千年岁月在那莽原上纵横流淌。有史诗，就有英雄，史诗中的可可西里也有藏羚羊。

我曾不止一次驻足凝望过那些藏羚羊奔跑的样子。那是何等的悠雅！

它们好像不是在跑，而是在紧挨着山野飞翔。当那四只灵巧的小蹄子如鼓点般敲向大地时，身子就在那鼓点之上如鹰在滑翔。

一般它们都不会跑得很远，跑着跑着，会突然停住，回首观望，就像一支乐曲戛然而止。有时在奔跑的过程中，它们会突然一跃而起，像受惊的烈马。有位熟悉藏羚羊的朋友告诉我，每次看见藏羚羊奔跑的样子，他都会止不住热泪盈眶。

我想，那肯定是出于对生命至美的感动。

人类对美的追求是天地间最动人的诗篇。

藏羚羊是青藏高原的自然精灵，是美的造化。

它千万年不肯改变的迁徙之路，每一步都写满生命的意义，脚下身后、天边远方都是家园和梦想，纵横都是大自然不朽的史诗。

藏羚羊的迁徙是一个谜，一个有关生命的秘密，藏着它们的生存密码。

对于这个秘密，迄今为止，我们依然所知不多。藏羚羊是青藏高原特有的标志性物种，栖息地覆盖了包括可可西里、羌塘、阿尔金山在内的广袤大地，其总面积可能比一个青海省的面积还要大。除了一个季节，每年的大部分时间，它们一群群地分散栖息在如此辽阔的高原大地上，生存区域东西相跨1600公里。

它们就像是一个个土著游牧部落，每一个部落都有自己专属的家园牧场和相对固定的迁徙方向。无论怎么迁徙，最终它们还会回到曾经的草原，继续亿万年苦苦坚守下来的那一种生活。

迁徙并不是一年四季都在进行。如春种秋收、花开花落、夏雨冬雪，迁徙也有固定的季节，一年一度，所有的藏羚羊都不会忘了这个季节。

到了这个季节，像是听到了一种召唤，它们会从高原的四面八方向一个地方迁徙和集结，而后又从那里原路返回。这是地球上最为恢宏的三种有蹄类动物的大迁徙之一，场面壮观，气势宏伟——另两大有蹄类动物是非洲角马和北极驯鹿。

藏羚羊大迁徙的集结地就是卓乃湖、可可西里湖和太阳湖一带。这是一次迎接新生命的迁徙之旅，它们之所以历经艰辛赶往这里，就是要在这里产下自己的孩子。所以，有人把这个地方称为藏羚羊的天然"大产房"，当然，你也可以说这是藏羚羊的摇篮。

它们在每年的11月至12月完成交配。每年4月底，公母藏羚羊开始分群而居，尔后，当高原的夏天来临前，大迁徙开始了，包括雌羔在内的所有母羊都会向着那个地方集体迁徙。大约一个月之后抵达目的地。而后稍事休息，一调整好身体状态，便会在那里产下新的生命，数万藏羚羊一起产羔。尔后精心哺育，过不了几天，小羊羔就能活蹦乱跳了。回迁之旅又要开始，又是一次漫长的生命跋涉。

这种生命之旅，每年重复一次，一代代藏羚羊都不会忘记迁徙的季节和路线。如此循环往复，从未改变。即使20世纪末，藏羚羊由此引来灭绝性的灾难，可一到那个季节，它们依然会踏上这条迁徙之路。

长期在卓乃湖畔守护藏羚羊产仔的秋培扎西（秋扎）告诉我，这几年，到卓乃湖边集中产仔的藏羚羊数量在持续减少，有些藏羚羊好像换了一个地方去产仔了。

秋扎说，这可能跟卓乃湖湖区水域面积缩小有关。一大片藏羚羊栖息产羔的湖滨草原已经退化成沙地，堆起了几座小沙丘，湖区一角已被流沙掩埋，致使湖面水域向东漫移，溢出东岸。现在到产羔季节，湖区一角已经没有藏羚羊了——但卓乃湖依然是集中产羔的大本营，是首选目的地。

藏羚羊是国家一级保护动物，主要分布在青海、新疆、西藏三省区交界处海拔3700～5500米的高山荒漠草原，是我国独有的珍稀野生动物。据青藏高原野生动物专家实地考察后估计，至1995年，藏羚羊种群的总数只有5万~7.5万只。

自1990年以来的近10年间，至少已有3万只藏羚羊被非法盗猎者猎杀。期间，仅森林公安机关破获的盗猎藏羚羊案件就有100多起，共收缴藏羚皮1.7万多张、藏羚羊绒1100多公斤、各种枪支300余支、子弹15万发、各种车辆153台，共抓获盗猎藏羚羊的犯罪嫌疑人达3000人之多。据长期在反盗猎前沿战斗的朋友告诉我，已破获的盗猎案件顶多只占盗猎案件总数的三分之一。

至20世纪末，堪称国宝的藏羚羊已所剩无几。藏羚羊面临灭绝的危险。记忆中，成千上万只藏羚羊群如云飘浮、如大河汹涌般在那亘古荒原上奔腾栖息的情景似乎永远不复存在了。

根据那些年破获的一些重特大盗猎案件分析，西部重镇格尔木是不法分子窝藏交易藏羚羊皮最主要的"集散地"。盗猎者把猎杀剥下的藏羚皮偷运至格尔木附近，掩埋在四周的戈壁荒漠中，然后寻找买主交易，偷运转移。埋入干沙层中的皮张不会腐烂变质，可长时间存放，格尔木四周的沙漠已变成不法分子藏匿赃物的"天然仓库"。

自从林业公安部门对盗猎者的打击力度不断加大以后，盗猎者的盗猎活动不是变少了，而是变得狡猾和隐蔽了。盗猎分子猎杀藏羚羊之后，将剥下来的藏羚羊皮先埋在沙层里，而后寻找买主。买主看到皮张后把钱付给盗猎分子，自己却并不直接参与运输,而是另找人将皮张运到指定地点再付运费。

买主已雇好车,做好伪装,运到黑市上再转手卖给一些专事藏羚羊绒制品加工走私的地下团伙。然后由这些地下犯罪团伙把藏羚羊绒的半成品夹藏在棉衣、棉被当中,偷偷走私出境。

面对这样严密的盗猎走私活动,不是仅靠林业公安部门或几个反盗猎组织就能对付得了的,它不仅需要工商、公安、交通运输、海关、矿业、商贸甚至外交部门的共同努力,还需要跨省乃至国际间的联合行动。不如此,就难以堵源截流,彻底禁绝。

在藏羚羊绒制品成为西方上流社会一种时尚奢侈品之前,虽然也因为其肉、其皮、其角之珍贵而招来不少灾祸,但真正使其种群受到灭顶之灾,恰好是绒毛制品流入欧美市场之后的事。

根据有关藏羚保护现状的一份白皮书中显示的数据:在中国境外,每公斤藏羚羊生绒的价格在1000~2000美元,而用300~400克藏羚羊绒织成的围巾或披肩价格可高达5000~30000美元。就是这高额利润,极大地刺激着盗猎者的欲望,使他们有条件获得更有效的武器装备用于大肆屠杀藏羚羊,使盗猎走私藏羚羊绒制品活动成为一大公害。这种贸易活动已使非洲大象、亚洲象等许多珍稀野生动物种群几近灭绝。

扎巴多杰给我讲过这样的事情，说有人曾目睹盗猎者活剥藏羚羊皮的情景。盗猎者将捕获的藏羚羊摁倒在地，然后，用锋利的刀刃在藏羚羊四只小腿和脖子上划上一个圆圈状的口子，再从四只腿的内侧和肚皮上划开一条条线，使那些伤口相连接。而后从脖子的刀口将羊皮翻开一角，再用力去拽，等拽到一定时候，猛地一下放开摁在地上的藏羚羊，只见那藏羚羊腾空跃起的一刹那，整张的藏羚羊皮就已在盗猎者滴血的手上摇荡。已被剥掉了皮的藏羚羊却还活着，血淋淋地奔跑在寒冷的荒野上。

这是何等惨烈的情景。藏羚羊何辜？

人类缘何要用如此残暴的手段来杀害藏羚羊？根源还是人类的贪婪。他们要用藏羚羊绒编织装饰西方贵妇肩膀的披肩——沙图什。据说这三个字是克什米尔方言——也说源于波斯语，有"羊绒之王"之意，通俗的说法就是藏羚羊绒披肩，它还有一个高雅的名字叫"指环披肩"。据说，一条长2米、宽1.5米、重150克的沙图什攥在一起能轻柔地穿过一枚钻戒，"指环披肩"之名由此而来。

互联网上对沙图什曾有这样的介绍："在海拔5000米的藏北高原，生活着一种名叫藏羚羊的野生动物。每年的换毛季节，一缕缕轻柔细软的羚羊绒从藏羚羊身上脱落下来，随处飘荡，当地人历尽艰辛把它们收集起来，编织成了华贵而美丽的披肩沙图什。"

这是一个美丽的谎言。

在藏北高原上，从来就没有什么沙图什。屠刀才是沙图什的编织工具。一只藏羚羊身上的原绒最多不超过150克，据印度野生动物保护协会提供的一份资料显示：一条重100克的披肩，需要300～400克的藏羚羊原绒。也就是说，每条沙图什的背后是三四只藏羚羊的生命。

如果人们用这样一种思维方式思考过这个问题，那些喜欢沙图什的时髦女郎也许再也不会将它披在自己肩膀上，那样她们就会想到他们的肩膀上披挂着三四只藏羚羊的生命，他们的灵魂将因此而浸染上藏羚羊的鲜血，不得安宁。

究其根源，西方消费主义思潮在世界范围内的泛滥才是罪魁祸首，受金钱利益的诱惑，为获取珍贵的绒毛，人类把枪口对准了藏羚羊。据国际爱护动物基金会（IFAW）和印度野生动物基金会（WTI）的调查，克什米尔地区是全球最早也是最大的藏羚羊绒披肩的加工地，1992年这个山地小镇的藏羚羊绒加工量达到4400磅，相当于13000只藏羚羊身上的绒产量。20多年前，据野生动物保护专家估算，因为加工生产和买卖藏羚羊绒披肩，每年大约有20000只藏羚羊惨遭杀戮。

藏羚羊的迁徙给盗猎者提供了便利。他们沿着种群迁徙通道围追堵截，在集中产仔地大肆猎杀……索南达杰、扎巴多杰他们也是沿着这迁徙通道找到盗猎者踪迹，并与他们展开搏斗，最终将他们赶出了可可西里，捍卫了一方土地的安宁，保护了藏羚羊，就像格萨尔那样。

随后，青海、西藏、新疆三省（区）政府和可可西里自然保护区管理局组织开展的反盗猎行动一刻也没有停止过，形成了强大的声势和巨大的国际影响。一时间，可可西里和藏羚羊的名字传遍世界。

1999年10月12日至14日，在濒危野生动植物种国际贸易公约秘书处和中华人民共和国濒危物种进出口管理办公室的共同倡议下，"藏羚羊保护及贸易控制国际研讨会"在中国西宁举办。来自中国、法国、印度、意大利、尼泊尔、英国、美国的有关政府机构，濒危野生动植物种国际贸易公约秘书处和民间组织的代表和专家，以及中国野生动物保护协会、国际爱护动物基金会、青藏高原项目和野生物贸易研究委员会、美国野生动物保护学会、印度野生动物保护协会和世界自然基金会的代表出席会议。

这是事关藏羚羊保护问题的第一次专门国际研讨会。会议汇集了大量有关藏羚羊野生种群状况、遭受偷猎状况和非法贸易状况的第一手资料，并就此进行了全面、实际的讨论。与会代表经过共同努力达成共识，诞生了一个专门的宣言——《西宁宣言》。这是人类为化解藏羚羊灭顶之灾而发出的共同誓言，也是国际公约组织首次为单一生物物种发表的宣言，中国政府为此还专门发表了白皮书，这也是中国首次为一个生物物种发表白皮书。

我不知道，当年11月初召开的联合国大会为什么没有通过这个宣言——我没看到此宣言提交联合国大会以后的任何消息，但它重要的历史意义依然不可低估。

我们来看《西宁宣言》中的几段文字：

> 丰富多彩的野生动植物资源是自然界长期进化的结果，是地球自然系统中不可替代的部分，对人类社会的可持续发展和长期生存具有重要意义。

> 主要分布在中国青藏高原地区的野生藏羚羊是该地区生态系统的重要组成部分，在科学研究、生态平衡乃至人文和美学等方面都具有重要价值，人类有责任保护这一珍贵物种。

> 自（20世纪）80年代以来，藏羚羊种群遭到偷猎者的大规模盗猎和屠杀。尽管中国政府已采取了打击偷猎措施，但非法偷猎和走私活动仍不断发生，种群数量正以令人警觉的速度下降。必须采取国际的和多机构合作的措施阻止这一趋势。

> 藏羚羊部分及衍生物特别是藏羚羊绒围巾的消费市场，以及由此带来的高额利润，是导致野生藏羚羊种群不断遭受大规模偷猎的根本原因。

藏羚羊为何不在原栖息地产羔，而非要冒着生命危险经过长途跋涉，集结到那个固定的地方去共同迎接新生命的降临呢？

如果那是命中注定的选择，那么，又是谁确定了这样一个方向，划定了这样一片特殊的领地，专门用来迎接新的生命？

如果那是它们自己的选择，那么，它们又是靠什么来取得联系，以致在某个特定的日子，数万乃至十数万之众的生灵从不同的方向同时启程，向一个共同的地点集结？那个地方有什么特别之处吗？是什么吸引着它们、召唤着它们？百思不得其解。

一次次走向那片荒原，去寻访藏羚羊时，我与很多人讨论过这个话题，也曾设想过无数的可能，但一直没有找到一个理想的答案。依照常理，一个临产的母亲不适于远距离跋涉，应该就近找个适宜的地方准备分娩才对，可藏羚羊不是。临产前，它们都会踏上这样一条艰难的迁徙之路，千古不变。

可以想到的一点是，这迁徙肯定与种群的繁衍有关。如果分散在如此广袤的大地上产羔，小生命很容易受到其他猛兽的攻击而难以成活。如果成千上万的藏羚羊在一个地方产羔，即使有天敌攻击，也不至于造成灭顶之灾，其中的大部分小生命依然可以躲过一劫。

这里面涉及一系列问题。譬如，一年一度，如此大规模的迁徙怎么能瞒得过其他生灵？那并不是一个隐蔽的行动，而是声势浩大，像是有意要惊动一切的样子。其他生灵又怎么会毫无觉察呢？如果这是某一年一个临时的决定，每一年的集结地都不一样，还好理解。如果每一年都是如此，其天敌类猛兽也不难发现这个秘密，那岂不是会招致更大的危险，蒙受更大的灾难吗？

从临产地多年的观察结果看，那个季节，并未发现其他动物尤其是猛禽猛兽也向那个方向集结的明显迹象。由此似乎可以确定，大多猛兽猛禽也都有自己专属的领地——除非栖息地遭到严重破坏或被人类等其他生物侵占，否则，它们一般不会轻易离开自己的家园，对自己某一时间段的活动半径也有所限制，不会轻易跨越这个界限。

虽然，迁徙地也会看到狼、棕熊、狐狸甚至雪豹等猛兽的踪迹，也会看到鹰鹫类猛禽，但那都属于正常现象。它们原本就在那里，并未跨过那条界线，更非有意集结。

无论生物圈有多少物种，生存区域空间又怎样交叉和重叠，每个物种都能分辨出自己的空间界限和生存路径。越界意味着会侵占其他物种或种群的领地，自己也会面临被攻击的危险。这就是自然法则，看不见，却真实存在。一旦越过，你就会触碰到那道线。

地球史上只有少量目空一切、胆大妄为的物种擅自越过了这条界线，既危及他类，也伤及自身，结果，导致很多物种的灭绝，甚至自己的灭绝，比如恐龙。自恐龙而后，人类也有重蹈覆辙的迹象。

如是。藏羚羊的迁徙当是在遵循自然法则，以保全种群繁衍。如是，则真可以大大降低新生命出生时面临的诸多死亡风险，从而保障种群安全。

也许还有一个原因，季节——一条时间的界限。

藏羚羊开始往卓乃湖一带迁徙时，大地尚未解冻，路面干爽结实，临产的母羊不容易滑倒摔伤，可保腹中小羊羔平安，刚好适宜种群大规模迁徙。及至抵达目的地，冰雪已经消融，大地解冻，多处于河谷地带的迁徙通道一片泥泞，雪水四溢，河水暴涨，形成了一道道天然屏障，阻断了进入可可西里的通道，也可保幼仔一时平安。

等产完仔，幼羔能行走自如，要往回走了，冰雪消融的季节已经结束，新一茬牧草已经长出来了，它们可以沿着河谷山麓，一边吃着鲜嫩的青草，一边回家了……

也许——还有很多秘密隐藏在它迁徙的路径里面。迁徙之前，它们散落在高原荒野之上，开始迁徙时——甚至在整个迁徙途中，它们都像是三三两两随处走动的样子，淡定从容，步履中丝毫没有匆忙的样子。一天天，只是缓慢地移动，日出日落，它们每天的生活与往常并没有太大的变化。还因为其迁徙距离的不同，开始迁徙的日子也各不相同，它们只在意抵达的日期。看上去，藏羚羊种群迁徙之旅乱象丛生，扑朔迷离，实则各行其道，不变的只是如期抵达的速度和方向。

因而整个种群移动的方向也是不一样的,那是由它们栖息地的所在方位决定了的。如果它们栖息于羌塘以西,那么,它们就会往东;如果它们在青藏南部高原,则会往北;如果原本在阿尔金山腹地,则需要南下……启程于不同的地方,又向着不同的方向缓缓移动,再将这种大迁徙置于无比辽阔且山河纵横的高原大地上,谁都无法窥探并知晓其迁徙的秘密。

仔细留意,这个季节,它们只会朝一个方向移动,那个方向在它们的心里,每一只藏羚羊都心领神会,一代一代秘密传递。

假如你从高空长时间注视青藏高原的这一片土地,你就会看到一个奇观,所有的藏羚羊都从不同的方位朝着一个地方在移动,最终会汇集到那个神秘的地方,好像每一个步子都经过了精确推算。

无论它们从何时何地开始迁徙,抵达的日期总是惊人的一致。抵达之后,新生命降临,生命欢乐的盛宴开始,一代又一代生灵的繁衍继续。

2020年5月18日至24日,整整一周的时间里,我和我的两位年轻同事姚斌、张多钧以及司机小朱一直在可可西里守望藏羚羊一年一度的大迁徙。大部分时间,我们都在不冻泉到五道梁两个保护站不到50公里的青藏公路上来回穿梭,偶尔也会从不惊扰藏羚羊的边缘地带进入可可西里，或者东往昆仑山口，西至沱沱河、唐古拉山顶的青藏公路沿线去守望观察。

我们的目标只有一个：藏羚羊大迁徙。

我们把观察记录的现场见闻，写成了一组系列报道，以"2020藏羚羊大迁徙现场报道"为题，发在5月19日至25日的《青海日报》上，除了文字，还有大量图片和短视屏画面，算是一次立体呈现的报道。

每天从早到晚，我们都守在这段路上，看往可可西里腹地卓乃湖一带产仔的藏羚羊是怎样穿越青藏线的。五道梁是一个主要的迁徙通道，那里有几个摄像头全天候观察记录藏羚羊迁徙的画面。我们与保护站约定，只要发现有迁徙的藏羚羊群走近，即可电话通知我们，无论在什么地方，一个时辰之内，我们都能赶到五道梁做实时观察和记录。

保护站的记录显示：今年的迁徙季节，通过五道梁穿越青藏线的藏羚羊：4月30日，中午43只，晚上133只；5月1日，上午61只；5月2日，上午131只……5月22日，清晨98只，上午46只，中午54只，下午8只；5月23日，下午123只……据五道梁保护站记录统计，从4月30日至5月24日18时许，共有2153只藏羚羊穿越了青藏线，走进可可西里腹地。

除了在五道梁守候，其他时间，我们都在这段青藏公路沿线，一只一只地数藏羚羊，生怕数错，来回反复地数，直到确定一天的记录没有太大出入。这当然不只是在数数，我们要通过自己多日的实地观察和记录，对每天从四面八方进入可可西里产仔的藏羚羊种群得出一个基本的判断。

从可可西里几个保护站调查采访的结果看，近几年藏羚羊产仔大迁徙已经出现了一些明显的变化。

一个是开始迁徙和回迁的时间越来越提前，2020年最初的迁徙开始于4月30日，比上年提前一天，而比十年以前提前了半个月，比二十年以前，大约提前了一个月。迁徙时间也会持续近一个月，其中有规模集中迁徙的时间会持续一周到十天，前后两头每天迁徙的藏羚羊数量逐渐呈现递增或递减的规律性动态变化。

另一个明显的变化是，为产仔迁徙的藏羚羊群中公羊的比例呈上升趋势。十年二十年以前，分批陆续往可可西里腹地产仔的藏羚羊群中，纯粹的母羊群多见，偶尔会看到一群藏羚羊中自始至终跟随着一两只公羊。后来，发现跟随母藏羚羊群迁徙的公羊数量也越来越多。

从2020年在现场看到的情况看，已经几乎见不到纯母藏羚羊群了，哪怕是十几只的小群，母羊群里也总是混杂着若干只公羊。稍稍大一点的藏羚羊群里公羊的数量更多，有些群，母藏羚羊和公藏羚羊的比例几乎是对等的。

第三个明显的变化是，继续往可可西里卓乃湖一带迁徙产仔的种群数量也呈下降趋势。据卓乃湖保护站的观测记录，十几年以前，他们曾拍到超过3万只藏羚羊在湖边一起产仔的画面，这几年，他们最多也只拍到过万只左右的藏羚羊在湖边产仔。他们估计，2020年最多不会超过5000只。而且，2020年所产小羊羔，死胎有所增加。

那么，没进入可可西里腹地卓乃湖一带的藏羚羊是否把产仔地改换到了其他地方呢？这种可能性是存在的，但是改到了什么地方？分布在什么地方的藏羚羊从什么时候改变了迁徙方向？目前尚未有进一步的观察结果。

至于死胎的增加，保护站管护人员的分析是，迁徙途中对藏羚羊的干扰造成的。比如，青藏线上越来越多的车流量，人类出于好心进行的不必要的护送，出于保护和其他目的进行的各类拍摄，出于好奇受到的各类侵扰，等等。

从我们在现场看到的画面分析判断，迁徙中的藏羚羊群对任何人类活动行为都极为敏感，甚至对自然天敌的动向也比平时格外警觉。

一天，我们在可可西里边缘，远远目送一大群藏羚羊进入可可西里。在通过一道山梁时，它们突然改变方向迅速奔跑起来，速度很快。要知道，这可是一大群"孕妇"，它们和人类一样清楚，这样的急速奔跑意味着什么！可它们还是义无反顾，做迅速逃离状。后来，我们发现，那山梁一侧正有一只狼远远尾随而来。原来,它们看到那只狼了。

如果没有意外惊扰，在越过青藏线之后，它们行进的速度会适当放慢。天气变化似乎也能影响到它们的行进速度。风雪天，它们会走得很慢，甚至会停下来，一边觅食一边等太阳出来。

我们还发现，它们对一些并不危险的人为标识也很敏感，尤其对颜色，会表现出害怕甚至恐惧！

5月23日，在五道梁，我们从监控画面远远看到，一大群藏羚羊正朝青藏公路慢慢走来。在通过青藏铁路下开阔的桥洞时，它们先是放慢了脚步，快到桥底下时，加快步伐奔跑起来。那里除了横跨两山之间的大桥，什么也没有，很显然，即使那大桥也令它们恐惧。

一穿过大桥，它们又放慢了脚步，三三两两，排成一列纵队，缓慢前行，但方向很明确，就是前方几公里以外最低的那一段青藏公路。保护站民警提前做好了护卫它们通过的准备，在公路两头很远的地方竖起警示牌，切断了来往的车辆，让它们通过。我们也站在远处守望。

离公路约有1000米的地方，它们突然再次放慢速度，行进的方式也出现了变化，有一些藏羚羊开始向两侧迂回。虽然依然排成一长队，但大多集中在中间部分，前后都只有很少的几只藏羚羊。剩下500米左右的时候，事先没有任何征兆，一只领头的藏羚羊突然加快速度奔跑起来，遥遥领先。整个藏羚羊群也紧随其后，奔跑起来。迁徙的队伍又排成了一条长队，走在最后的几只藏羚羊被远远落在后面了。

这时，跑在最前面的那只藏羚羊已经来到公路边了，前蹄甚至已经踩在路基上了。我以为，它会一鼓作气，越过公路，进入公路另一侧的可可西里。它却收住脚步，止步不前。站在那路基下，回首望着自己庞大的家族成员，耐心等待它们跟上迁徙的队伍，等待——抵达。不到一分钟时间，群里几乎所有的藏羚羊都已来到它身边了。

可是，它还在等待。看到它焦急的样子，所有的同伴也都回过头去张望。这时，我们才看到，还有一只弱小的藏羚羊在后面很远的地方，正向这里慢慢跑来。藏羚羊群开始发出焦躁的声音，像是在催促，也像是在给那只落在后面的同伴加油。

也只剩下500米了——好像这是一个命定的长度，突然，那只弱小的藏羚羊也拼命地奔跑起来。它也是用了不到一分钟时间，就跟上了同伴。可是，它好像把所有的力气都用尽了，再也动不了了。四条纤细的小腿在刺骨的寒风中瑟瑟发抖。

领头的藏羚羊看了它一眼，所有的藏羚羊也看了它一眼。

站在最前面的那只健壮的藏羚羊好像吭了一声，像是在说大伙儿准备好，要越过公路了。随后，它迅速爬上路基。站到公路边的路面上之后，它又匆匆回头看了一眼，这才迅速穿过路面，一抬腿就下到公路另一侧的草原上。但是，它并未向远处走去，而是站在路基之下的草地上，等待所有的同伴。

可能只用了几秒钟的时间——也许只有三四秒钟，这群足有160多只的藏羚羊群便越过了青藏公路——除了那只弱小的藏羚羊。其实，它也跟其他同伴一样爬上了路基，但是，当它等待所有的同伴都穿越公路，下到公路另一侧的草原上时,它却不敢迈步了。

它一次次退回到刚刚爬上来的路基之下,又一次次重新爬上那路基,而后,站在那里望着公路,好像那不是一条并不宽展的公路路面,而是一片汪洋。它望而却步。有好几次,它甚至小心翼翼地向路中间走去,但每次都止步于那道只有手掌宽且并不鲜亮的黄线一侧。当它第八次止步于那道黄线一侧之后,它几乎没有丝毫犹豫,就迅速退回到刚刚爬上来的路基之下了。再也没有试图翻越眼前的公路。它似乎已经彻底放弃了。

而已经穿过公路的藏羚羊还在原地等待。又过了不到十分钟。随着几声汽车喇叭的鸣响,堵在公路两头长长的车流开始放行。已经穿过青藏公路的藏羚羊群,这才离开公路一侧,向远处慢慢跑去。跑到一道山梁上之后,它们又一次停下脚步,回头看了一眼落在公路另一侧的那只小同伴。

那天下午,它一直在那里,很孤独。第二天早上,它已经不在那里了,不知道它去了哪里。此后的很多天里,我一直在想它的去向和着落,却不知所踪。

曾经在可可西里此起彼伏的枪声已经听不见了,藏羚羊的盗猎现象已经禁绝。但是,人类对藏羚羊的侵扰似乎有所增强,因为青藏公路,又有了青藏铁路,穿行于青藏线的车流人流明显增加。此其一也。

其二,藏羚羊迁徙的季节,青藏高原正好迎来一个温暖的季节。但凡经过此地,天南地北的过客都愿意停住脚步,看看可可西里和藏羚羊,以表达他们对这些高原精灵的喜爱。而大多游人对藏羚羊的习性并不了解,更不明白,任何不当的亲近方式都会对它们造成伤害。

对藏羚羊来说——其实也不仅是藏羚羊,对所有的野生动物来说都一样,最好的保护不是亲近,而是保持一定的距离,让种群感到安全。无论出于何种目的,凡是有意把人类的注意力引向任何一种野生动物,试图用走近的方式去亲近的行为,对它们来说都是危险的,都会造成伤害,都具有杀伤力。

历史地看,包括我们手中的各式摄影、摄像镜头,拍摄用飞行器以及那些无处不在的红外线摄像镜头,对它们都有可能是一种伤害,须谨慎小心,以免它成为另一种没有弹药的猎枪。我从一个航拍短视频看到,有一群藏原羚疯了一样奔跑,同时听到飞行器尖利的"嗡嗡"声一直紧追不放。这是伤害和猎杀,不是拍摄。要是迁徙产羔的藏羚羊遭遇这等追拍,腹中的小羊羔会流产。

那天,我们由治多赶往不冻泉。下午快到青藏公路了。突然看到一只藏羚羊从左侧公路与网围栏之间狭长的缓冲带向我们的方向飞奔而来。看见我们的车,又掉头往回跑,对面也来了几辆车,它又掉头往这边跑。很着急、很恐惧的样子。

一看，就知道它想进到左面围栏里面的草原，可是有围栏挡着，进不去，便一路疯跑，想找到一个入口。一眼望过去，前后都没有入口。我们前方不远处有一条河，前后几公里之内，可能唯有那个地方还能找到一个入口。

我让司机小朱立刻减速停车，让同事姚斌和张多钧下车去帮藏羚羊，叮嘱先拦住它别往前跑，让它掉头往回走，到河边说不定能找到一个入口。出于职业习惯，他们在耐心帮助藏羚羊的同时，还不忘手中的照相机，不时地对准急于逃命的藏羚羊按下快门。

一听到相机快门"咔嚓咔嚓"的声音，藏羚羊更害怕了。想直接从网围栏上撞进去，每次撞上去都会被弹回来……折腾了好半天，才让它进到围栏里面的草原。进到围栏里面，它还没能从惊恐中缓过劲儿来，还在向远处飞奔，直到跑很远了，才停下，回头望了望围栏和公路，才放慢脚步，但依然向着远处走去……

从目前的情形看，50米到100米，对藏羚羊也许是个安全的距离——曾有一度，它们从一公里外望见车影、人影，就会飞奔而去。最终，这个距离得有多远，要看藏羚羊自己的反应，最好以它们不感到紧张和害怕为宜，直到它们彻底消除对人类的敌意和警觉为止。

也许那个时候，人与藏羚羊才会有真正的亲近。

国家公园

这段叙事,也得从可可西里开始。而且,至少得从可可西里自然保护区成立前两三年开始。因为那时,那个叫杰桑·索南达杰的藏族男人还活着。

将可可西里变成一个自然保护区是索南达杰的一个梦想。他生前已经在为设立自然保护区积极奔走。我在前面提到过一份规划图——《可可西里自然保护区规划方案图》,那是他请有关部门为这个保护区描绘的最初蓝图。

可是,他没能活着看到可可西里成为自然保护区。如果他没有死,可可西里成为保护区的步伐会不会放慢一些,不得而知。可以确定的是,他的死加快了可可西里成为自然保护区的进程。

随后的日子里,由索南达杰的牺牲引发的一系列环保事件持续发酵,索南达杰、可可西里、藏羚羊、扎巴多杰、野牦牛队等名字……一时间成为举世瞩目的焦点,成为一个时代的启示录和显著标志,堪称中国生态环境保护的绿色启蒙,推动了整个社会和时代的进步。

1994年1月18日,索南达杰牺牲于可可西里太阳湖畔。

1995年,青海省可可西里自然保护区成立。

1997年,设立可可西里自然保护区管理局,当年12月,可可西里成为国家级自然保护区……

在所有公开的文字中,当时都会做这样的描述:

> 可可西里国家级自然保护区地处青藏高原腹地,青海省玉树藏族自治州西部。这是目前世界上原始生态环境保存较好的自然保护区,也是中国已建成面积最大、海拔最高、野生动物资源最为丰富的自然保护区之一。青海可可西里国家级自然保护区主要是保护藏羚羊、野牦牛、藏野驴、藏原羚等珍稀野生动物及其栖息环境。
>
> 自然保护区地理位置在东经89°25′~94°05′,北纬34°19′~36°16′之间,总面积450万公顷。北以昆仑山为界,西北至西以省界为界,南以格尔木管辖唐古拉乡(后改为镇)为界,东至青藏公路109国道。平均海拔4600米以上,最高海

拔 6860 米，即布喀达坂峰，最低为豹子峡，海拔 4200 米。年平均气温零下 10 摄氏度至零下 4 摄氏度，最低气温零下 46.2 摄氏度，最冷月出现在 1 月份，最暖月在 7 月份。

要是索南达杰知道，死亡使自己生前的梦想得以顺利实现，他死而无憾。不过，后来发生的一些事，恐怕他做梦也不会想到。

他死后第 21 年——2015 年，国家启动三江源国家公园体制试点，可可西里自然保护区全境纳入三江源国家公园体制试点范围。

他死后第 23 年——2017 年 7 月，可可西里成为世界自然遗产地，为青海第一个位列世界自然遗产地的自然保护区。

他死后第 24 年——2018 年 12 月 18 日上午，庆祝改革开放 40 周年大会在北京隆重举行，党中央、国务院决定授予于敏等 100 名同志"改革先锋"称号，颁授改革先锋奖章，杰桑·索南达杰位列其中，为青海省唯一获此殊荣的时代英雄。这 100 名"改革开放杰出贡献人员"，每一位都有一个入选理由，杰桑·索南达杰的入选理由是："可可西里和三江源生态环境保护的先驱"，也是其中唯一"生态环境保护的先驱"。

他活着的时候,除了他所在治多县和玉树藏族自治州的一些人之外,没几个人知道他的名字。很多人知道他的名字是他死以后的事。过去那么多年之后,不但知道他的人从未忘记过,而且,越来越多的人记住了他的名字。

专门写他的文字也越来越多了,直到今天还在写,不久前,我还看过一部书稿的相关内容,是别人专门发过来征求意见的。我清楚,很多写他的人是很久以后才听说他的故事的,即使早就听到过,也是通过之前的文字和影视作品才知道的。

我是第一个把他的故事写成文字的人,后来也写过很多次。再后来,我不写,读别人写的文字。才发现,别人写的还是那些事。还发现,后来凡是写索南达杰、扎巴多杰、可可西里和藏羚羊的文字中也都有我书写过的痕迹,包括一些纰漏。

包括有关青海、新疆、西藏联合保护藏羚羊行动——"可可西里一号行动"的那些文字。我写过一篇很长的报道《拯救藏羚羊——"可可西里一号行动在青海"》,1999年5月24日、6月27日,《青海日报》由我主持的"家园守望者"专栏分两期对其进行过深入报道,《焦点》等杂志也曾全文刊发。

我写过北线巡逻队队长李长远的一段描述:18日,他们一行10人,走了大约200公里路,翻过5座山梁,就到了新疆若羌县的边上,又折回来,走了150公里,进入一片无边无际的大草原。10年前,这里的藏羚羊群几乎覆盖了整个大草原,而今连一只也看不到了。望着那空旷的草原,李长远失声喊道:"都消失了……都消失了。"

无论怎么写,是谁写的,只要写到索南达杰就绕不过可可西里,反过来也一样。索南达杰要是从未走进可可西里,以致死在那个地方,也许多年以后,人们也未必会注意到这片举世罕见的荒野。

现在的可可西里已经是世界自然遗产地,也是三江源国家公园的一部分——约占国家公园三分之一的面积,三分天下有其一。再写可可西里便绕不过国家公园,写国家公园也不能不提到索南达杰。

2020年的一年时间,我先是在三江源国家公园行走和采访,后又坐在家里,创作完成有关国家公园的一部书稿《源启中国:三江源国家公园诞生记》。

在书中,我也写过索南达杰,写过从索南达杰开始的这段光辉历史。

我想,以后凡是去三江源国家公园的人只要到了可可西里,也都一定会听到他的故事。不仅因为索南达杰就在那里等你,还因为他的故事理应成为国家公园的精神财富,永久传颂。

就像国王峡谷国家公园传颂美国南北战争时期北方统帅格兰特将军的故事一样——很多去过国王峡谷的人,未必会记得他后来还当过总统，但一定会记住，曾有一个国家公园以他的名字命名。

最初以格兰特将军之名命名的只是一片巨杉林，1890年设为格兰特将军国家公园，是美国最早的国家公园之一。1940年并入国王峡谷国家公园，那里生长着目前地球上最高大的红杉林。

据约翰·缪尔的描述，最大的一棵巨杉的树龄可能已经超过了4000年，直径可达40英尺。他是从这棵红杉树的树桩上数出它的年轮的。因为树的底部被火烧去了将近一半，他用了一天的时间锯下烧成木炭的表皮，一直锯到树心，借助放大镜来数出年轮的。

想起那些红杉林，顺便提醒大家记住的是，虽然美国是全世界最早将大片国土划为国家公园进行严格自然保护的国家，但是，它无疑也是世界上最早对大自然进行过最严重破坏的国家。随着殖民与国家发展的巨大需求，包括红杉林在内的很多自然遗产惨遭破坏。

约翰·缪尔在《我们的国家公园》里写道：

> 它们在海拔4000至8000英尺高的地方，沿着北美西部山地的西侧，形成一个时断时续绵延约250英里的林带。那些重得难以处理的巨大圆木被人用火药炸成易于加工的大小。因此很大一部分最好的木材被炸碎和毁坏了，而那屈曲盘结的巨

大树冠则作为废物被付之一炬，其覆盖范围之内的树木，无论大小都被大火焚毁。[1]

以致不得已，开始设立国家公园时，包括红杉林在内的每一片土地都得由国家从私人手里购买其所有权。约翰·缪尔继续写道：

> 尽管如此，这一树种还没有濒临灭绝的危险。它已被栽植到欧洲的很多地方，并在那里茂盛地生长，而原始林中最为壮丽的部分已被辟为国家公园和州立公园……然而，没有一棵红杉生长在任何一座国家公园里。迄今为止，就我所知只有通过接受赠予或购买的方式，政府才能使1英亩这种美丽的森林回到自己的手中。[2]

可可西里没有巨杉——现在的可可西里，不生长树木，一棵树也没有。

也许曾经也有高大的林木生长于斯，2019年夏秋，因湖岸沙化导致卓乃湖湖区向东漫移，湖水溢出东岸，部分湖岸被冲垮。恐大湖决堤，危及青藏铁路和公路，疏浚古河道时，古河床发现掩埋地下的高大树干，那是埋在地下的一棵树。如果曾有这样一棵树生长在可可西里，那么，

---

[1][2] 引自《我们的国家公园》，约翰·缪尔著，郭名倞译，江苏人民出版社，2012年7月。

那个时候可可西里也应该有大片森林。

可可西里没有树木生长的历史可能已经持续了几百万年，甚至更加久远。那棵埋在古河床的树干，很可能是几百万年前最后一片森林封冻在地下的遗骸。

如果时间再往前推移几千万年，情况就不一样了。

距今大约2.5亿年的晚二叠纪，现在的可可西里还是湿润的亚热带气候。地勘资料显示，海相地层珊瑚类相对丰富，有孔虫、腕足类则非常丰富，成煤植物以高大的蕨类为主，石松类已退居次要地位，属平原型植物群落。距今2500万年前的侏罗纪，可可西里迎来过松柏类植物的繁盛，高大的松树、杉树和柏树曾覆盖山野。

像可可西里壮阔的地貌，地球史上，可可西里植物群落的整体演化也呈现跌宕起伏、波澜壮阔的景象。先从3亿年前的温地型向1亿年后的平原型，再向大约5000万年后的平原丘陵型转变，随后又转向山地型。陆地的抬升却一刻也没有停歇过，海洋逐渐退却，高原面平均海拔最终越过4000米，大片森林随之埋入地下。相比之下，人类的历史不过弹指一挥间。

那么，如果时间再往后推移几万年又如何呢？

  也许
  你说的那个天空并不是真的天空
  你说的那个未来也不是真的未来

也许大群的鱼儿可以像云朵般
在看见,或看不见的天空里飘荡
或游动。满河床的石头
也可以像羊群一样翻过山冈
尔后,带着思念一起去流浪

而曾经奔流不息的那些河流
在你睡着的夜晚
悄悄潜回我的梦里
弥漫。弥漫无边的相思

而在真正的未来
我们都回到过去
去等待一个未曾走远的日子
想象天荒地老的模样
静静地。静静地凝视远方

那时,也许地平线已经消失
没有藏羚羊,也没有可可西里
也许太阳不再出来,也没有黑夜
但是,我能看得见你的眼泪
你还在,我也在 [1]

---

[1] 引自古岳组诗《世界》。

一棵松柏类树木可以活几千年，可可西里没有树木的岁月至少持续了几百万年，索南达杰只活了40岁，他没有见过那棵在地下掩埋了几百万年的树干。

也许他也能像一棵树一样活着，不是生长在大地上，而是活在人们的心里。在作为国家公园的可可西里荒野，活成一种精神。

现在的可可西里不仅没有乔本植物，甚至连木本植物也极为罕见。在整个可可西里，我只看到过一种木本植物——匍匐水柏枝。如果不俯下身子仔细观察，你甚至很难发现它的存在。无法确定，索南达杰是否留意过它的存在，可以肯定的是，这种植物的存在并未引起他太多的关注，因为有关索南达杰的所有记述中都未出现过这种植物。它甚至尚未引起植物学家的注意，但它确实存在。

它在可可西里几乎不能向上生长，只有紧贴着地表，才能顽强而艰难地存活下来。其主干最大根径也不会超过1厘米，而整个树干从根部就平躺在地面上，以致挨着地面的树干和树枝都半埋在沙土层里，只有树梢部分稀疏的叶片才能越过地表向上伸展，像低矮细碎的草本植物。

海拔已将它的生存空间挤压到了它所能承受的极限，如果这种挤压再稍稍多出一点，它就无法存活。因为整个生长过程只能平铺在地上，地表稍有松动或变化，其根部也会裸露在外。在一片河谷沙地，我找到一截很短的水柏枝树根，试图将其折断，试了几次，它都纹丝不动。其坚韧程度堪比钢铁，即使有车轮从上面碾过，它也不会有丝毫的损伤。

我一直在想一个问题，如果没有约翰·缪尔和老罗斯福这样的人，北美那些红杉林还会不会存在？或者会不会依然得到很好的保护？继而会想，如果没有索南达杰这个人，我们会不会关注藏羚羊的命运？会不会关注可可西里这片荒野？也许会，但说不定要等很久。

这就是索南达杰以生命赋予这片荒野的意义——也许在他，牺牲本身就是爱最好的诠释。我们需要爱，这片土地和国家公园也需要爱。如果没有仁爱悲悯的深刻感召与久远启示，我们的国家公园就会失去灵魂。

可可西里的这段历史，大致可分为两个阶段。第一个阶段，从西部工委的成立到三江源国家公园体制试点开始，起始时间，1992 年 7 月至 2015 年底，历时 23 年；第二个阶段，从三江源国家公园体制试点开始到国家公园正式宣告设立，起始时间，2015 年底至 2021 年 10 月，历时 6 年。

索南达杰和他领导的西部工委不仅极大地推动了可可西里的生态保护事业，也有力地促进了三江源乃至整个青藏高原的生态环境保护。他牺牲后，青藏高原很多地方，受其感召，一时间，政府和民间两个层面的生态环境保护浪潮一浪高过一浪。青海、西藏、云南、四川、甘肃等涉藏地区民间还曾自发开展一系列保护野生动物的宣传教育活动，号召每个人从自己做起，自觉抵制、拒绝、远离野生动物皮毛制品和其他用品，产生了积极深远的影响。藏族社会以前喜欢用水獭皮装饰衣服，也喜欢戴狐皮帽，从那以后，这些东西突然见不到了。

这是历史的潮流，建设国家公园也是顺应时代的历史潮流。

建立以国家公园为主体的自然保护地体系是一项宏伟的国家战略，三江源是中国第一个进行体制试点的国家公园，时代所赋予它的主体地位具有深远的历史意义。《三江源国家公园体制试点方案》明确提出，以"国家所有、全民共享、世代传承"及"自然资源的持久保育和永续利用"为基本遵循，在黄河、长江、澜沧江三大源头选择典型代表区域，进行国家公园体制试点，总体架构为"一园三区。"

而三个园区中的长江源园区有大半区域涉及可可西里。长江正源沱沱河流经可可西里南部边缘；南源当曲全流域为长江源园区索加保护站管理区域——原本与可可西里就是一个整体；北源楚玛尔河更不用说了——从源头出来，一进入可可西里平缓的山野，它便一路向北狂奔，快出了可可西里才掉头南下，一个巨大的"U"字形几乎把可可西里绕了一大圈。

如果长江源把可可西里圈在园区以外，它还是长江源园区吗？

国家公园体制试点还有两个关键词不能忘了：一个是

"原真性",另一个是"完整性"。强调的是园区自然生态原始风貌和景观价值的整体地理单元不可分割,自然生态和景观价值完整的国家代表性也不可分割。

可可西里原本就是长江源,三江源与可可西里又怎能分割呢?

自此,可可西里作为一个独立自然保护区的历史使命已经完成。

2017年成为世界自然遗产地之后,可可西里又有了一块可永久保留的牌子,更名后的可可西里管理处,在三江源国家公园管理局的统一领导下行使自然保护和自然遗产管理的双重职责。

好在,一直在可可西里坚守的那一群人还在,有的人从可可西里保护区成立之前就在这里了,很多人为了这片土地流泪流血,满身伤痕,用生命和鲜血谱写了一曲悲歌!他们无怨无悔。现在他们又都成了中国第一个国家公园的守护者,倍感光荣,也感受到这一路走来的悲壮。

索南达杰已然远去。沿着他的足迹,他们毅然继续前行——他们的故事会在稍后展开。从他们身上,你会看到,索南达杰从未走远。

他好像一直活着,每次去玉树、去可可西里、去三江源,我都能感觉到他的存在。有时在地平线上远远望见一个人影,眼前就会浮现出他一脸凝重的神情,好像他一直从前方注视着这片土地。

从索南达杰开始的这段光辉历史，是用生命写成的，写在苍茫高原和可可西里，也写在中国国家公园的史册上。

一说到中国的生态环境保护事业，很多人都持一种观点——这种观点甚至占据舆论的主导地位，说中国在此领域比西方诸国至少落后了一个世纪。

这仅仅是一个时间上的概念，开始时间的早晚与本土本国的生态环境有着直接的关系。什么意思呢？也就是说西方生态环境保护为什么开始得早，原因只有一个，遭到破坏的时间也早，几乎是与工业革命同时开始的。中国生态环境保护为什么开始得晚，因为遭到破坏的时间也晚。

美国的生态环境遭到严重破坏的事几乎在殖民统治一开始就发生了。他们为什么要在150多年前就开始建设国家公园，因为再不加以严格保护，大自然原本所有的一切都将毁于一旦，美国有好几个国家公园，差不多是用从开发者手里购买土地或强行收回的办法才成为国有资源的。比如大峡谷国家公园，就是总统签署了一道特殊保护法令之后，才从一个大矿区变成国家公园的。

中国为什么在150年前没建国家公园，因为150年以前，中国的生态环境基本没遭到太大破坏。150年后，为什么又要开辟和建设，因为150年后，中国的很多地方也出现了生态环境的破坏。

现在，三江源国家公园已经成为中国第一个国家公园，可可西里也已成为国家公园的重要组成部分。可可西里的这段历史当然也是国家公园的历史。

我们并不是要在一片空地上建造一个国家公园，更不是改变它原有的模样。而是，在确保其原有风貌不会有任何改变的基础上，让它继续自然演进的历史，不断自行完善和谐，以确保自然生态系统的原真性和完整性。因为它原本就是一个公园，而且有自己的光荣历史和英雄史诗。

史诗中有格萨尔和阿达拉姆，也有索南达杰和扎巴多杰。

我们要做的，就是把一片原本壮丽神奇的土地开辟或命名为国家公园。以确保再也不会受到任何人为的侵扰和破坏，使其所有的自然美景、生态原貌以及生灵万物都得以永久保育、永续传承，并一直存在下去。

一同传承下去的还有这片土地上的光荣与梦想。

它的名字恰好就叫：三江源国家公园。这也是光荣与梦想。而可可西里就是最初点燃梦想火光的地方。那火光从不曾熄灭过。

当然，在索南达杰走进可可西里之前——甚至在格萨尔出征北方魔地之前，可可西里的藏羚羊、黄金和盐早已存在了。不仅如此，在他走进可可西里之前，那里的黄金和盐已经在开采，甚至已经在狂采滥挖，只是因为他的出现，才将一种乱象更清楚地摆到了世人的眼前，令人震惊。

藏羚羊盗猎现象也早已存在了，他也不是第一个发现者。

在对世界著名野生生物学家夏勒博士的一次访谈中，他告诉我："1984年，我第一次来青海。当时，我正在四川卧龙做大熊猫的调查和研究。受国家林业局的委托，我到青藏高原对雪豹做一个调查。那次我到过玉树的治多和杂多……"

夏勒可能是世界上最早注意到藏羚羊盗猎现象的人。从他记录的文字中可以看出，早在20世纪80年代中后期（也许更早），藏羚羊的盗猎已经开始了。

我曾跟夏勒先生讨论："自从藏羚羊绒制品被国际公约组织禁止贸易销售之后，藏羚羊的情况应该好多了。"

他说："是好一些了。但是，我在印度、阿拉伯地区发现还有人在贩卖藏羚羊绒制品。在迪拜，一些绒毛制品店里总是挂着很多绒毛编制的商品，你如果用手去摸那些商品并露出不太满意的神情，店主会立即说，这里还有更好的东西。说着就躬下身去从柜台底下摸出一件东西来，那就是藏羚羊绒制品……"

停顿了一下，夏勒又继续说："关键是保持警惕。任何东西，一旦买卖，就会有危险。就像青藏高原的藏羚羊和冬虫夏草。"

夏勒初到青藏高原注意到藏羚羊盗猎现象的时候，索南达杰还活着——他发现可可西里藏羚羊盗猎现象愈演愈烈是十年之后的事。

只是他发现这一现象之后，第一个冒死去保护藏羚羊的生命。这才是关键——他拯救了藏羚羊种群，却献出了自己的生命。

大追捕

杀戮!
杀戮!
杀戮!

你将写下怎样的
挽歌?

从荒野上走过
美是一切:
和谐与秩序,推动
这个世界。

是啊,索加的秋日,必将进入
灵魂燃烧的一刻:
金黄退去之后
白雪之上的麻雀,无数的麻雀
每一声都是自己的鸣唱。
而卡逊说
几乎所有的春天都已陷入寂静……

然而,你以风马叩问上苍
措池滩:格萨尔史诗中传唱千年的
鸟的王国,不只是天堂
那浩渺的水同样告诉我们:
藏羚羊和藏野驴奔跑的领地
有着怎样晶莹的梦想
这近乎人类之舞而又融于大自然的舞蹈
有着怎样夺人心魄的乐章。
……

倒下的黄羊。
跪着的藏羚羊。
还有那只翻越了九十九架山的鹿。
我们不得不把最后一点慈悲

交给往昔的泪水……[1]

一批又一批盗猎者接踵而至。

他们把无边的莽原变成了一个屠宰场，可可西里尸横遍野，惨案一个接着一个。27年前，发生在太阳湖畔的那一幕只是其中的一起。

所不同的是，此前惨遭杀戮的是藏羚羊和别的野生动物，1994年1月18日夜晚，盗猎者却用同样的手段杀害了一个人。

"1·18"特大持枪盗猎、抢劫、杀人案——公安部门是这样定性这起案件的。大肆盗猎在先，抢劫、杀人在后，17名涉案盗猎者畏罪潜逃……

一接到报案，省公安厅立即组织成立了由一名副厅长任组长的"1·18"专案协调领导小组，玉树州成立了由16名干警组成的专案组。

专案组一开始最重要的紧急任务是，一边调查案情，一边在青藏公路沿线、可可西里周边路口设卡拦截和搜捕所有潜逃的犯罪嫌疑人。格尔木警方也参与追捕行动。

可是，直到1月底，案情迟迟报不上来。案件侦破也没有突破性进展，所有潜逃犯罪嫌疑人，无一落网。加上玉树专案组因没有办案经费，无法出动警力，迅速展开侦

---

[1] 引自刘新才组诗：读古岳《谁为人类忏悔》。

破行动。不得已，2月初，才将案件整体移交给省公安厅九处，玉树专案组暂时撤回。中间还过了一个春节。也就是说，案件侦破并不顺利。

因为案情一直不明，社会上就有流言蜚语流传，一开始说，所有进去的人都死了，没有人活着出来，要是还有人活着，怎么没有人回家呢？

慢慢得知，除了索南达杰，西部工委进可可西里的几个人都活着，又有人怀疑索南达杰之死与他们有关，要不他们为什么会被关着？再往后，随着案发经过的一些细节在人群中讹传，质疑的声音越来越嘈杂，甚至把矛头已经指向某个具体的人……

我就多次听到这样的声音，说某月某日几点到几点，某个人没有出现在任何一个人的讲述中，这个人消失了那么长时间，索南达杰之死是否与之有关？要是这样，索南达杰死亡的真正原因，还有死亡时间都有疑问！

说得非常具体，有理有据，像是目睹了一切一样。在治多、玉树州和西宁，有好几次，人们讨论这些细节问题时，我都在现场。

直到1994年8月，案情依然扑朔迷离，很多具体经过依然不是十分清楚。

1995年1月9日，我在青海省公安厅专案组采访。考虑到，其中的很多细节这还是第一次公之于众，对这次采访记录内容进行整理时，我有意隐去了一些当事人的真实姓名和一些敏感地名、词汇、数据、民族成份等。记录内容整理如下：

1994年9月20日，青海省公安厅成立追捕领导小组，一名副厅长（与专案协调领导小组组长是同一人）任组长，还有两名副组长，分别是公安厅九处处长、海东地区公安局局长。

九处处长负责调度指挥，参与追捕警力除九处刑警之外，还从海东抽调4名得力干警，从化隆回族自治县公安局抽调2名干警。所有参与追捕行动的干警，当日就离开西宁，开始追捕行动。

追捕办案经费由公安厅设法保障，还分别做了7个决定，其中包括奖励决定，提供线索奖励5000元，提供线索抓获主犯奖励50000元。办案有功人员视贡献大小授予一、二、三等功，特别嘉奖。

根据事先侦查摸到的可靠线索，他们实施第一次抓捕，一切行动都是在非常保密的状态下进行的，都以为会有所收获，士气空前高涨。结果却令他们非常沮丧，所有事先掌握线索的嫌疑人都不在现场。当时接受采访的负责人似乎有所暗示。我采访本上记录的原话是：一概不在原籍住地。至少20日之前都已逃离，连与嫌疑人相关的所有旧照片都带走了。

所有的线索又都断了。当时，谣言四起，群众中流传一句话：抓住就枪毙，能跑几天就跑几天，多活一天算一天。最后，追捕小组开始重新发展布局"工作关系网"（谨慎起见，隐去细节），重新谋划接下来的追捕行动。

10月11日，追捕小组得到线报说，一重要嫌疑人住在某县城一小旅社。追捕小组记下旅社的名字，立刻赶赴现场，去了4辆车、12名干警。当地公安局抽调10名干警协助抓捕行动。一到县城，他们发现有好几家旅社都叫同一个名字，通过秘密排查，他们把重点放在了县城边缘的一家旅社。

这次行动很顺利，一举抓获一名嫌疑人。经审讯，他曾潜逃新疆，刚从那里回来，在西宁偷偷住了两天。离开西宁后，没敢坐车，走山路，徒步几十个小时才走到那里。他刚进旅社房间躺下，就被抓住了。他交代说，已经逃了半年多了，他冒险回来是为了卖掉家里的房子。处理完这事，他再离开。他先走，妻子后走。

逃离之前，他也曾偷偷回过家。但从没在自己家里住过，都住在朋友亲戚家里，不固定，睡觉时，不脱衣服，一有风吹草动，随时起身逃跑。

这是案发以来抓捕归案的第一个在逃犯罪嫌

疑人，也是一个重要的突破口。通过进一步审讯，案情基本搞清楚了。很多调查结果被证实，一些疑点被排除……

紧接着，又有一些重要线索浮出水面。掌握另一嫌犯在邻省某地贩卖牛羊皮毛。追捕小组又紧急奔赴某地，实施现场抓捕。10月28日上午10点，嫌犯在该地去医院看病途中被抓获。这又是一个突破。经审讯，案情经过进一步查证完善，涉案嫌疑人基本情况进一步查实。

10月××日，首犯韩忠明（马亚古）在去打猎时落网。他在审讯时承认，他是案发现场主要的策划人和主使。还交代，被另一嫌犯马生华抢走的那把"五四"手枪，在某地以8000元卖给了一个饭馆老板——名字记得不是很清楚。

10月××日凌晨2点，追捕小组几名干警连夜跋涉近千公里，赶到目的地，在当地公安干警的配合下采取行动，涉案嫌疑人落网。审讯查证，他就是购买枪支的人，但不是用8000元，而是4500元。枪支已不在他手里，他转手以5000元，卖给了另一个人。后来侦查中发现，另一个人又卖给了第三个人，是另一个地方的人，也在千里之外，他当时手里没现钱，是用23只羊换的。

两天后的凌晨4点，追捕小组又赶到另一个

地方，嫌犯被抓获归案，索南达杰被抢走的"五四"手枪成功缴获……至此，已有4名嫌犯落网。同时，一些重要细节也得以侦破查实，比如是谁用刀扎破了索南达杰当时乘坐车辆的两个轮胎，案发现场实施抢劫和杀害索南达杰的经过、步骤和具体分工……

从此其余十几名嫌犯亡命天涯，下落不明，追捕继续。

27年过去，"环保卫士""改革先锋"杰桑·索南达杰在与盗猎分子的战斗中英勇牺牲的故事一直广为传颂。公安机关对凶手的缉捕也从未停止过，尤其是玉树州公安局专案组的追捕成员，一直把追捕的责任扛在肩上，一天也没有懈怠过。

他们中有好几位从27年前索南达杰牺牲的那一天，就一直战斗在追捕一线。当年，他们就曾立下正义誓言，无论付出多大代价，也要把每一个凶手捉拿归案！

我一直在细心留意缉捕进展，每隔几年都会听到有凶手落网的消息。

2008年4月29日17时50分，从上海发往西宁的列车开进西宁火车站，由省公安厅督办的1号案"1·18"持枪杀人案中的犯罪嫌疑人韩成英，逃亡14年后终于被押解回西宁。

据玉树藏族自治州治多县公安局副局长朱元德介绍，犯罪嫌疑人韩成英从青海出逃后，先后逃到上海、新疆等地。逃亡期间，韩成英隐姓埋名，一直使用假身份证和假姓名。四五年前，韩成英和妻子、女儿辗转到无锡市新区梅村居住，夫妻二人以开饭馆为生。韩成英自以为过上了平静的生活，可是他没料到，一次偶然的机会，江苏省无锡市警方通过网上追逃案犯照片对比发现了他，之后，无锡警方通过一周的侦查，于4月19日晚将犯罪嫌疑人韩成英抓获。

目前，"1·18"案中的主要罪犯已经被枪决，两名罪犯已经刑满释放，其余近十名犯罪嫌疑人正在网上追捕中。

2011年，在玉树藏族自治州公安局和化隆回族自治县公安局的共同努力下，6名17年前在可可西里参与枪杀索南达杰的在逃犯罪嫌疑人相继投案自首。尽管已经过了17年，"环保卫士"索南达杰枪战盗猎分子英勇牺牲的故事仍在当地传扬，公安机关也从未停止对枪杀他的在逃犯罪嫌疑人的缉捕。

在这漫长的17年里，玉树州公安局的民警，特别是当年参与过案件侦破的侦查员们，始终没有忘记和动摇过当年立下的誓言，所有民警从没有放弃对枪杀索南达杰的在逃人员的缉捕。

在"清网行动"启动后，玉树州民警更是将追捕和规劝在逃人员投案自首工作作为重中之重，全力开展摸排调查、走访和规劝等工作。为确保"清网行动"取得实效，玉树州公安局副局长李志海亲自挂帅，十余次驱车前往化隆县，与当地民警一起对在逃人员的家属耐心劝说，争取他们的支持。

在民警的感化下，6名在逃犯罪嫌疑人分别于11月20日、23日、29日和12月1日前往化隆县公安局投案自首。

目前，枪杀索南达杰的犯罪嫌疑人尚有3人在逃，玉树州公安机关正在全力对剩余在逃人员缉捕和规劝。

（2011年）12月25日，青海玉树警方抓获17年前参与杀害杰桑·索南达杰的又一名在逃人员穆某，这是索南达杰案件落网的第14名犯罪嫌疑人。

随着"清网行动"的结束，玉树藏族自治州公安局在总结战果的同时，对投案自首的犯罪嫌疑人仔细审查，多方面了解情况，不断查找新的线索。近期，玉树州公安局追逃组获悉，索南达杰案的犯罪嫌疑人穆某将于近日潜回格尔木。12月

23日，追逃组立即赶到千里之外的格尔木市。在格尔木市公安局昆仑路派出所民警大力协助下，追逃民警于12月25日将穆某抓获。据悉，穆某案发前是格尔木市第二建筑工程公司工人，其对1994年在可可西里参与枪杀"环保卫士"杰桑·索南达杰的犯罪事实供认不讳。[1]

2020年9月14日，"青海公安"网发布一条消息：近日，青海省玉树藏族自治州公安局刑警支队在新疆维吾尔自治区昌吉回族自治州公安局和海南藏族自治州共和县刑警大队协助下，成功抓获一名26年前参与枪杀"环保卫士"杰桑·索南达杰的犯罪嫌疑人马某。

媒体报道称，1994年1月18日，"环保卫士"杰桑·索南达杰枪战盗猎分子并英勇牺牲，多名犯罪嫌疑人畏罪潜逃。案发至今，青海省及玉树州公安局历届领导班子从未放弃在逃犯罪嫌疑人的缉捕工作，特别是公安部"云剑2020"行动开展以来，玉树州公安局始终坚持以"命案积案清零""命案逃犯清零"为目标，对历年命案逃犯信息进行全面排查梳理，进一步充实侦察力量，加大侦查力度，于近日成功抓获在逃犯罪嫌疑人1名。

---

[1] 引自中国警察网。

这是 27 年前那次盗猎杀人案最近的一次报道。

从最近几次公开报道的文字内容看，有一点，不是很确定。从有些报道看，截至 2020 年初，已归案人数加上已确定亡故者，当年那 18 名犯罪嫌疑人已悉数落网。而从有的报道看，尚有人在逃。至少目前，我们还没看到最后一名犯罪嫌疑人落网的消息。

这次跨越 27 年之久的大追捕堪称悲壮，像索南达杰的 12 次可可西里之行一样，也是一次远行。千里万里，大追捕历经艰难坎坷，波澜壮阔。

27 年来，前后有上百名公安干警参与追捕行动，很多人行程数万公里。他们前赴后继、英勇无畏的事迹，可歌可泣。行动本身就是伸张正义，就是对英雄的致敬，就是对英雄精神的坚定追随，可告慰英雄的在天之灵。

他们的传奇故事可专门写一部书。

李永前就是他们中的一员。

2010 年 4 月 14 日玉树地震，一场轰轰烈烈的抗震救灾和灾后重建的伟大斗争随之展开。从中央到地方，到祖国各地，亿万中华儿女感同身受，情牵玉树同胞，千里营救，万里驰援……感天动地的抢险救灾，艰苦卓绝的灾后重建，玉树不仅创造了人类救灾史上的一个奇迹，也见证了中华民族世所罕见的凝聚力和新时代中国强大的国家力量。各族儿女三年多时间的浴血奋战，在那片高寒极地的地震废墟上写下了一部惊心动魄的悲壮史诗。

2011年是这场伟大斗争的关键一年。

这也是索南达杰牺牲后的第17年。

17年之后，2011年11月下旬至12月初，有6名当年"1·18"案犯罪嫌疑人投案自首（前面已有记述）。即便在举国关注玉树地震的特殊时期，不到半个月时间里，竟有6名17年前的嫌犯投案，也是一件大事，很多人注意到了这个消息。

这件事就与李永前有关——当然不只他一个人，不少人都曾为此付出过艰辛努力。比如玉树州公安局副局长李志海，他曾带队十余次前往某县，与当地民警一起对在逃人员的家属耐心劝说，争取他们的支持——也的确得到过他们的帮助和支持……经过17年的不懈努力，最终，有6名在逃犯罪嫌疑人到当地公安局投案自首。

以下文字摘自新快报记者陈小向的报道——引述时对个别字词稍有改动，特此致歉：

> 李永前已经记不清楚自己是几进几出这些盗猎者的家门了。从1994年进入索南达杰遇害案专案组，他就想着一定要把这些人全部抓捕归案。
>
> 17年来，李永前一直随身带着在逃犯人的照片，还有一个20世纪90年代的笔记本，上面记录着他每次摸查在逃嫌犯人家的详细信息。甚至在逃嫌犯人家门的颜色，他都在地形图中详细做了

标注。如今能一口气把 18 名盗猎者的名字、身份信息、体貌特征详细说出来的人，估计也就只有他了。

李永前说，光是为了获得一张盗猎者的照片，就得花几个月的时间去走访，直到从当地派出所找到身份证号或者从他家里拿到嫌犯照片。这些他都一一详细地记录在笔记本上，把照片随身携带，经常拿出来翻看。

随着时间的流逝，在逃盗猎者面貌已经发生了很大的变化，抓捕工作进展缓慢。

见到第三个自首的在逃盗猎者，55 岁的马成虎，说起往事，他就眼角湿润。他把老婆孩子留在新疆，一个人特地赶回来投案自首。

站在已经变成废墟的家门口，马成虎两眼湿润，泪珠滚落。他说："我心里难受得很，我回来这么多天，都不愿意走到这里来，一看到就难受。"马成虎现在只能暂住在邻居家。

在新疆的时候，马成虎每年帮人家摘棉花、做建筑工，有时老板不高兴工资只给一半，也不敢闹，只能忍着。需要提供身份证的工作（他都）做不了，生活艰难。

有一次，民警上门查身份证，要求马成虎五天之内必须提供身份证，不然就拘留他。马成虎说:"当时我拿不到身份证啊,心里焦急,老婆孩子也在身边,跑也跑不了。"到了限期最后一天晚上,马成虎的心里已经害怕到了极限,怎么想都觉得活着没意思,逃亡的生活也过够了,心里一横,他拿了把刀在脖子上拉了两刀,割喉自杀。

流出的血惊醒了睡在旁边的妻子,她立即把马成虎送到医院,抢救了回来……马成虎逃过一劫。如今回来,村里百岁的老(阿)訇看到马成虎之后,抓着他的手说:"当年还是那么风光的一个小伙子,时间全部荒废了,太荒废了。"满眼的可惜。马成虎说:"我听了心里真是说不出的滋味,要是没发生这事,以我的能力,也能在家里盖好房子,买上车子。现在不仅没给家里添上一片瓦,房子还倒塌了。"

讲着讲着,马成虎眼睛就红了。他说:"我一定要想办法把家里的房子重新盖起来。"望着倒塌的房屋,他脖子上的两道刀疤随着急促的呼吸在抽动。

随着在逃犯罪嫌疑人一个个落网,27年前开始的大追捕已接近尾声。

27年前发生在可可西里的那起特大盗猎、抢劫、杀人案,离结案的时间已经不远。但这件事留给我们的追问和深思不会结束，它会一直留在我们的记忆里，就像索南达杰会一直留在我们的记忆里一样。

"有的人活着，他已经死了；有的人死了，他还活着。"这是臧克家的诗句。在爱与恨、正义与邪恶的较量中，铭记和忘却都是一件可怕的事情。

比较而言，忘却更可怕。

野牦牛

对索南达杰的采访肯定对我的一生产生了深远的影响,至于有多么深远,我说不清楚。受到索南达杰影响的不只我一个,有很多人都受到他的影响。

受其影响最大的人肯定不是我,而是奇卡·扎巴多杰和哈希·扎西多杰(扎多)。

扎多的故事,我将在后文专门讲述,这里先讲扎巴多杰的故事。

为什么,扎巴多杰一继任西部工委书记,所做的第一件事就是成立一个武装反盗猎组织,这个似乎不难理解。

这是中国第一个武装反盗猎组织。

荷枪实弹的武装盗猎极尽疯狂,几乎每天都有一大群藏羚羊从可可西里消失，反盗猎形势非常严峻，如果再没有专门武装力量的果断制止，藏羚羊这一高原珍稀物种恐面临灭绝的危险。

很多人写到索南达杰时，也会写到野牦牛队与盗猎者进行顽强斗争的事，其实，"野牦牛队"与索南达杰没有关系，索南达杰也不知道他身后的可可西里会诞生这样一支所向披靡的队伍，这支队伍还是自己的妹夫拉起来的——"野牦牛队"是扎巴多杰接任西部工委书记之后才组建的。

那是1995年10月7日，在可可西里一隅，青藏公路一个工区的一顶帐篷里，扎巴多杰组建了"野牦牛队"。偶尔，也有人称它是"野牦牛敢死队"。

扎巴多杰为什么要给新组建的反盗猎队伍取一个这样的名字呢？

野牦牛堪称高原的保护神，刚烈忠厚、吃苦耐劳，其生态地位和民族文化心理上的重要位置无可替代，这是这支队伍的灵魂；另一个原因是，索南达杰一开始走向可可西里时，经常跟人开玩笑说，自己是可可西里的一头野牦牛，这是这支队伍的精神旗帜，取这个名字也是在向英雄致敬。

野牦牛在面对危险时的团队精神，尤其是领头的公野牦牛，总是把安全留给同伴，把危险留给自己。

在青藏高原，几乎每个地方都能看到牦牛的雕像。几年前,玛多县想在花石峡高速公路口立一座牦牛雕像。让我起名,写碑文。我建议名字用昌耀的诗题《慈航》,碑文也用其诗句:"爱的繁衍与生殖／比死亡的戕残更古老／更勇武百倍。"我给他们的理由是,昌耀是当代中国最伟大的诗人之一,且把一生都留在了青藏高原,只有他的诗句才能配得上牦牛的精神品质,皆旷古烁今。

"野牦牛队"一成立,扎巴多杰就带着全体队员站在索南达杰的遗像前庄严宣誓:"我们从内心深处怀念和理解杰桑·索南达杰。我们清楚地认识到我们在肩负人类的重托,保护藏羚羊。我们也认识到,保护它将会有流血牺牲。我们认定今天的艰苦奋斗,必将换来明天的光辉灿烂!"

从中你能感受到,自索南达杰之后,每一个自觉走向可可西里的人都已经做好了随时牺牲的准备。就义,意味着赴死。自古如是。

有了赴死就义的准备,就有理由憧憬未来的光辉灿烂。

有关"野牦牛队"与索南达杰之间的联系,人们曾有种种理解,对此,我毫不怀疑,但那还不是全部的理由。对野牦牛或者牦牛,也许索南达杰有自己的理解和认识。早在去可可西里之前,索南达杰也喜欢把自己比作一头野牦牛。了解他脾性的人都知道,这句话,一半是出于对自己倔强脾气的自嘲,一半却是由衷的骄傲和自豪。

作为高原王者的野牦牛喜欢独来独往,纵横天地间,再无出其右者。当然，野牦牛还是家养牦牛的祖先，牦牛也许是目前地球上一半被驯化为家畜一半依旧野生的唯一物种。它们被驯化为家畜的历史可能也晚得多——至少可能晚几千年，甚至更晚一些。

牦牛在青藏高原藏民族心里居于无可替代的重要位置。除了牦牛，如果还有一个物种处于同等重要的位置，那就是青稞。一种动物，一种植物，是藏民族世代赖以生存的根基。

藏民族的传统文化里，衣食住行，牦牛几乎满足了所有的生活需求，恩德齐天。以前，他们住的帐篷、穿的衣服都是用牦牛毛织的，吃的肉、酸奶、奶酪、曲拉，喝的酥油奶茶也都是从牦牛身上来的。而野牦牛是家养牦牛的祖先，没有野牦牛就没有牧人家养的牦牛。

野牦牛是青藏高原特有种，其种群数量也已到了严重濒危的程度，濒危程度甚至远远超过了藏羚羊。目前的藏羚羊种群可能已经恢复到20世纪80年代末的样子，在可可西里及周边荒野随处可见。但野牦牛种群数量依然非常有限，如果不刻意去寻找，即使在三江源腹地和可可西里，也难得一见。

扎巴多杰要用"野牦牛队"拯救藏羚羊，听上去，就像是用一种更稀有，也更强大的高原野生动物去拯救另一种野生动物。

昔日青藏高原上的野牦牛群可与北美大草原上曾经有过的野牛群相媲美，当上千头乃至几千头一群的野牦牛从那亘古莽原上走过时，天地都会为之动容。北美大草原上的野牛群随着欧洲殖民统治者的侵入渐渐退出了人类的视野，尤其是西部大淘金的狂潮使野牛群遭到了灭绝性的杀戮。德国著名记者洛尔夫·温特尔在他《上帝的乐土？》一书中对北美大草原上的那一段历史做过这样的描述："在印第安人世世代代精心保护的北美大草原上的野牛群随着欧洲殖民统治者的侵入渐渐退出了人类的视野，尤其是西部大淘金的狂潮使野牛群遭到了灭绝性的杀戮。"

青藏高原野牦牛群的消失也与大淘金有关，而且关系重大，只是，时间要晚得多。在北美大草原上已难以觅见野牛踪影的时候，青藏高原上的野牦牛们还在灿烂的阳光下有节制地繁衍着它们的子孙。直到20世纪中叶，它们才开始遭遇大规模的杀戮。饥饿是它们惨遭杀戮的罪魁祸首，先是三年困难时期，人民公社为了社员活命，组织进行了大规模猎剿，这是它们和人类的首次交锋。之前的亿万年里，人类从没有真正靠近它们，或者说，人类从没有以试图伤害的方式接近它们，虽然高原土著一直与它们相邻而居，但却视它们为友，相敬如宾。它们对人类的感觉就如同对自己的同类，在它们的眼里，人类无疑是弱者，他们渺小，他们不堪一击。所以，它们从不设防。

所以，100年前，在昆仑山麓，当瑞典探险家斯文·赫定和他的随从第一次用火药枪对准它们，并向它们射击时，它们还以为那是在和它们开玩笑，但是，那粒小小的弹丸却差点射穿它们身上厚厚的铠甲。于是，它们第一次抬眼望了望对面的那些异类，那些异类头上的目光第一次让它们感觉到了恐惧。于是，那个受伤的同伴就向那些不远万里跋涉而来的异类冲杀而去，但是，又一粒弹丸向它飞来，接着，又是一粒，这一次差点命中要害，它被彻底激怒了，它用尽全身的力气，冲向那些可恨的家伙。

我后来猜想，当那头野牦牛快要冲到跟前时，斯文那小子所表现出来的样子肯定不是他在著名的《亚洲腹地旅行记》中所描述的那样镇定自若，而是惊恐万状，脑子里甚至是一片空白，他唯一所能想到的是他的瑞典老家和他年迈的白发老母。我想正是这一闪而过的念头救了他的老命，昆仑山神为这个念头而心生悲悯，让他们从一片惊慌之中回过神来，向那头野牦牛射出最后的那颗子弹，野牦牛就倒在了他的脚前，而他却可以把这作为炫耀后世的资本。后来，他们甚至把家养的牦牛当成野牦牛胡乱射杀，为他的这次经历增添传奇色彩。

但是，无论如何，他都无疑是一位杰出的思想者，他有一间令人艳羡的书房，那书房里充满了森林的芳香，他坐在那宽敞的书房里回想他在亚洲腹地的经历时，那些野牦牛们早已把他忘在脑后了。就在那间书房里他成就了《亚洲腹地旅行记》，在这本书中，他除了详尽地罗列在他看来离奇和有意思的见闻之外，他也颇有文采地描述了很多野生动物的生活场景。

据说，野牦牛可以循着子弹散发的火药味向猎人一路追杀而来。如果是顺风，它们灵敏的嗅觉可以嗅到几公里以外的异味儿，尤其是人类的体味。自然界很多的野生动物都有这种奇异的本领，所以，有经验的猎人都会守在逆风的山口等待猎物。野牦牛是一种具有团队精神的生灵，当一群野牦牛在一起时，它们就是一个整体，在不同的环境里，它们中的每一个个体都有自己的职责和分工。带领和指挥它们行动的是一头大家都诚服的公牦牛，无论面对怎样的严峻形势，它都不会忘了自己的使命。它总会让自己处在相对危险的位置来保证群体的安全，当灾难来临时，它又总会自觉地冲在前面，用自己的生命来换取群体的安全。[1]

科学研究证实，野牦牛的驯化是7300年前才出现的事情。而古岩画上的那些狩猎图告诉我们，大约在3000年前，牦牛的驯化过程也许还在继续。那时，几乎所有家畜的驯化早已完成，野牦牛是人类最后才得以驯化的野畜——也许直到今天还没有最后完成。因为以野牦牛为亲本资源（这是一个育种学专业术语，泛指用来杂交、培育新品种的父辈和母辈或雄性和雌性）的牦牛品种改良仍在继续。

除却了与人类关系的密切程度，直到今天，一头家养牦牛的习性和生存环境与真正的野牦牛并没有太大的区别。家养牦牛虽然都被人类放养——偶尔也会圈养，但它们依然在山野，山野之上原本也是野牦牛的家园——它们原本就是一个家族里的成员。

可能因为越来越多的野牦牛被驯化成家畜，与人类相伴，渐渐失去了野性，野牦牛看不下去，一气之下，才从它们身边渐渐远去。它们不仅是要离开家养的牦牛，更重要的是要离开人类。如果再不离开，迟早，它们都会失去野性，成为人类身边的牲畜。

假如它们肯与我们分享它们之所以远离的感受，我想，它们一定会说：靠近人类是一件很危险的事，凡是与人类

---

[1] 引自古岳散文《走向天堂牧场的野牦牛》。

接近的动物，最终都会被它们驯化成家养的牲畜，失去全部的野性。而野性是它们区别于其他万物生灵立足于天地之间的根本。

也许是最后才驯化成功的缘故，在所有家畜中牦牛是唯一从未完全丧失其野性的动物。你要是把它们整日里圈起来，即使给它们吃最好的饲草，它们也极不情愿。这一点从它们的神态和表情就能看出来，刚圈起来时，它们一个个心急火燎地又蹦又跳，恨不得立刻破门而去。

时间长了，它们慢慢就会陷入绝望，一个个垂头耷脑，提不起精神。而一旦被放出去，到了山野，它们就像是逃离似的，一门心思地往远处奔走。直到足够远了，视野中见不到人影了，才有了精神，才停下来啃噬青草……

以前草原上所谓的牛圈，其实就是扯在帐篷前草地上的几条毛绳。毛绳用钉进草地上的铁桩或木桩牢牢固定着，牧归的牦牛依次拴在毛绳上，一来防止走失，二来是为挤奶方便。牦牛被一条毛绳拴着，虽然不大情愿，但也不会过于对抗。反正都吃饱喝足了，夜间剩下的事情就是安卧和反刍，拴着就拴着吧，除了那条毛绳，一切都没有什么变化，何况那毛绳也是用它们身上的毛做成的，没什么不舒服。再说了，挤惯了牛奶，不挤，乳房会涨疼。挤完了，才会舒坦。这是驯化过程中，人类对它们的最大改变，它们对人类产生了依赖。

牦牛即使在驯化以后，它身上的野性也未彻底驯服，至少在所有家畜中，它是唯一还存有野性的牲畜。直到近现代，家养牦牛与野牦牛野合的事在草原上依然时常发生，在一群家养牦牛中也常常会看到一两头野牦牛的后代。牧人们说起这样的趣事时，就像是在谈论人间的风流韵事一样乐此不疲。不但不反对，不阻止，反而会怂恿鼓励，设法成全，家养牦牛身上的野性也由此得以保全和延续。

直到很久以后，随着人类的数量越来越多，野牦牛的栖息地才不断被挤占，种群数量也才日益锐减。这时，人们突然发现，家养牦牛的种群正在退化，先是个体越来越小，再后来，它们的性子也越来越温顺了，野性也好像在一天天地慢慢消失。人们又忽然想起曾经在旷野上飞奔呼啸的野牦牛。它们好像突然消失了，即使苦苦寻找，也难得一见。

有人开始去寻找野牦牛，目的是想找回家养牦牛昔日健壮的体魄，当然还有野性。毫无疑问，将无数野畜驯化为家畜是早期人类文明的最主要的成果。从现在的情形看，不可否认的一点是，驯化家畜的历史证明，生物除了进化也会退化，在自然选择进化遭到人为干预时，退化的趋势则会明显加剧。这是家养牦牛品种退化的主要原因。

一项自远古就已开始、至今尚未结束的动物驯化运动，又找到了一个新的名目，曰：畜种改良。而家养牦牛品种改良最理想的亲本资源就是野牦牛，可是到哪里去找野牦牛呢？历经艰辛，人们终于逮住了几头野牦牛，将它们关在坚固且有顶棚的铁栅栏里面，借助人类行为的积极参与，用它们的精血让家养牦牛受孕。一代又一代的野血牦牛被成功驯化，草原上又能看到雄壮无比的牦牛了。

人们又发现，野牦牛亲本资源越来越稀缺，无以为继。虽然，随着保护力度的加大，野牦牛种群数量已有所恢复，但仍处在极度濒危的程度。

根据野生生物学家的观点，用野牦牛来改良家养牦牛的结果有可能导致野牦牛自身的品种污染和退化。比如，乔治·夏勒对此就非常担心。也许，最终我们会找到一个能保全牦牛种群的路径，但是目前还没有找到。对此，我既不悲观，也不乐观，心存希望，也不无忧虑。

我没见过索南达杰，扎巴多杰却是见过的。

在可可西里边缘，在青藏线沱沱河大桥边的兵站里，我曾和他有过一夜的长谈。那一夜我们都在谈他的"野牦牛队"和大家的藏羚羊……谈话时，窗外寒风呼啸，天空星斗璀璨。

2021年2月，辛丑牛年来临之际，有好几个晚上我一直在找一个采访本——1997年12月18日晚上，我在昆仑之巅采访扎巴多杰的那个记录本，可是，一直没有找到。它肯定还在，可就是找不到。

我丢过很多东西，唯一不曾丢过的就是我的采访本，几十年用过的几大摞采访本都保存完好。一天深夜，在山林中遭遇暴雨迷路，快要冻死了，在用身上的采访本纸张引火取暖时，我还曾小心地撕下记有文字的部分，叠好，装到包里。

我所有的采访本都集中放在一个固定的地方，可里面就缺这一本。一定是我中间翻出来看过，之后没有放回原处，可是会放在什么地方呢？想不起来。好在，此前我也曾写过他的故事。

记得说完话时，已经午夜了，我还是走到沱沱河边的山坡上望了望星空。头顶是星空，远处地平线外仍是星空，感觉远处的星辰不是在天上，而是在地面。再往更远处，已是俯瞰，星辰都在脚下，像是刚从地面上长出来，一朵一朵的星辰硕大无比，像刚刚绽放的花朵。

第二天早上，我早早起来去看了日出。一出兵站，奇寒难耐。那天早上测到的地面温度是零下40摄氏度。我在外面只走了一小会儿，就感觉被冻僵了。我在室外只停留了片刻，而索南达杰和扎巴多杰他们则要常年在这里跋涉，很多时候，睡在野外，没有房子，没有火炉，甚至没有像样的被褥。

从我此前写的文字看，我们是1997年12月18日下午在楚玛尔河边的索南达杰保护站见到扎巴多杰的。同去的还有当时中央电视台《读书时间》栏目摄制组编导姚友霞、主持人李潘、摄像胡笛和《光明日报》记者刘鹏等。

《读书时间》要给杨欣刚刚出版的《长江魂———一个探险家的长江源头日记》做一期节目，要去索南达杰自然保护站拍摄杨欣。

17日晚,在格尔木与西部工委的人交谈时得知,11月29日,扎巴多杰他们刚刚在鲸鱼湖一带破获了一起盗猎大案,抓获盗猎团伙共19人,一人在向执法人员开枪射击时被击毙,共缴获478张藏羚羊皮和3张棕熊皮,还有11支小口径步枪、1.2万发子弹和6辆北京吉普。后来在看押过程中有16人逃脱,下落不明,2人在押。听上去就像是"1·18"惨案的情景再现。

西部工委有5个人还在鲸鱼湖看守现场,等待救援。一接到消息,派了7个人进去救援。第一天中午,救援队抵达科考湖一带时曾有过一次联系。之后失去联系,已经好几天了,直到12月17日,还没有任何消息。外面的人很着急,不停地用电台联系,就是联系不上,里面的留守人员和派去的救援人员都没有消息,吉凶未卜,生死难料。

那天,我们原本一早就从格尔木住地出发,可是临走才得知,前一天说好拉运物资去保护站的卡车司机变卦去不了,除了盗猎者,那个季节没人想进可可西里。我们这才去了欧阳荣宗的石材公司,前一天晚上我们已经去过那里,也见过欧阳荣宗,那是我第一次见这个福建人。

在那里还见到了时任西部工委办公室主任靳炎祖,并跟他做过短暂的交谈。欧阳荣宗听说我们遇到的困难,立刻喊来公司的卡车司机去装补给物资,然后赶紧安排我们出发。有此耽搁,出发时,已快到中午了。

出了格尔木市区不远,在纳赤台附近,我们遇到了一个车队,共7辆车,有6辆破旧的北京吉普。记不清楚了,应该是走在前面的车上有人认出了这个车队——或者是对面来的车上有人认出了我们。总之,一见到我们的几辆车,对面车队就在路边停下了。

我们是最后一辆车,车还没停稳,就见《读书时间》的人已经开始拍这个车队和卡车上拉的东西,李潘拿着话筒已经站到镜头前开始说话了。姚友霞在一旁指挥拍摄。我还寻思,几辆破车有什么好拍的?

下车一问,姚友霞(我大学同班同学)告诉我,是鲸鱼湖留守人员和救援队回来了,他们押解盗猎分子和缴获的车辆、藏羚羊皮及其他赃物前往格尔木,一路走得很慢。之前跟格尔木联系时,已经得知,我们一行人今天上去,所以一见车队就停下来打招呼。

庆幸的是,所有人员平安无事,大家这才松了一口气。

5名看守嫌犯、赃物的西部工委工作人员和公安人员,被大雪围困近20天之久,仅靠几包方便面和雪水维持生存。险些又重演1994年"1·18"悲剧。他们告诉我们,如果此案未能侦破,那个冬天可能会有上万只藏羚羊被猎杀。

遇见车队的一行人里,没有扎巴多杰。

扎巴多杰在索南达杰保护站等我们。一进保护站,我们就看到扎巴多杰戴着一顶鸭舌帽、身裹蓝色棉衣的魁梧身影。看到我们进来,一一打过招呼,他就急忙张罗卸车。

一边忙乎,一边告诉我们,杨欣也还没到。他一早从曲麻莱方向过来,可能很晚才到。

我们得等杨欣赶来会合。杨欣是午夜时分抵达沱沱河兵站的,直到午夜,我一直在跟扎巴多杰说话。后来扎巴多杰给我看过一些以前抓获盗猎团伙时的现场照片,我在《忧患江河源》那本书中还用过这些图片,书中还有我拍的扎巴多杰的图片,有一张照片上,扎巴多杰正在帮助刚到保护站的车辆卸货。

我们从可可西里回来时,扎巴多杰没有一起回来。

杨欣他们要进可可西里,扎巴多杰刚从那里出来,又要跟着进去了……

扎巴多杰是索南达杰的妹夫,原玉树州人大(常委会)法制委员会副主任(委员),索南达杰牺牲之后,他就觉得他应该第一个成为索南达杰精神遗志的继承者。于是他主动要求放弃原来相对比较优越的工作环境,到治多县西部工委去工作。他如愿以偿开始一次次地走进可可西里,走进长江源。他的这次抉择除了党性原则,除了责任与使命感之外,好像还有一种命定的因素在里面——他当然不相信宿命,但他愿意遵从心灵最终的抉择。

人类毕竟永远离不开大自然,大自然永远是

人类的母亲。依照江源牧人的传统,一个英雄死后,他所在的家族理应有人义不容辞地站起来继承他的遗志去为之继续奋斗。索南达杰只有两个妹妹,没有兄弟,扎巴多杰注定了要选择江源大地,选择可可西里。近三年来,他已有数十次可可西里之行了……[1]

那天,他(扎巴多杰)在巡山途中大老远就发现了那只刚出生不久的小藏羚,它的母亲倒在血泊中,身上的羊皮像是刚刚被剥掉的,上面的鲜血还依然鲜红。那小羊羔还依偎在母亲身边,一声声呼唤着母亲。扎巴多杰在抱起那小羚羊时,一串泪水就滴落在小羚羊的身上。他将它放进自己的怀里,用藏袍宽大的衣襟裹了起来。在之后的那些日子里,他一直在照顾这个已经失去了母亲的孩子,几个月后,又专程前往可可西里将那只小羚羊放还给大自然。

(那以后的日子里,这种救助行动已经成了可可西里守护者的一个常态,不冻泉保护站的主要职责就是救助走散的弱小藏羚羊。可可西里藏羚羊的守护者清一色全是男性,于是他们都赢得了一个无上光荣的称号:小藏羚羊的"奶爸"——

---

[1] 引自《谁为人类忏悔》,古岳著,作家出版社,2008年5月。

笔者补记）

有一次，他还看到过一只更可怜的小羚羊，它还在母亲的肚子里，还没来得及出生，母亲却已被枪杀，同样是已被剥了皮，所不同的是这个母亲的肚皮也给划开了，于是，还未及降临的小羚羊便提前探出头来，呼吸着凛冽的空气，它不知道世上发生过的事情。扎巴多杰他们发现这只小羚羊的时候，它一息尚存，但是，已经无力回天了。他们不忍目睹小羚羊那最后的模样，只好挥泪而去。

这些都是盗猎者造的孽。扎巴多杰曾给我讲过这样一件事，他曾看到过一只焦黑的藏羚羊，它被盗猎者捕获之后，全身的毛皮被活剥，但它还活着，血淋淋的身躯经阳光和风雪地吹打，焦黑如炭。在那荒原上，它每走一步都发出凄惨的哀叫……[1]

扎巴多杰似乎是在用自己的生命完成一次注定的使命。索南达杰牺牲时，扎巴多杰已经是玉树藏族自治州人大常委会一名正县级干部，是什么让他即刻做出主动请求去就任一个副县级职务的抉择呢？而且，还是去可可西里。在很多人眼里，这都不可思议，也很不理智，他却义无反顾，

---

[1] 引自《谁为人类忏悔》，古岳著，作家出版社，2008年5月。

刚料理完索南达杰的后事，他就踏上了去可可西里的路。

他在给州委的请求信中这样写道："目前我们的首要问题就是如何继承索南达杰的遗志，如何完成他未竟的事业。因此，我请求州委把我调回治多县负责西部工委的工作。我这样做，既不是为了升官发财，也不是为了去享受。我深知去西部，迎接我的只有恶劣的工作环境和号称人类生命禁区的可可西里，以及横行在这片土地上的各种邪恶势力，随时都有生命危险。但是，为了人民的利益，我愿意这样做，也愿意像索南达杰那样随时献出自己的一切。"

有人说，他是一个过渡性人物，这话不准确——确切地说，他是一个承上启下的人物。也许在秋扎心里，他的位置会更加突出，像舅舅索南达杰一样，父亲对可可西里乃至这个时代的意义同样无可替代。

如果说索南达杰用生命点燃了一支火炬，那么，扎巴多杰就是举着这支火炬向前奔跑的人。索南达杰最初是为开发矿产资源挺进可可西里的，而扎巴多杰一开始走向那片土地就是为了保护，是一种自觉——这可能也为他的死埋下了一个重要的伏笔。

他完成了可可西里非法采金乱象的全面清理，使很多人的利益受到了威胁和侵犯。他带领他的"野牦牛队"纵横那片旷野，自觉捍卫自然家园的宁静安详，使可可西里成为当代中国自然生态保护的一面光辉旗帜，几乎全世界都听到了它在狂风中猎猎如帜的巨大声响。

也许我们有必要提一下分别于1995年8月30日和1996年3月16日公开发布的两份通告(见当日《青海日报》)。

前一份是"关于对可可西里地区全部金场依法进行封场的通告",说今后"在草场不受到破坏的前提下,欢迎省内外的国有和集体企业采用机械,按有关程序有计划地生产开采。"通告一经发布,随即着手全面清理,不留死角,把所有采金人员都从可可西里清理出去。

紧接着发布了第二份通告,这份通告不仅完全取消了今后允许有序开采这一条内容,而且郑重宣告:可可西里地区将全面实行封闭式管理,禁止任何企业和个人进入采矿,以实行全面保护。

从这两份内容完全相反的通告,不难看出扎巴多杰的用心良苦。如果在第一份通告里,他们就宣布可可西里要清场封闭式管理保护,势必引起群体性混乱,难以收场。权衡再三,出此下策,实属缓兵之计,不得已而为之。事实证明,这一招是奏效的,虽然费尽周折,吃尽苦头,但是可可西里所有采金人员和各类采矿队伍终究被清理干净,没留下任何死角……

那些年,可可西里持续展开的反盗猎战斗中,扎巴多杰和他领导的野牦牛队是一支强有力的中坚力量,他们的历史功绩不可磨灭。

可是命运不济,因为过早地走完了自己的人生之路,扎巴多杰未及完成自己所有的使命,留下一个巨大的遗憾。

不过，他已经为可可西里付出了自己的一切，把自己的命都搭进去了，还有什么不能贡献？

1998年11月8日，扎巴多杰死于家中。当时公安部门得出的结论是，从刑侦技术勘察、法医鉴定和刑事调查等几方面的结果看，扎巴多杰系自杀身亡……

"1·18"，索南达杰的祭日；"11·8"，扎巴多杰的祭日，好像中间那个点只向右挪动了那么一点，结果就不一样了。如果去掉中间那个点，他们的祭日好像在同一个日子——"118"，被同一个数字定格。

在可可西里，扎巴多杰也曾面临与索南达杰一样的境遇，除了有限的社会捐助，没有任何经费，有的就是一群誓死守卫这片土地的热血汉子——野牦牛队，还有几杆枪。每次进山，他必须设法带上足够的汽油、淡水和别的给养。他说："我不怕盗猎分子，他们手里有枪，我们也有枪。我怕大自然，那里走几百公里都见不到一个人，一旦天气变化或车子陷进泥坑出不来，弄不好真会把人困死在那里。"

像索南达杰一样，扎巴多杰也曾多次谈到随时可能发生的死亡。说："为了可可西里，只要有人理解，我死在可可西里也心甘情愿。"

扎巴多杰与索南达杰的不同在于，索南达杰死在可可西里，盗猎者用猎杀藏羚羊的枪支射杀了他；而扎巴多杰不是死在可可西里，而是死在自己家里。

人们一直质疑扎巴多杰的死因，某种意义上，有痛恨和痛惜的成分在。痛恨的是可可西里疯狂的盗猎者，痛惜的是英雄毕竟没有战死沙场。

细心的索南达杰偶尔会大意和轻敌，但他是一个在自己家厨房里都要设计逃生通道的人，他不会死在自己家里。一直在寻求"平衡"的扎巴多杰，一次次在可可西里出生入死，无所畏惧，直到最后，累得走不动时，最想做的一件事，也许就是回到家里歇着。

索南达杰常常说自己是一头野牦牛，其实，他更像一只豹子，一只雪豹。雪豹自信强大，机敏果敢，轻蔑一切。但太过自信，就会轻敌。如有不测，一只雪豹只能自己救自己，别的动物救不了雪豹，野牦牛也不能。

扎巴多杰创建的"野牦牛队"是向索南达杰致敬，也让盗猎者闻风丧胆，最终却让自己变成了一头果敢威武的野牦牛，身后是一群野牦牛。野牦牛自信强壮，勇往直前，从不设防，也不留退路，哪怕前面是陷阱和圈套（我在前面曾写到过淘金者挖的那些矿坑陷阱——那些既可采出金子也能用来引诱捕获野牦牛的矿坑陷阱）。

杰桑·索南达杰，奇卡·扎巴多杰，他们是英雄，是先行者，是先驱，是人群中孤独的远行者。

洪流滚滚，大浪淘沙，喧嚣与繁华都在身后。

每次去可可西里都要过昆仑山口，每次过那山口，无论白天还是黑夜，我都会透过车窗向外张望，因为每次张望时，都会有意想不到的发现。其中一次，我发现了野牦牛。我在一篇叫《走向天堂牧场的野牦牛》的散文中写到过那个瞬间：

> 那天傍晚，我过昆仑山口，正要一路向下，这时，我却忍不住要往车窗以外张望，我感觉冥冥之中有一双眼睛正盯着我。我就望向南面的山梁，于是我就看见一头无比雄壮的野牦牛正在那山梁上望着苍茫天空，感觉它要从那里一步踏入天界，去找寻梦中的大草原。那一刻我想到了孤独，是的，是孤独。孤独正从四荒八野向它汹涌而来。

索加之行

无论如何,我都得去趟索加,不能再耽搁。

1994年的那个冬天就想去,没去成,一晃,过去五六年了。

为什么过了这么长时间还要去索加呢?也是为索南达杰吗?是的。我必须去趟索加,尽可能弥补那个冬天留下的遗憾,亲眼看看那片土地,填补记忆中的那片空白——要不它会一直空着。

恰好此时,扎多就任索加乡党委书记。他一到索加,便开始一遍遍催促,让我抽时间一定去趟索加,说这是索书记战斗过的地方。依照民族习俗,索南达杰牺牲后,扎多在任何场合谈起索南达杰都很少提亡者的名字,只提他的职务:索书记。

扎多还给我寄来不少索加的图片，大多与他在索加沿着索南达杰足迹去做的一些事有关，比如生物多样性和野生动物种群数量的调查。别的画面都记不清了，有两幅画面一直留在记忆里。

一幅拍的是"草库仑"，就是在用铁丝网围栏之前，人民公社组织广大社员挖开草皮，用一块块草皮垒起一道道土墙围成的一片片牧场。后来的网围栏只是把草皮围墙换成了铁丝网，拉一道网围栏比垒一道土墙便捷容易，草原围栏面积也越来越大。那是一张胶片拍摄的6寸彩色照片，图中的那一道土墙吸引了我。一二十年的雨雪风霜，在土墙上爬满了岁月的痕迹，长成了土墙的皱纹和容貌，仿佛它不是人为垒成的，而是从草原上长出来的。

第二幅图片拍的是一片空旷的雪地，雪很厚，白茫茫一片。雪地里有一片灰色斑点，白雪加大了对比度，使灰色斑点发黑。细看，那一片灰色斑点竟然全是麻雀。从画面看，那些麻雀的个头比低海拔地区的麻雀要大很多，圆嘟嘟的，以为是很多麻雀冻死在了雪地里。再细看，画面极具动感，形态各异，才发现它们还活着。麻雀喜群居，因为白雪覆盖了草原，它们聚在雪地里，像是在商议去哪里觅食……

索加在天边。

我第一次去索加，是2000年8月，距离索南达杰离开索加的时间已经过去八年，距离他牺牲后也已过去六年半了。我还能在索加找到他的踪影吗?

索加曾是索南达杰和他族人梦中的金牧场,肥美的牧草,满山遍野的羚歌鹿鸣,数不清的河流湖泊以及迷人的蓝天白云。为这传说般美丽的大草原,他们从通天河谷、聂洽河谷、治渠河谷原本也很美丽的草原开始西迁。他们驮着帐篷,赶着畜群,带着妻儿老小向西进发。

由东部到西部草原的路上,他们跋涉了一年多,有很多牧户用了两年甚至更长的时间才抵达他们梦中的家园。好在这种漂泊迁徙的路与他们平日的游牧没太大的差别,只要帐篷还在马背或牛背上跟他们一同上路,只要畜群随他们一同漂泊,草原上到处都可以是他们的家园,一直都是。

他们来自不同的地方,到索加后又散落在那方圆两万多平方公里的草原上。在支起帐篷,燃起炊烟,把牛羊赶向新的草原的那一刻,他们的心都醉了,眼前的一切比他们所想象的还要迷人,他们从没见过这么美丽的草原,那茂盛的牧草,那清澈的河水,以及那布满草原的羚羊和野驴……

除了一点点因海拔升高带来的不适外,一切都是那样的如意。他们甚至开始淡忘曾经的家园,更没想过有一天还要回去。

新的家园已为他们准备了一切,就差没支起锅卡烧好奶茶了。包括烧奶茶煮羊肉的燃料也给他们准备好了。那满河谷的滩地上一片片的野驴粪，他们烧了两三年还没烧完。这样的日子一直持续到20世纪80年代初。

随着牲畜作价归户和草场承包经营，原本就很分散的牧户更加分散了。他们的好日子也随之结束。他们感到变化最明显的一点就是自家草场上的牧草长势一年不如一年。他们总是希望明年会好一些，实际上却一年比一年糟糕。看上去，整个草原上的牲畜头数远没到超载的程度，只是原来的一大群牲畜分成了很多小群，这样几乎所有的草场上都有牲畜放牧，加上没有统一组织的转场和轮牧，大部分牧户一年四季都在冬春草场牧放着他们的牛羊。

一年年下来，那些冬春草场上的牧草日渐稀疏，以致后来竟没有了牧草，大片大片的草场沦为荒漠乃至沙漠，河谷滩地变成了沙砾遍野的大戈壁。荒漠开始只出现在阳坡，等阳坡的草场全部沙化之后又危及阴坡。先是在冬春草场蔓延，后来又向夏秋草场逼近。相对稳定的牲畜头数和急剧萎缩的草场之间的矛盾就这样逐步被推向了极限。牧人们却还没发觉这种灾变的真正根源。直至1985年，一场特大雪灾悄然降临时，牧人们才感觉到他们正在失去一切。[1]

---

[1] 引自《谁为人类忏悔》，古岳著，作家出版社，2008年5月。

进入 20 世纪 90 年代后期，治多草原上出现了一群特殊的牧人，当地人为他们取了一个很雅的名字叫东迁牧户，顾名思义，这是一群向东迁徙的牧人。他们中也有杰桑家族的后人——索南达杰的族人和亲人。

索南达杰却已经离开他们，径自走远。

治多虽处青藏高原腹地，但整个地理环境以及气候条件东部仍比西部优越。据说在西部索加、扎河一带经常头痛的牧人，一到东部县城附近的地方，症状就会自行消失。这也正是西部牧人东迁的主要原因，那几年已有大批牧户从索加一带迁至县城或附近地区。

这是他们的又一次迁徙。

索加牧人的东迁，从 1985 年那场雪灾之后就已经开始了。

这是一群失去家园的牧人。30 多年前他们曾经有过的家园已经不在，之后的西部新家园而今又沉沦不堪。从 20 世纪 80 年代后期至 20 世纪末，整个索加乡东迁的牧户已达到 200 多户，人口达 1100 多人。

他们中的大部分人都迁至县城后面那长长的白崖上面，他们用所变卖的家产以及牛羊所得，在那崖头上搭建了房舍。头一两年还能靠积蓄维持生活，接下来的日子就无以为继了。

他们没有了牛羊，也没有了草原。从此他们不再漂泊迁徙，却沦为家园的放逐者。对他们而言，家园已成为一种回忆，梦想与心灵就在那回忆中漂泊。在不远的将来，他们也许会成为草原县城的居民，找到新的生路。

时任治多县县长王玉虎在玉树对我说，即使全县的牧民都迁到县城，也不过两万人之众。如果对产业结构进行适当调整，一个县城养活千余东迁牧人应该不成问题。但在当时，这些东迁牧人将怎样去面对眼前的严酷现实呢？也许只有视野中的草原、雪山和蓝天白云还能寄托他们对昔日家园的眷恋。

2000年夏天来临时，我已做好准备去索加了。计划7月份就去，这是高原最美的季节。可临出发，接到消息，三江源自然保护区成立仪式要在8月中旬的玉树举行，这是当时中国面积最大、世界海拔最高的自然保护区，规划中的保护区面积达36万多平方公里，超过青海省总面积的一半。

索南达杰牺牲后不久，可可西里已经成为国家自然保护区，紧接着，包括长江源、黄河源、澜沧江源在内的玉树藏族自治州全境又要成为一个自然保护区的核心区域。如果他泉下有知，一定会感到莫大的安慰！

他的祖先们世代迁徙栖居的辽阔草原和山野都要成为自然保护区了。

这是大事，不能错过。要是先去索加，万一赶不回来，错过，会留下遗憾。便决定等几天再出发，先去参加三江源自然保护区成立仪式,再去索加。

扎多原本说好要在治多等我,然后一起去索加的。因为行程调整,我们到玉树州上时,他来找我说,他临时有急事得出一趟远门,不能一起去索加了。末了,又安慰我,虽然他不能一起去,但已经说好让文扎和扎西陪着去了。说让他们陪着,比他还要好。他之前,文扎也曾任索加乡乡长、党委书记,在索加的时间比他长,对索加的很多事,文扎和扎西比他还要熟悉。

没想到,过了五六年,去索加的路依然非常难走,幸好有文扎和扎西。

事实证明,扎多所言句句属实。只要有文扎和扎西在,没有什么地方到不了,他们能把你带到任何你想去的地方。他们开着那辆旧北京吉普翻山越岭、渡河过江,即便很多次遭遇车陷泥沼,或被困高山无法前行,在他们的沉着淡定、从容不迫中,我们总能化险为夷,跋涉于天边索加。

一天夜里,翻越吾给拉美山,至山口,我们那辆三菱吉普陷进泥潭,折腾到精疲力竭,它都不肯出来继续往前。那里的海拔接近5000米,还下着雨雪。我和几个同事急得不知怎么才好,文扎却淡定地说:"就在这里过夜,天亮了再说……天亮了,太阳出来,就好办了。"我们就在漆黑的夜里等天亮,等太阳出来。

已经过午夜了,在车里坐的时间长了,腰腿很不舒服,我下车去伸伸腰腿,看见文扎车里的灯亮着,便走几步去看文扎和扎西。从车窗望进去,文扎在读一摞厚厚的经书,不觉窗外有人望着车里。他端坐车上,经书翻开在腿上……

那段约 40 公里的山路,我们居然走了整整 25 个小时。从治多县城走了 3 天才走到君曲,离"索加公社"还有很远的路。

离开县城时,陪同前往的文扎特意借了一部电台带着,说这样万一遇到什么困难,还能与外界取得联系。大约半个月时间,我们的确与外界有过一两次联系。每一次,我们都得把那个"铁疙瘩"扛到半山坡上,放好,架好天线,打开开关,调到固定的波段,通过电波仔细搜寻说话的对象。

无论有什么事,全县各乡镇所有的电台只能先跟县机要科的总台取得联系,然后由机要科的人负责给指定的人捎话。因为这并非机要科的主要职责,属捎带性质的服务,此波段只会限时开放,时间固定在每天下午 5 点,持续时间不超过半个时辰。记得,那两次与县上联系时,一打开电台,总会先听到一连串吱哩哇啦的杂音,很刺耳,之后里面才会传来有人说话的声音。

因为是公共波段,同时有很多人在里面说话,都是往县上报告紧急事项的。你得仔细辨认从无线电波里传来的那些声音,才能分辨出哪个声音是跟你说话的——当然你得熟悉他们的声音才行。那一刻,会有一些画面迅速闪过脑际,画面上是隐蔽战线的谍报员,随之有一串清脆的敲击声传入耳中。

我们只是一行深入高原腹地采访的人,通过这种特殊方式,只为向外界传递一句话:我们平安无事,让所有记挂的人放心。说完这句话,心里似乎踏实了许多。其实,我们只是说出了一句想让人听到的话而已。我们心里很清楚,这句话一般都会消失在电波的另一端,因为平安无事,无须放在心上,因而也不会有真正记挂你的人听到。

从8月23日至9月4日的这段时间里,本报赴江源采访组一直在长江南源的主要支流牙曲、君曲、莫曲和当曲河流域穿梭。从行政区划上看,这里属玉树藏族自治州治多县索加乡的范围。索加的土地总面积近5万平方公里,除可可西里无人区的约3万平方公里之外,其余有人类居住的2万多平方公里的土地上从未留下过记者的足迹,我们是首次造访这片土地的记者。

我们首先造访的是那些被牧人视为命根子的自然保护区。这些自然保护区几乎覆盖了长江南源区的广袤大地,有藏羚羊、藏野驴、野牦牛、雪豹、鸟类及湿地6个保护区和3个岩羊禁猎区。这些保护区的独特之处在于它们的设立和保护者都是江源的牧民。

这些牧民因受原始宗教及佛教文化的影响,

自古就有崇尚自然、保护自然万物的习俗传统。他们不仅是江源生态环境不断恶化的观察者和见证者，也是最直接的受害者。在从生态恶化带来的灾难中饱尝苦果之后，他们朴素的自然观已变为积极的环保意识，开始行动起来，保护自己赖以生存的家园。

据（时任）索加乡党委书记、环长江源生态经济促进会的创立者哈希·扎西多杰介绍，自从去年索加乡政府成立生态保护管理委员会之后，全乡4个牧委会都相继成立了生态监督管理委员会，所有的牧委会干部和牧民小组长都已成为生态监护员，还有大批牧民成为生态促进会会员，作为环保志愿者在各自生活居住的地方发挥着应有的作用。每个牧委会也都制定了行之有效的环保条例，它们可能是青藏高原牧人制定的第一份环保文书，这些诞生在雪域高原牧人帐篷里的环保条例可以说是一种文明的最初宣言。

8月31日，我们在莫曲牧委会支部书记娘奚·向巴琼培的帐篷里看到两张调查表格，上面看不到"生态环境"之类的字眼，表格的下半部分画着野牦牛、藏羚羊、藏野驴、雪豹、白唇鹿、黑颈鹤等国家一级保护动物的画像。调查人被告知，某月某日在何地方如果看到了如上的动物，就把详细情况填在表上。

这是莫曲一组的生态监护员提供的一张表格，上面填写着如下内容：1999年9月28日，在索加道龙发现440只盘羊；1999年10月1日，在同一地方发现6只白唇鹿；1999年底至2000年初，在烟瘴挂发现50只以上的雪豹（累计）；在乌改滩经常看见1000头以上的藏野驴；夏天在东日山脉经常看见4头野牦牛。

在我们踏进那一片土地之前，索加乡及各牧委会已收到十几份这样的表格。他们正是用这种原始落后的办法对江源地区野生动物种群及分布情况进行着详细的调查，并在初步摸底的基础上组织设立了一批自然保护区。

我们最先造访的是君曲琼果阿妈一带的藏野驴自然保护区。"君曲"在藏语里是"野驴河"的意思，至20世纪60年代中期，整个君曲流域方圆上千平方公里的沼泽草地上到处是红红的一片，那都是野驴。后来随着东部牧人的迁入和人畜的增加，野驴群就慢慢地消失了。从60年代后期至70年代末，那些野驴的肉曾养活了大批西迁的牧人。

8月26日，我们曾深入到青果阿妈一带去寻访，在快到青果阿妈时就从车窗里望见一群野驴，便赶紧下车，企图走近些了拍照，但是车刚一停下，它们便列队飞奔。随后又看见了两群，但数量都不多，最大的一群也就20多头。据君曲支部书记达才旺说，这也是近两年来加强保护的结果，它们好像慢慢地又回来了。

之后我们又去了当曲措治滩的鸟类自然保护区、莫曲巴孜滩的藏羚羊自然保护区和烟瘴挂的雪豹自然保护区。每次探访都历尽艰辛而又不虚此行。在去措治滩的那天，我们历经艰险终于翻过多杰昂扎山，在那一片湖水边下车之后，就从望远镜里看到湖东岸有24只白天鹅翩翩起舞。但前面是一片大沼泽，我们在那沼泽地里左突右奔，走了近4个小时，走得精疲力竭，饥渴难耐，也没能走近那些美丽的天鹅。

后来在陷车、推车、挖车的几个小时里，终于在一条河边远远望见了一大群一大群的鸟儿。去巴孜滩那天最顺利，不但见到了一大群藏羚羊，车也只陷进去两次。去烟瘴挂，骑马走了两天，虽然没见着活着的雪豹，但看到的各种迹象表明，那里肯定有雪豹存在，而且数量可观。

在一次次走向这些自然保护区时，同去的牧人们总在讲述一个道理，说所有的动物及植物和其他自然万物与人类的生存息息相关，说它们是人类生命的根。这是他们之所以自发设立保护区、保护生态环境的原因。

他们还有一个说法,说这些年生态环境急剧恶化的原因是大地失去了营养,而大地失去营养的原因则是人类乱挖金子及虫草,乱砍树木,滥杀野生动物造成的,说它们都是自然和谐延续的基础,没有了这基础,大自然将无以为继,人类将无法生存繁衍。[1]

那场大雪灾之后,有四个人相继到索加乡任党委书记,其中三位分别是杰桑·索南达杰、多杰文扎(文扎)、哈希·扎西多杰(扎多)。索南达杰1987年去,1992年离开;文扎1995年去,1998年底离开;扎多1999年去,2001年离开。索南达杰和文扎之间还有一位,叫仲布·罗西,一直未曾谋面。

他们为什么去索加?当然是因为组织的安排,但也是他们自己的选择。如果索南达杰选的是索加这个地方,那么文扎和扎多选择去索加则不只因为一个地方,还有一个更重要的原因,就是索南达杰曾经去过那里。

索南达杰牺牲之后,还得有人去。他们不去谁去——当初,索南达杰对自己的妹妹说过这话,后来对自己也说过。轮到文扎和扎多,没人再给他们说这句话了,可他们坚信,要是索南达杰还在,对他们两个人也一定会说同样

---

[1] 参见2000年10月15日青海日报《生命保护区》。

的话。

这是一种精神的接力。正因为文扎和扎多的接力,索加才有了那些牧人组织设立的自然保护区。当时的索加,已经设立了一批这样的自然保护区,都是社区牧人自发设立的。

这是 21 年以前的事。

二十几年前,三江源省级自然保护区才开始准备设立。

一群当地牧人早已自发设立过这样一批自然保护区。这是中国最早由牧人自发设立的自然保护区群落,它昭示着一个新的时代即将来临。

这些自然保护区的设立也跟三个人有关:索南达杰、文扎、扎多。扎多组织成立"环长江源生态经济促进会"也是在那个时候。

我第一次去索加时,索南达杰已经走远,我们不可能遇见,却又感觉随时都与他不期而遇,就在山野,就在那些牧人自发设立的自然保护区,就在索加。

20 年之后,再去索加时,那里已经成为三江源国家公园的重要组成部分,有一个专门的保护站,就叫索加保护站,隶属长江源园区。走在河谷山野,看云朵飘过,听清风吹来,仿佛他还在索加,从未走远,到处都能感觉到他的存在。每走进一顶帐篷坐下,端起一碗奶茶时,他仿佛也在身边,看着我们。

去索加的路也比 20 年前好走多了,有一段路面还铺着柏油。半月时间里,我曾三次去索加,都是当天返回,尽管都是在午夜时分回到县城,与20年前相比,已经非常便捷了。

这次去索加,我是为看一座石头房子,一座由索南达杰设计建造的石头房。

听说,它已经改成了一座具有纪念意义的宾馆,凡是去索加的人都可以住在那里听索加人讲述索南达杰的故事。可是,我没能走到石头房子跟前,我们去的巴孜滩离那个地方还很远。

巴孜滩是当曲流域最平缓开阔的草原之一,20年前的一天午后,我曾在这里看一群藏羚羊迅速跑远。当时,这片草原已经出现严重沙化,20年后沙化似乎有所加重。一个大型机械免耕作业队正在这里实施一项种草计划,十几台拖拉机拉着免耕机在草原上划出一道道平行规则的细槽,装在上面长方形铁皮箱里的草种和拌和肥料均匀地撒落下来,一粒粒播撒在细槽里面,后面的铁轮再从上面碾过。十几行草种就算种到沙化的土地上了。

据负责此项种草计划的原县草原站站长、三江源国家公园长江源园区生态保护站站长肖虹说,现在长江源园区像巴孜滩这样可大面积种草的地方已经找不到了,其他地方面积超过10万亩又适宜种草的退化草原,都已用这种免耕机种过草了。这是近几年长江源治理黑土滩和草原退化推广的一项种草技术。据说,因为免耕和加大了亩均草种的稠密度，效果不错。

我对这种在沙化草原上种草的做法一直持怀疑态度，它会对地表仅存的固沙植被造成新的破坏，使地表松动，一旦种不出草，几场大风过后，便会加剧草原的退化。肖虹也承认，像巴孜滩这样已经沙化且干旱的土地上，种下去的草种能否保证一定的出苗率和成活牧草保有密度，还得看过几天的出苗期能不能下几场透雨。

那些大型机械在巴孜滩上转着圈种草，我转着圈在看种草的机械，心里还惦记着那座石头房子。人们说，那石头房子就在以前的乡政府，我在那里住过好些天，我怎么就不记得有这样一个建筑，还是索南达杰设计建造的？

我试着徒步朝那个方向走，没用多长时间，回头望去，那些机械越来越小，机械的轰鸣声也已远去，我已经走出很远了。可望向前方，视野尽头的那些山梁好像越来越远了。徒步走出巴孜滩都很难，要走到那座石头房子跟前更难。面对一直伸向天边的巴孜滩，我感觉自己像一只蚂蚁，正在穿越一片无边的旷野，却不知出路在哪里。

随后，我又三次去索加。沿途，只要遇见人，无论男女老幼，他们都会讲到索南达杰的故事，好像他一直就在那里，从未离开过。讲到索南达杰时，他们也会讲到那座石头房子，而我还是没能走到那座石头房子跟前。

知道它就在前方，我却无力抵达。

想起昌耀《在山谷：乡途》末尾的诗句："前方灶头／

有我的黄铜茶炊。"前方灶头，好像有索南达杰的黄铜茶炊，等一个人的抵达，而我并不是他要等待的那个人。那个人也许还在抵达的路上……

卓巴仓

索南达杰牺牲后，我受命赴治多采访，在治多，却一直没有见到扎多。

一开始他还没回到治多。他受命送一名受枪伤和一名患肺气肿的盗猎者前往格尔木救治。后又赶回可可西里，在五道梁与几路救援队伍会合，去救援。我离开治多前，他应该是回来了，却没能见着。我当时想，他要么是累得动不了，要么是在忙着处理更为紧迫的事情——也或者，他已经悲痛欲绝，不想见任何人。

后来，我才听说，他，还有靳炎祖和韩伟林等，与索南达杰一同去可可西里的同伴一回到治多，为配合案情调查，行动自由受到一些限制，要随时接受专案组的调查询问。

所有与案情有关的消息也被封锁，无法跟家人取得联系。

他妻子博雷寝食难安，也不敢找人打听消息，都快要疯了。

扎多自己心里清楚，从一开始，就排除了对他的怀疑，他身上依然带着索南达杰的那把"七七"式手枪，专案组的人跟他谈话时，也很客气。

悲伤已经将他淹没，还在不停地撕咬着他。尽管平日里，他也看不惯索南达杰的一些做派，不时还有过激烈的争执和冲突，但是，那些争执和冲突并没有成为隔阂，相反，却让他们的心贴得更近了。

现在他已经不在了。世上再也没有索南达杰这个人了。这个人是他的骨肉同胞、可爱的兄长、尊敬的老师、威严的上级，原以为一辈子都会在一起，现在却再也见不着了。天好像已经塌了一半。

回想起跟他一起在可可西里的日子，那些风餐露宿、忍饥挨饿、卧冰爬雪、流血流泪的场景一幕幕在他脑海中汹涌翻滚，挡也挡不住。是的，在那些日子里，他们——尤其是索南达杰几乎每时每刻都已将生死置之度外，即使前面有刀山火海他也敢闯。可他总能化险为夷，从未倒下。很多时候，扎多心想，死神好像也害怕索南达杰，他是不会死的。现在他却不在了。

扎多懊恼无比。他感到了前所未有的孤独。悲伤蔓延，绝望和愤怒弥漫成无边的黑暗，像一个巨大的黑洞，吞噬着他的躯体和心灵。

可可西里，世人口中的"美丽的少女"，在扎多心里已变成一场噩梦。

这些，我是知道的。可我从不曾在扎多面前提及过，即使在后来的文字中不断地写到扎多时，也不曾写过只言片语。很多次，在与他长谈时，我都想就当时的情景问他一些问题，可最终还是忍住了，没敢问。那会让他再次回到那场噩梦里，痛苦不堪。

一天夜里，扎多回到家里，是被一辆吉普车送回来的。听到动静，博雷急忙开门。见扎多光着头，没戴帽子，头发和胡子都很长，像个傻子一样站在那里，面无表情。博雷当时就哭了。

以后的一两天里，扎多的表情几乎没有变过。博雷知道，丈夫还没从可可西里的那场噩梦里走出来。但她不知道，在回家的路上，扎多一直在想一个问题，或者说已经做出了一个抉择，要是能从这场噩梦里走出，今生今世他再也不会走进可可西里。可是，他能走出那场噩梦吗？

回家一两天之后就是春节和藏历年了，因为索南达杰，治多县一片悲痛，没有人想着过年的事。一天，索南达杰的妹夫扎巴多杰来找扎多，希望与他一起再进一趟可可西里，去寻找索南达杰的遗物。

记得他们是在藏历新年那天赶到五道梁的，稍做停留就进了可可西里，一个地方一个地方地寻找。那些守金窝子的人还在，可遗落的不少东西找不到了。扎多找到了自己一个笔记本的皮子，里面有文字的纸页全没有了。索南达杰的手表也没有找到。在太阳湖，索南达杰牺牲的地方，扎多还找到了自己用过的毛巾。西部工委的那辆北京吉普车也找到了，车身上有好几个枪眼，车上的录音机也被拆掉了……

别的什么也没有找到。在太阳湖西边，如果不是见到自己的那条毛巾，他甚至不能确定，那里就是索南达杰的牺牲地。风沙抹掉了地上所有的痕迹，又盖上了一层白雪……除了狂风的怒吼，他们什么也听不到。

没有别的了。没有。剩下的全是可可西里……

我第一次见到扎多，是1994年年初的事，记得是在我供职单位青海日报的办公室里。他知道我在采访索南达杰的事，来找我就是要给我讲索南达杰的事。

下面这些事，都是扎多当年所讲述的内容记录。除个别字词的校订和对部分内容进行必要的删节之外，我几乎未做任何加工，复述如是：

> 可可西里，总面积约5万平方公里，平均海拔5000米，地势高峻，气候寒冷，环境极端恶劣，迄今为止仍为无人区。长期以来，除地质、测绘部门深入此地开展工作，做过一些路线调查外，基本上是一个人类未曾介入的空白区——至少这

样的时间已经持续了很久。

这里90%以上区域为常年冻土地带。境内最热的地方西金乌兰湖一带，年平均气温零下4摄氏度，其余地方年平均气温在零下10摄氏度。1月份，汽车里加的防冻液也会结冰，不起作用。一年四季都在下雪。去年（当为1993年）8月，一场小雪，一个早上，在豹子峡金场就冻死了24个人……

嗯……水比金子珍贵。能吃的淡水极少。我们每次进可可西里，非带不可的两样东西，就是汽车加的油和人吃的淡水。此次（指索南达杰牺牲这一次），我们带了6桶50公斤装的淡水。每次进去时索南达杰（原话为索书记）都有三个不允许：不允许洗脸，不允许刷牙，不允许洗碗。

这次"1·18"救援组进去时，因为（事发突然）没来得及带淡水，渴得忍受不了都想喝自己的尿……

从可可西里出来的人，对青藏线（青藏公路）有一种特殊的、无法表达的感情。见到青藏线，说明你活着走出来了。有枪的人就鸣枪，带酒的一仰脖子灌一瓶酒进去，然后高呼跳跃……

随着大批无证金农和各类非法人员的涌入，黑色恐怖事件时有发生。一些不法分子纠结刑满释放人员、畏罪潜逃人员和地痞流氓为打手，手持来路不明的枪支，组织武装力量，各霸山头，争夺矿点，盗猎珍稀野生动物。流血死人的事经常发生。动物乐园成了屠宰场……

从1992年7月23日西部工委成立，到1994年1月18日索南达杰遇难，共544天，他（索南达杰）带领我们前后12次进可可西里，在可可西里的日子达354天。这段时间里，索南达杰一直拖着病体，既是工委书记，也兼任司机。

12次可可西里之行，有8次没有帐篷，是在车里吃住的。这次进去时，帐篷、铺盖都是从格尔木一个朋友那里借的。

每一次危难时刻，他首先想到的都是他人的安危。这次在山里，我们先后3次分开行动，每次他都把自己的手枪让我带着，我不要，他就命令我，说以防万一。自己却挎着一把坏了的枪……

1月16日，与歹徒发生枪战。他突然大声问我："你的备用弹夹呢？你快没子弹了。"

1月17日，就在他牺牲的前一天晚上，他同工委另一个人押解十几名不法分子往回走时，因陷车，在雪山困了一夜……他已经3天没吃东西，两个晚上没合过眼了……

他总是随身带着几本书，一本是《矛盾论》，一本是《实践论》，还有一本是《工业矿产手册》……

在山里（可可西里），他经常给我们讲，黑夜里，怎样通过北极星、南十字星和地形、地貌以及植物生长情况分析辨别方向。每次从可可西里出来时，他又总是带着捡来的各种矿石，给我们讲，怎样从矿石的颜色、形状、花纹分析辨识矿种。

……是的，他早已把生死置之度外了……

8年前，他就患有慢性肠胃炎，这几年已经很严重了。几乎每次出去，他都会犯病。每次病情发作时，他除了大剂量吞服干酵母片外，就是禁食，或打镇痛剂。在野外，就用禁食的方法。好像只要不吃不喝，病情就能缓解。每次犯病会持续六七天时间，他不吃不喝。疼痛难耐时，也不说话，只是默默开车。我们都劝过很多次，让他抽时间去看看病。他总说，不是什么大病，一点老毛病，无大碍，顶得住。等有时间了再说吧……

1993年5月的一天晚上，在五道梁附近，车陷进泥坑里出不来，我们一直在挖车。半天没见他的动静，我烧了点开水，想让他喝点水。看到他时，他已经昏倒在驾驶室里，动不了……

工委一直没有司机，别人也都不会开车。每次开车时间长了，腰酸背痛受不了的时候，他总让我们找一块长条形的石头，垫在靠背上顶着他的腰……

其实，他一直都清楚，在可可西里有危险。每次进去，他都高度警惕。每天睡觉时，他都会提醒我们，把枪支和弹夹分开压在枕头底下，以防万一……遇到紧急情况时，他总是彻夜不眠。

这一次，从1月8日夜间（9日凌晨）到1月16日，我们途径海丁诺尔湖、库赛湖、红水河、新青峰、马兰山、鲸鱼湖到达泉水河，行程800多公里（指进入可可西里以后的行程），连续查获7起以采沙金为名非法持枪盗猎团伙，收缴各类枪支21支、子弹万余发、大小汽车7辆、藏羚羊皮2000多张、沙狐皮230张、藏狐皮26张、现金万余元。

1月16日，在鲸鱼湖—魏雪山—泉水河一带先后遭遇两个非法盗猎团伙。不听劝阻，还开车冲向我们，碾压。一阵枪战过后，才终于制服了这两个团伙。枪战时，一团伙成员左腿中弹，晚8时，索南达杰（原话为索书记）让（原话是命令）我和另一名工委人员护送团伙中一名伤员和一名病员，先行离开，赶去格尔木进行救治……

扎多说，当时有的人对护送盗猎团伙中这两名伤病员去救治不大理解。可索南达杰说，邪恶是邪恶，人道是人道，惩治邪恶也要讲人道，不能把邪恶与人道混在一起，不能以恶制恶，要不正义的力量永远无法彰显。

16日晚，扎多他们护送这两名伤病员离开可可西里，19日夜里抵达格尔木，20日上午，把两名伤病员送到格尔木市人民医院救治。18日晚，索南达杰在太阳湖边献出了自己的生命。扎多他们却毫不知情，还惦记着救援的事。23日一早，扎多他们又随格尔木救援队重返可可西里。在五道梁与玉树救援队会合，再次进入可可西里，去救援索南达杰。

此后的日子里，我与扎多的交往一直没有间断过，成为最好的朋友。

在一些场合，我们也这样相互介绍。从相知和理解的程度而言，我们之间的关系也许早已超越了朋友之间的关系，我们更像是亲人，平日的交往也更像是至亲。有时候，我会恍惚——我跟扎多在很久以前的可可西里，好像就已经是亲人了。

我女儿还在上小学时，一次作文，老师要求写身边的一个人，她写的就是扎多。我父母亲还在世的时候，有一年，扎多一家四口还与我一同回我老家陪我父母一起过春节，不当自己是家里人，是不会这样做的。

回想起来，我认识扎多已经有27年的时间了。

我们第一次见面的时间是1994年初，索南达杰牺牲后不久的事。索南达杰生前，扎多是他的秘书，索南达杰前后12次奔赴可可西里考察自然资源、保护野生动物时，扎多都在身边。

扎多是看到西部工委招聘工作人员的通告后，主动报名申请到西部工委工作的。从此索南达杰和西部工委彻底改变了他的人生。

扎多上初中时，索南达杰是他们的老师，加上都是从索加走出来的，他们之间的联系从未间断过。西部工委成立之后，扎多又一直追随在身边。索南达杰牺牲后，扎多又继承他遗志，将自己的大半生——很可能是毕生——都献给了三江源以及青藏高原的生态保护，至今仍在为之奋斗。

我与扎多的相识是因为索南达杰，真正的交往是因为他发起成立的一个民间环保组织——环长江源生态经济促进会。他来找我，想听听我的意见。那是一个星期天，他和文扎一起到我家说话——那时，他正在省委党校学习，离我住的地方近。因为索南达杰，也因为自己年轻，听了扎多的初步构想，我比他还激动，说了很多鼓励支持的话。很多年以后，扎多说起当初走上环保之路的缘起时，都会说，是我的一席话让他坚定了信心。

要是换了现在的我，我依然不反对，但很可能会让他慎重考虑，再做决定。那个时候，民间环保组织的处境不像今天这么好，政府机构对民间组织的态度也很微妙。加上索南达杰牺牲不久，他已经离开西部工委，刚刚安排到县委宣传部工作,这个时候发起成立一个民间组织似乎不妥,像是急了点。

完成党校的学习回治多之前,他已做出一个决定,他要去索加了。那里地处长江南源当曲和源流通天河的夹角地带,是可可西里的东南角。他生长在那里。他要在那里建立一批生态经济的示范基地,包括"生态科教示范基地""生态畜牧业示范基地""医疗保健基地"等。他说,对于江源牧人来说,空洞的说教毫无意义。哪怕是干成一件事,也比说一大堆道理更有说服力,也更有意义。

他走了。我却在心里为他捏着一把汗。

没过多久,他就带来了"环长江源生态经济促进会"正式批准成立的消息,并说县委、县政府的领导对他的这一行动非常支持。又过了些日子,他从治多打电话来说,他就要去索加当乡党委书记了。

放下电话,惊喜之余,我又为他担心。喜的是他终于如愿以偿,担心的是他的安危。别人都是想尽办法往条件好的地方走,他却一次次地走向更加艰苦和偏远的地方,像索南达杰。

在《建立青藏高原环长江源生态经济综合开发示范基地的可行性报告》中,扎多写道:

> 时隔30年后的今天,长江源区有记忆的孩子们从未见过野牦牛和藏羚羊。同(20世纪)60年

代相比,这里的野生动物总数已减少了80%。由于过度放牧,草场退化、沙化严重。索加乡莫曲三队已有万亩优质草场因长满毒草而成为人畜禁区。

通天河北岸拉布叶尕曲70年代还奔流不息地注入通天河,现在却因沙丘移动,被堵隔成一片日益萎缩的小湖泊。江源高寒草甸与高寒草原两大类草地的平均产草量分别从60年代的2760公斤/公顷和1175公斤/公顷,下降到90年代中期的1107公斤/公顷和511公斤/公顷,减少50%~60%。牛羊单体重比50年代降低20%左右。

这是索南达杰的故乡,也是扎多的故乡。

扎多去索加之后,很少听到他的消息。

1999年5月的一天,他又突然打来电话说,促进会的工作已经起步,而且势头不错。说促进会会员已发展到108人,其中80%为江源牧民。还在索加乡境内设立了藏羚羊、雪豹、藏野驴和鸟类等民间自然保护区。

2001年,扎多离开索加任治多县委宣传部部长。没过多久,他辞去领导职务,发起成立"青海省三江源生态保护协会"。

此后的20余年,他全身心投入三江源和青藏高原生态环境保护事业。

像索南达杰一样,"扎多"两个字也成为这个时代具有启示意义的一个符号。我有幸见证了这个时代。确切地说,扎多就是索南达杰的延续,一种精神的延续。

除了在治多,有时候,扎多也住在西宁,和我住在一个小区。我们两家中间只隔一栋楼。只要到了西宁,他都会到家里坐坐。一般都会选在晚上,这样就不会受其他干扰,可以敞开心扉静静地说话了。

每次见面,我们都会说到索南达杰。

扎多擅于语言交流,话语间总透着牧人的热情宽厚和风趣幽默,又因阅历丰富、视野开阔,每次谈话都能让人受益,受用。我们之间的交谈话题大多因涉及青藏高原的生态保护而显得严肃,但这丝毫也不影响我们谈话的热情,扎多总有办法在如此沉重的话题中恰到好处地插入一些诙谐的内容,让我们不时地放松心情,开怀大笑。

尤其是讲到各种野生动物的故事,他模仿动物的那些生动形象的肢体语言,总会令人捧腹。看他模仿棕熊和旱獭的那些动作时,我眼前总会浮现出一头棕熊和几只旱獭来,憨态可掬……交谈就会酣畅淋漓。

随着协会运行不断走向正规化,我也几乎不再参与协会开展的活动,但是,私下与扎多本人的交流仍在继续。所交流话题依然是青藏高原的生态保护,内涵却越来越丰富,不仅限于自然生态环境。话题所涉及内容已经涵盖了自然生态和文化生态的全部。这一时期,我从扎多身上更多注意到的是一种人格的力量，是一种吸引，因而共鸣，视为知己。

2018年初，"三江源生态保护协会"要召开会员代表大会。

扎多在电话里说，会上要选举产生新一届理事会，此后，他虽然还是理事会成员，但不再担任秘书长一职，也就是说，以后负责协会管理运行的将另有其人。他的原话是，要交给一位更有发展创新意识和执行力的年轻人来负责。嘱咐我，作为上一届理事会成员，希望能够到会。

扎多在发言时说，以后，他可能会回到家乡治多，去做一些这些年一直想做而没做成的事。就这个话题，此前他已经跟我说过不止一次，看来真要行动了。

听到这里，我突然意识到，一个时代就这样结束了。作为一个普通公民，不是任何人都有资格代表一个时代的，扎多可能是一个例外。

我们都同处于一个时代。

那一刻，我就坐在扎多身边。

我转过身，在他耳边小声说："我走了，不必给任何人说。"

他点头。我离去。

走在回家的路上，我身后没有声音。

2018年8月，我去达森草原之前，有好几年时间，只要一见面，扎多就给我反复地提到"卓巴仓"和"索布察耶"这两个词，确切地说，这是两个名词。前者，卓巴仓是藏语译音的三个汉字，如果是意译，前两个字可能会译成：牧人；加上后一个字，可能会译成：住在帐篷里的牧人，一般都会译成四个字——牧人之家。而后者索布察耶是一座神山的名字。

在听扎多不断地说起有关卓巴仓和索布察耶的那些构想时，我感觉未来的日子里，他所做的一切都与之有关。他自己也说，今生今世，这也许是他最后要做的一件事，是他一生追求的最后总结。如果是一件作品，那么，这一定是压轴之作，他大半生苦苦探索和思考的结果可能都会在其中得到最终的呈现。

卓巴仓和索布察耶这两个词连在一起之后，字面意思整体所透露出来的正是扎多要做的事情，简单可理解为，他要在索布察耶建设一个牧人之家。但它绝不是一座建筑、一个院子，也不是一座房子，而是一个未来意义上的牧人松散社区。他希望未来的牧人能生活在这样的社区里，过那样一种理想的生活。坦率地讲，当时它还只是一个构想，所能看到和想象的也只是一幅美好的愿景。

从他的描述看，它完整地保留了游牧文化传统的原始形态，甚至使很多已经淡出现实生活的古老习俗重新焕发出光彩，让生活在里面的人感觉自己也过着和祖先们一样的生活，并对自己的生活充满自信——就是文化自信。

它也吸纳了很多现代人类文明的优秀成果，无论是社区管理运行还是产业经营模式，对整个社区人群通过精细化分工，进行统筹安排和配置，协同合作，从而使不同年龄阶段的每一个牧人都会在其中找到一个合适和喜欢的位置，尽力尽责，并从中受益，丰富自己的生活。

第一次听扎多讲这些时，我也想到过一个词：乌托邦。那么，它是否就是一个牧人世界现代版的乌托邦呢？肯定不是。因为它既着眼于未来，也立足于现实。其所有的构想正是出于当下牧人世界现实困境的思考，不仅没有脱离现实，而且恰恰相反，其最终目的正是要解决当下和未来面临的很多现实问题。它积极探索的是一个方法，也是一个生存发展的样板模式。

扎多一直想做的那件事就是"卓巴仓"。

再次抵达治多之后，一住下，我就去扎多家了。扎多一家现在不住在原来我去过的那个院子，而是住在那条小巷对面的另一个小院里。这虽然也是他们家的院子，但却是一个临时的住处。小院里有一排老旧的瓦房，瓦房前面是一片草地，扎多两口子和两个女儿现在都住在这里。一家人见到我都很高兴，一一和我拥抱、碰头致意。扎多夫人博雷很快给我倒上奶茶，扎多就开始给我讲"索布察耶"和"卓巴仓"的事。

那天，扎西也在他们家里——一个杰出的藏族建筑设计师，虽然从未谋面，但对扎西的一些事我早已有所耳闻，甚至已经相当了解，通讯录里有他的电话号码，也知道他在城里住哪个小区的哪栋楼上。我还曾专门到果洛藏族自治州达日县去看过一座建筑——格萨尔王狮龙宫殿，那可能是扎西的一个代表作品。

有了这样的认识，见了面，自然也就不显陌生，像是老朋友了。扎西到治多，就是来帮扎多完成一项建筑的设计和建造任务的，这座建筑与"卓巴仓"有关。

扎多和扎西共同建造的这座建筑就在扎多以前住过的那个小院里。等我走进记忆中那个小院时，建筑的地基已经基本挖好。那排旧瓦房的改造也已经开始，墙面和屋顶部分的改造主体工程已经结束，剩下的都是细活。

旧瓦房是20世纪六七十年代的房子，已经很破旧了。从20世纪末开始，扎多一家一直住在里面。治多县城虽然地处高寒偏远，但近些年的变化也称得上翻天覆地，俨然一派现代小城市的模样，到处是高楼，像这样的老瓦房已所剩不多了。扎多一直舍不得把它拆了，觉得它毕竟是一座房屋，住了那么多年，对它有感情。拆了就成了垃圾，也是对资源的浪费。

好几年前开始，他一直在琢磨，能否找到一个两全其美的办法：既能保住老瓦房，也能使它继续发挥一座房屋的作用？一个基本的思路是，在整体框架结构不变的前提下，对其外观和内部结构进行一系列装饰性改造，让它重新焕发新的生命力，其外观的基本格调不变，内在的使用功能却大大增强。有一段时间，我感觉，他已经想好要怎么做了，还跟我具体讨论过一些细节，可是，最终还是放下了。

直到遇见军镁扎西，一切才有了实质性的进展。藏族人做人处事都讲缘分，一个"缘"字似乎能化解一切。同为玉树人，就是缘分。既然有缘，扎多遇见扎西当然也是早晚的事。遇见之后，扎多就给扎西讲"卓巴仓"的事，说这是他梦想中的牧人之家。

扎多是一位具有演讲天赋的藏族人，此天赋在私下聊天时尤能发挥得淋漓尽致。无论是用汉语还是藏语，他总能让一些原本直白的词汇通过肢体语言或憨态表达，获得意想不到的效果。只要是跟扎多聊天，只要是他感兴趣的话题，只要他开口说话了，你只管竖起耳朵听好了，一般来说，没有个把时辰，他是停不下来的。你只需在一些关键点上，"嗯嗯呀呀"地吭一声就成。

扎多第一次给扎西说起"卓巴仓"的事时，一定也是这样。说着说着，听不到动静，扎多回头瞥了一眼，只见扎西已经热泪横流，继而泣不成声……后来，因为"卓巴仓"，他们自然是要经常见面的，每次见面都免不了深入地交谈，偶尔也会有深入地争吵，甚至不欢而散。我能感觉到，扎多已经影响到扎西的人生，从长远看，那甚至是一种改变。

等我再次去治多，到扎多家的那个小院时，扎多和扎西构想的那座独特建筑已经落成，正在进行内部的装修。

扎多带我走进那座建筑，指着建筑里面的布局结构给我作讲解，我最感兴趣的部分是用玻璃钢结构的大厅屋顶，阳光可直接照射在大厅里。这是整个建筑的核心部分，也是最宽敞的一个区域，一个公共区域，客人和卓巴仓的人可以在这里交流、学习和休息。

除了这个宽敞的大厅，其余简单可分为两部分，分别位于大厅两侧，一侧是工作区域，另一侧是生活区域。生活区域的一角有个非常狭小的空间，是最小的一间屋子，感觉室内面积还不到10平方米。扎多在那里停下，停顿了一下，回头看着我说："这是属于我的私人空间，最后，我将从这里离开这个世界。"

这句话多少还是震撼到了我。虽然我能理解扎多这一安排的用心所在，但当他把这样一个去处指给我看时，有那么一会儿，我的思绪还是飘到了很远的地方。

有一天扎多不在了，卓巴仓还将继续存在。

也许很久以后依然存在……

其实，我跟扎西此前也是见过的，也许是缘分未到吧，来去匆匆，彼此从未打招呼说过话。一次——就是那次三江源生态保护协会的会上，扎西在发言时也讲到了扎多和他的"卓巴仓"。讲到最后，他打开笔记本，说他要读一段日记。我记不清原话了，但还记得大致的意思。

扎西读道：此刻，夜已很深了。一直坐在沙发上说话的这个人（指扎多）已经睡着了，睡得很沉，不时有鼾声响起。我知道，他太累了。而我就坐在他旁边，一直盯着他看，看着看着，泪如雨下……说到此处，我听到扎西哽咽了一下，打住了，没再往下说。深深鞠了一躬，便坐下了。

那一刻，我知道，扎多感动了扎西。

扎多曾感动过很多人，也曾感动过中国。有一年的央视"感动中国"年度人物评选活动中，扎多曾入选年度唯一公益人物。颁奖晚会上，当主持人读完授奖词，身着藏袍的扎多晃晃悠悠地走上台时，我也掉过眼泪。

此前，我曾多次写过扎多的故事。
在《长江源头是我家》一文中，我这样写道：

扎多出生在长江南源一隅，是一个孤儿（他不到三岁就没了父亲，八岁又没了母亲），他想不起自己准确的出生地，他记得的是江源那一片广袤的草原在他童年的记忆深处绿浪翻滚的样子。还记得，他几乎没有固定的家，他常常是今天住在这一顶帐篷里，明天又跟另一户牧人一同去游牧。

草原上到处是他的家，所有的牧人都是他的

亲人。他想不起哪一户牧人跟他最亲，印象中，他们对他都很好，给他吃，给他穿，给他住的地方。（有一段时间住在索加莫曲，有一年冬天，通天河结冰的时候，从河对面的措池来了一个比他大点的孩子，他的一个表哥，把他带到措池，他姨家在措池，好像有好几年他都住在那个地方。等他再次回到索加时，已经13岁了，乡亲们就送他去上学。）

这样一种生活，使他在很小的时候就游历了整个江源大草原。那雪山、那草地、那源流、那碧草和野花、那飞鸟和猛兽，为他的童年镀上了一层厚重而神奇的色彩。那时候，也没觉着它们有多珍贵，而今想来，那些时光却是生命中最灿烂的部分了……

1998年到1999年夏天这一年多时间里，扎多一次次向我回忆起童年的那些珍贵经历时，那片土地上曾经有过的一切正在迅速地消失。草原正在退化，原本长满青草的许多地方已经变成了荒漠，原本绿水悠悠的许多山泉溪流和湖泊已经干涸，原本有许多野生动物繁衍生息的地方已经变成了不毛之地……

"到60年代（20世纪）中期，环长江源地区还基本处于无人区……成千上万的野牦牛、藏野驴、藏羚羊等高原特有种还在那里悠闲自在，当时还组织民兵打猎队打野驴，人们挤奶用的桶是野牦牛的角，一岁母羊产羔、适龄母牛年年产犊的事也很普遍……"扎多如是说。

"那时，我常常看见那些岩羊到牧人帐篷的毛绳上蹭痒痒，看见野牦牛走进牧人的牛圈，看见那些棕熊进到牧人的帐篷里捣乱……还看见过许多长得很奇怪但现在已经消失了的动物……那时候，草原上的牧草长得很高，很茂盛，草原上捡牛粪的人常在草丛中找不到装牛粪的袋子……"

大约是在2018年年底吧，扎多在小女儿德庆卓玛的帮助下建了一个微信公众号，里面有一个栏目"与更多生命的链接"，到目前，已经发了很多扎多自己口述的故事，有声音，也有别人整理的文字。发布于2020年10月15日的故事是《童年母亲爱护动物的智慧》，开头就这样讲道：

> 记得（小时候）村里有打猎队，每家最能干的男人个个都是打猎高手。小时候我打死了很多小鸟、鼠兔、青蛙这样的小动物。现在回想起来真是需要好好忏悔。
>
> 但小时候去伤害、杀害这些小动物时没有任何感觉，母亲当时也不会用深层生态伦理，或者

佛教观来教育我。她唯一的办法——后来也深深地影响着我的就是每天晚上给我讲那些更多生命的故事。随着我长大，我发现，这些故事成了我童年最好的生命教育。

小时候我们都学着村里那些最能干的男人打猎，总会去抓捕一些小动物来玩。有一次我抓了一只小鸟，母亲劝我把小鸟放了，说："你要是不放它走，它妈妈会找它，就像你丢了，我会找你一样，你想妈妈会有多么着急……"她一直劝我，但是我当时可以说太"崇尚"打猎，死活不愿意放它。

母亲实在没办法了说："要不你把小鸟打死吧！"

我立马答应："好！"

母亲让我找个大石头，把它摔到石头上。我和母亲的帐篷前刚好有一块岩石，母亲让我把小鸟摔到岩石上。我一心想着小鸟被我弄死的样子，就使劲把小鸟摔了过去。可小鸟还未等摔到岩石上就飞走了……

守护者

可可西里边缘的青藏线上有一座自然保护站,声名显赫。

那就是索南达杰自然保护站,知道它的人总喜欢称作"索站",像一个昵称或爱称。每次听到这两个字,我都倍感亲切,心生感动。

现在的可可西里已经有四个自然保护站,除了"索站",还有不冻泉、五道梁和卓乃湖几个保护站。其中,索南达杰自然保护站建成时间最早,可可西里自然保护区管理局刚刚成立,它就已建成运行。可可西里晋升为国家级自然保护区之后,其他几个自然保护站也陆续建成。

最早的索南达杰自然保护站还不是自然保护区管理部门建设的,而是由杨欣发起的"保护长江源,爱我大自然"

活动筹委会（民间环保组织"绿色江河"前身）筹建的，得到"自然之友"创始人梁从诫先生、深圳市政府以及香港"地球之友"的大力支持。这是青海境内第一个由民间组织发起筹建的自然保护站，也是迄今唯一以索南达杰之名命名的自然保护站。

因为索南达杰，也因为可可西里和藏羚羊，保护站一经建成便引起各方关注，成为一时的焦点，影响深远。回过头看，虽然那只是一座很小的红房子，但是建得很精致，像童话里的房子，红色墙面配上白色门窗，加上门前地坪上高高飘扬的五星红旗——后来又有白底绿标的"绿色江河"徽旗，格外引人注目。

记得当时杨欣曾说，除了小一点，它的样子完全是仿照南极中国长城站建造的，所采用板材色调也跟长城站一模一样。听上去，它像是另一座长城站，一座在地球南极，另一座在地球第三极。从远处看，样子也像。

25年过去，这个保护站至今还在楚玛尔河畔。

当初那座鲜艳的小红房子，而今只是作为一个纪念展览馆存在着，里面陈列着野生动物标本、索南达杰遗物以及可可西里和三江源国家公园的图文展品，但它存在的意义早已超越了建筑本身。

可可西里自然保护区成立之后，一座更大的"索南达杰自然保护站"出现在这里。可可西里保护区纳入三江源国家公园管理范围之后，旁边又添了新的建筑，据说要用来开展生态体验和自然教育。

保护站后面用铁丝网围了一大片草原，专门用来救助每年迁徙产羔季节受伤的弱小藏羚羊——这是一个藏羚羊的康复中心，一批康复出院，回归大草原，又一批进来，继续接受救助和康复疗养。区别于其他的几个保护站，救助伤病和弱小藏羚羊是索南达杰自然保护站的主要职责。

索南达杰自然保护站已经不是一座孤零零的房子，它集藏羚羊保护、种群观测、栖息地环境检测、野生动物救助、科研科普和自然教育于一体，是一座综合性自然保护站，在整个可可西里自然保护体系中肩负着越来越重要的责任和使命。

当初建立这个保护站的意义仍然不可忽视，从各地访客以及志愿者贴在"红房子"走廊玻璃和门窗上的那些各色标记和张贴画，你就能看出，人们对它的珍视程度。

保护站筹建者杨欣早年说自己是一个探险家，中国人首次漂流长江的队员之一。后来，他不只是一个探险家，还是一名著名环保人士兼摄影家，更是民间环保组织"绿色江河"的发起人和创办者。

索南达杰的外甥、扎巴多杰的儿子秋培扎西（秋扎）在成为可可西里自然保护区管理局的一员之前，也曾在这里工作，他的职责就是救助藏羚羊。那时候，秋扎还很年轻，每个到过索南达杰自然保护站的人都对他印象深刻。我有好几个朋友曾在那段时间到访过保护站，他们都讲过秋扎的故事，说他们在那里见到了一个人，是索南达杰的外甥，还给我看过他照顾藏羚羊的照片。

杨欣在很多场合回忆说，当初，他也是看到《青海日报》的报道《高原魂》才知道索南达杰牺牲的消息的。他说，看到这篇报道时，他正在去长江源区的路上。一开始，他能记得报道的题目，后来题目也记不大清了。一次，他说，记得标题里有个"魂"字。说这话时，我就在现场，但我没接他的话。记不记得一篇报道并不重要，重要的是他一直记得索南达杰。

杨欣组建的索南达杰自然保护站运行多年，影响广泛。直到可可西里自然保护区管理局成立几年之后，杨欣才将这座保护站的管理权移交给了管理局。"索南达杰自然保护站"这个名字却保留了下来，沿用至今。

离开自己建的"索站"之后，杨欣却并没有离开可可西里和长江源，而是从楚玛尔河畔移师沱沱河畔，还是长江源区，但海拔更高了，视野也更开阔了。后来我听说，他在离沱沱河不远的班德湖也建了一个保护站，观测斑头雁。

2020年5月，我曾到班德湖看过杨欣和那一群刚刚飞来的斑头雁。

班德湖在沱沱河流域，属唐古拉镇的地盘。行政区划上，唐古拉镇以前一直属于玉树藏族自治州辖区，由海西蒙古族藏族自治州格尔木市代管，一直到20世纪90年代，唐古拉在行政区划地图上的颜色都跟玉树一样，地名后面括号里还标着海西代管的字样。后来，不再提代管了，地图上的代管字样也不见了。

我在沱沱河见到了一个二道沟的藏族青年，问他的祖先属于玉树藏族的哪一个分支？他马上纠正道：他不是玉树人，而是海西人。

杨欣也更喜欢沱沱河，它是万里长江的正源干流，他当年参与长江漂流，出发点就在沱沱河。见到杨欣时，他特别提到，格尔木市对他的这个保护站非常支持。市领导只要到了唐古拉镇，都会记着拐到班德湖坐坐，看看保护站。

他说，沱沱河在整个长江流域的地位还没有引起足够的重视。在沱沱河的青藏公路边上，杨欣立了一座雕像一般的形象标志，像是用石头做的，那是长江流经万里河山的样子，像一条腾飞的巨龙。

这幅镂空的石雕地图上，用汉字标着大江流域重要的地名，比如成都、重庆和武汉等——当然，不会少了上海和沱沱河，它们一个是长江尾，一个是长江头。这条巨龙首尾呼应，沱沱河这个小点对应的是世界东方大都市——上海。这似乎是点睛之笔，因为谈到这点时，我感觉杨欣显得很得意。如果从另一个角度看，情况也许不是这样，全世界可能没几个人不知道上海，但即使在上海，也不会有多少人确切地知道沱沱河在什么地方。

杨欣之所以一直留在可可西里和长江源，不仅仅是为了斑头雁或藏羚羊，主要还是受到索南达杰精神的感召。

为了一片土地的安宁，可以牺牲一切乃至生命，不是谁都能做到的，但至少可以改变自己。索南达杰改变了杨欣的一生，以致他把大半生都献给了这片土地。

当初杨欣为什么要把自己一手筹建起来的索南达杰自然保护站交给管理局呢？我没做过专门的调查和采访，从当时的一些迹象判断，可能与可可西里自然保护区管理局加大保护区管理秩序和管理体制机制的改革力度有关。

管理局一成立，就想尽快解决这一棘手问题，认为这一问题不解决，很难解决体制不顺、秩序混乱的问题，此乃当务之急。正好省主管部门也想尽快理顺主体责任和权属关系，遂给予政策上的大力支持。

可可西里自然保护区管理局首任局长才噶是个有梦想的人，如果你见过他，就会知道这是一个胸中时刻燃烧着激情火焰的汉子。他有着草原一样宽广的胸膛，像山峰一样伟岸的身躯。

他临危受命，正想一展远大抱负，便全力推进这项改革，希望尽快让保护区有一个新气象，用自己迷人的梦想去点燃或者浇灌那片无尽的辽阔——要么让烈焰变成漫天霞光，要么让遍地的石头也开满花朵。

我熟悉才噶，他退休多年之后，偶尔还会在西宁遇见。他在西宁每天要走的那条路，有一段也是我要走的路，他从那头过来，我从这头过去，隔几天，我们总会在这条路上遇见一次。但是近一年，在这条路上，我们再也没遇见。每次路过那里，我都会想起才噶。

我第一次见才噶应该是在1998年11月的格尔木——那时，扎巴多杰已经不在了。我是跟时任青海省林业局局长马福海先生一起去格尔木的。一天上午，我接到马福海先生的电话，问我有没有时间一起去可可西里，我问啥时候？他说，吃过午饭。我们从西宁出发时，太阳已经西斜，翻过日月山和橡皮山进入柴达木盆地时，天色将晚，便夜宿德令哈。次日上午才赶到格尔木，稍做停留之后即刻奔赴可可西里，去看反盗猎现场，才噶同往。

翻过昆仑山口，我们沿楚玛尔河进入可可西里，没走多远，距离青藏公路约30公里的地方，就看到了一大片摊开晾在河边沙地上的藏羚羊皮，刺鼻的血腥味在空气里弥漫。保护区管理局刚刚在这里抓获了一个盗猎团伙，有十几名盗猎者。我们在那里走来走去看那惨烈的屠杀现场时，才噶一直在给马福海讲述他们在可可西里的反盗猎战绩。

现在写这段历史时，已经很少有人提到才噶，更没有人提到马福海。但是，这两个人在那段历史上一直站在可可西里自然保护的前沿。

可可西里从盗猎者大行其道的一片荒野成为省级自然保护区，再到国家级自然保护区，马福海一直是主要的推手、组织者和建设者。后来，三江源成立省级自然保护区，再到国家级自然保护区，马福海也是主要的推手，是科学考察、规划设计和实施保护建设的主要组织者——是三江源自然保护区成立暨揭碑仪式的现场指挥者，就连时任国家主席江泽民题写的碑名也是他多方争取拿到的。

可能是我也在持续关注这些事情的缘故，与马福海先生建立的联系一直不曾间断。他从省人大常委会副主任领导岗位上退下来之后，曾受命担任理事长，主持刚刚成立的三江源生态基金会，嘱我创办过《三江源生态》杂志……直到他在北京家中突发脑溢血，住进重症监护室昏迷不醒，才失去了直接的联系——偶尔还有间接的联系……

现在，马福海先生已经含笑九泉，愿山河草木、生灵万物安详自在——我知道，这是他一生的祈愿！特以记之。怀念，致敬！

才噶作为可可西里自然保护区管理局首任局长，为可可西里自然保护走向制度化、法治化、正规化立下过汗马功劳。如果说索南达杰是一个重要的起点、一个力挽狂澜的转折点和开始，那么，扎巴多杰是这个开始的积极延续和趋势性推动者。才噶，就是那个顺势而为、继往开来，开创可可西里自然保护全新局面的人。

藏羚羊成为2008年北京奥运会吉祥物就是才噶任内的事，也是才噶最喜欢说起的事。才噶本人也因此受邀参加了奥运会开幕式和闭幕式，还是奥运火炬在青海境内传递的第一位火炬手。他还获得过"中国生态保护杰出人物"称号。

我"百度"才噶，词条下对"才噶"两个字的注解是：

中国军人、公务员。并说明，本词条是多义词，共2个义项。词条下这段描写才嘎的文字在网上随处可见：

> 凡是见过才嘎的人，都会记得他那双"牛铃"一般的大眼睛。很多人都认为才嘎的眼睛有很强的"穿透力和威慑力"，可可西里的盗猎分子看到他时就会产生恐惧感。才嘎曾经是一名解放军骑兵战士，也当过武装部长和副县长，然而真正让人们认识和记住他的却是因为他参与保护了素有"高原精灵"之称的藏羚羊。"我的人生很丰富，是祖国给了我精彩的人生。"才嘎说。

其实，才嘎的部下也很怕他的眼睛，他没事了就一个人昂首挺胸在管理局院子里来回走，思考问题。见到他的人都会绕道避让，生怕被他瞅见了骂，而他那双凸出的大眼睛随时都在瞪圆了四处搜寻一个目标。

才嘎是从整顿管理秩序入手，来加强可可西里自然保护的。如果有多支力量分头行动，势必会造成管理上的不统一、不协调，进而会导致保护力量的不集中、不统一，影响大局。出于这样的考量，他要尽快着手整顿秩序，把所有的保护力量集中到管理局，统一协调指挥，统一部署管理措施。

"我可以容忍别人的误解，但我们的国家是法治国家，可可西里的管理同样需要纳入法治轨道，这是必由之路。"才嘎说。

扎巴多杰的突然离世，"野牦牛队"一下失去了主心骨，一时无所适从，队员心中的怨气和怒火无处宣泄。

一部分人对才嘎有误解，但才嘎不是为自己才做那些事的；另一部分人对"野牦牛队"的评价也有失公允，"野牦牛队"所有队员也不是为自己才去可可西里的。

才嘎开始着手整编扎巴多杰创建的"野牦牛队"，宣布所有"野牦牛队"队员并入可可西里管理局，由管理局统一调度指挥。因为编制待遇等现实问题一时无法得到解决，部分野牦牛队队员相继离开可可西里另谋出路。

2001年，西部工委及所属"野牦牛队"并入可可西里自然保护区管理局，西部工委有20个人过去，最后去了21个（秋培扎西是临时加进去的）。

"索南达杰保护站"依然由杨欣的绿色江河管理运行，直到2002年底，没有大的改变。这时青藏公路沿线所看到的不冻泉、楚玛尔河、五道梁等其他几个自然保护站都已建成——卓乃湖也设立了一个帐篷保护站，各自开始自然保护工作。

可在这一年年末，索南达杰自然保护站发生了一起不幸事件。据新华网消息，一名环保志愿者和青藏公路附近一单位职工在可可西里地区被冻死。当时的相关报道称，索南达杰自然保护站自上年向全社会招募志愿者，已有好几批环保志愿者在这个保护站工作过——我还认识他们中的好几个人,其中有两个人是来自武汉的一对年轻夫妇,两位大学教师。有一年去武汉,我还见过这两个年轻老师。那一次杨欣也在武汉,我们都去武汉参加同一个活动。

事件发生后,可可西里自然保护区管理局紧急通知可可西里几个保护站,在开展冬季保护藏羚羊和其他野生动物的反盗猎活动的同时,要加强保护区外围地区巡逻,防止一些人员进入可可西里开展考察、环保活动……

12月1日晚9时许,可可西里管理局组织六名干警、两辆吉普车从格尔木出发,立即赶往事发地区开展援助、调查活动。管理局随后表示,这一不幸原本完全可以避免,志愿者的精神令人敬佩,为救援志愿者献出生命的司机,精神更是伟大,可他们都没有野外生存经验。

这一事件引起了一系列反应,一时,舆论沸沸扬扬。

这可能是个导火索,最终导致的结果是,杨欣把索南达杰自然保护站整体移交给可可西里管理局统一管理。

从此,可可西里所有的管理保护权益都集中到了管理局,可可西里自然保护区的历史由此翻开新的一页。

即使从今天看——先不说"野牦牛队"——就说索南达杰自然保护站,也足以称得上保护可可西里的一座里程碑——至少也是一座纪念碑。当然,可可西里不只有索南达杰保护站,紧随其后相继建成的那些保护站既是"索站"精神的一种继承和弘扬,也是可可西里自然保护事业走向制度化、开始科学有序管理和保护的一个重要标志。

从索南达杰自然保护站开始,到其他几个后来建成的自然保护站,一群热血男儿一直在这些保护站坚守,他们中的很多人从索南达杰牺牲后不久已经在可可西里了。可可西里像刀子一样的寒风冰雪和着他们自己的血水和泪水,早已将他们雕凿成了一组坚毅果敢、英勇无畏的壮士群像。

他们把自己的血肉之躯融入可可西里的旷野,所有的跋涉都堪称艰苦卓绝,世所罕见,为的就是探寻一条出路——一条人类可以回归自然的路。他们的故事汇集在一起——在未来意义上,就是一部人类谋求与自然和谐相处的悲壮史诗。

2020年5至6月间,整整40天时间,我带着一个采访组一直在三江源腹地穿行,也曾多次往返于不冻泉—五道梁—沱沱河—唐古拉之间,除了看藏羚羊大迁徙,就是去可可西里和那些自然保护站,去寻找索南达杰未竟的故事。也曾试图走进可可西里腹地,走到卓乃湖边,去见一个人,这个人就是秋培扎西(秋扎)。

行前,我找到很多文字资料,抽丝剥茧,整理出一份秋扎的简历:

> 秋培扎西(秋扎),扎巴多杰次子,索南达杰的外甥。

2000年，青海民族大学毕业后，义无反顾地走进了可可西里，就在杨欣的索南达杰自然保护站工作。

2001年，到可可西里自然保护区管理局工作。

2011年，成为可可西里自然保护区管理局（后更名三江源国家公园长江源园区管委会可可西里管理处）的一名正式干警。

2014年，任卓乃湖保护站站长至今，在可可西里卓乃湖坚守7年。

秋扎常年坚守在巡山一线，坚守在可可西里卓乃湖畔。从每年4月到11月藏羚羊迁徙产羔前后的大半年时间里，他一直在藏羚羊集中产羔的栖息地卓乃湖，寸步不离。与同伴一道用青春和热血铸就了一座精神丰碑——可可西里坚守精神。

匪夷所思的是，我们几经努力，费尽周折，就是走不到卓乃湖。其中有季节性交通受阻等客观困难，也有人为的因素，终究没能走到卓乃湖边见秋培扎西。

感到意外的是，一到五道梁，我就见到了他的哥哥。一个叫普措才仁的壮汉。一说到秋培扎西，他就说他们是兄弟，他是老大。我以为他比秋培扎西大几岁才这样说的，没往心里放——在可可西里，他们经常这样介绍两个男人之间的关系。看到我并不当真的样子，他才郑重宣告："怎么？不像？是亲兄弟！"

这让我大为惊讶！扎巴多杰的两个儿子都在可可西里——这一家的男人都在可可西里！哥哥在五道梁，弟弟在卓乃湖，共同守护着可可西里。按时间推算，他们的父亲扎巴多杰在可可西里时，比现在的普措才仁大不了几岁；他们的舅舅索南达杰在可可西里牺牲时，比现在的普措才仁还小。不禁肃然，直直地望着他的眼睛，我看到了他父亲扎巴多杰和他舅舅索南达杰那锋利清澈的目光。

我们在可可西里看到的只是这一家的青壮年男人，他们身后还有一家的老人、女人和孩子，爷爷、奶奶、母亲、妻子、儿子和女儿。他们为此付出的牺牲代价有多大？我们并不清楚，也很少有人讲述他们的遭遇。他们心里也全是可可西里的风霜雨雪，时刻惦记着日夜守在那片莽原、风餐露宿的家人，梦里都会流泪，揪着心为他们的安危经受煎熬，日复一日，年复一年。

普措才仁说，他和弟弟与同伴每次离开家往可可西里，母亲都会执意送到门口，拥抱每个人，流着泪祝福他们一路平安，而后站在那里望着他们走远。他和弟弟都不敢回头，走很远了，隔了很多天，依然感觉母亲还站在那里……

弟弟秋扎的事，我此前就有所了解，虽不曾谋面，却有过几次电话联系。每次联系时,他要么在去卓乃湖的路上，要么就在从卓乃湖出来的路上。进到卓乃湖以后只能在微信里留言,他会在每天固定的一个时间给你回复，其余时间都无法取得联系。而他哥哥普措才仁的事，在见到之前我并不知晓，没想到他也在可可西里，在五道梁保护站。

走进保护站时，普措才仁正躺在藏式长条木质沙发床上，翻看着一份文件，后来发现那是保护站观察记载藏羚羊迁徙的日志，每天都会记。每年从第一批迁徙的藏羚羊通过青藏公路五道梁段开始，从早到晚，藏羚羊迁徙种群的变化无一遗漏。

五道梁是藏羚羊主要的迁徙通道，五道梁保护站不同于其他几个保护站的重要职责和使命便是守护迁徙通道，以保障藏羚羊的过路安全。普措才仁就是这个保护站的站长。

他看我们贸然走进去，歪过头瞪了一眼，好像很诧异。等我们自报家门之后，他才一骨碌爬起来，指挥手下招呼我们，给我们倒上一直在炉子上炖着的熬茶。之后坐下说话，说到了他舅舅索南达杰，同行者介绍我就是当年第一个去治多采访报道他舅舅的记者。

又说到他父亲扎巴多杰，我也多了一嘴，说我曾在这里见过他父亲，并和他有过一夜长谈。我说，你的一举一动很像你父亲。听到这些，他说话时一下增添了许多热情，说我既然经历过那段历史，就是长辈。

普措才仁的言谈极具跳跃性，他会不断从可可西里跳出，回想一下自己的大学生活和分散到世界各地的一些同学，还有几个大学老师。说他们一直很牵挂自己，想让他离开可可西里去外面发展，可这里是父辈流血牺牲的地方，他不能这样说走就走。这已经不是一种抉择，离开可可西里，在他而言甚至意味着背离，那需要非常的勇气——至少现在他还没有那样的勇气。

随后的几天里，见了面，我们就像兄弟，没有了客套，说话也不绕弯子了。他教我们通过实时监控画面观察迁徙途中的藏羚羊。他指着监视器屏幕上远处横跨两山之间的青藏铁路大桥说："这里是藏羚羊主要的迁徙通道，一看到有藏羚羊群走近大桥，我们就开始行动。在路边上竖起警示路牌，把公路两头的车辆截住，静静等候藏羚羊，直到每一只藏羚羊安全越过青藏公路……"

每天，只要远远看到藏羚羊过来，他们也会带我们一起去公路边上，还再三叮嘱，一定要站在很远的地方，不能让藏羚羊觉察到。要拍摄什么的，也必须隐蔽，以保证藏羚羊不受到惊吓！然后，他们就去更远的地方，站好，拦住所有车辆和行人，像迎接贵客一样，恭候着藏羚羊。

普措才仁是五道梁的总指挥官，不仅指挥手下，也指挥我们，还指挥某时段过往青藏公路此路段的所有车辆和行人，以确保过路藏羚羊的安全。他挥舞着手臂，挪腾着高大魁梧的身躯，大声说话时，黑里透红的古铜色脸庞神采飞扬，浑身上下透着热血男儿叱咤疆场的威武豪气。他要不是穿着警服，而是一身藏袍，再戴一顶藏帽——垂着红穗穗的那种，你一定会以为自己穿越到了很久以前，见到了一个古老部落的首领。

有一两天，等半天不见有藏羚羊过来，我们就去了别的保护站，刚走没多久藏羚羊就过来了，他就让人给我们打电话，告诉了我们藏羚羊正在走近的消息，让我们尽快赶回去——一个小时之内务必赶到。

他说，自己以优异成绩毕业于南京森林警官学院，曾面临很多选择，但他依然选择了可可西里。当然是因为索南达杰和扎巴多杰，一个是自己的舅舅，一个是自己的父亲。他们都为可可西里献出了自己的生命，除了可可西里，他还能有别的选择吗？

舅舅索南达杰牺牲时，他才十几岁，就曾跟随父亲到过可可西里很多地方。等他长大些了，父亲也去世了。那时，他就知道，即使这世界上有无数条道路可供他选择，他也只能选这一条——可可西里。他上南京森林警官学院，选特警专业，都是在为这一天做准备。他说，如果连他都不走这条路，守护这片土地的安宁，还能指望更多的人来保护吗？

舅舅索南达杰经常会说一句话：你不去谁去？

我们见到了很多人——还有不少人，只听过他们的故事，没见过面。无一例外，他们也都是青壮年男子，他们身后也有老人、女人和孩子，爷爷、奶奶、父亲、母亲、妻子、儿子和女儿……

跟普措才仁和秋培扎西兄弟俩一样，他们也长期坚守在可可西里——为保护藏羚羊和可可西里的自然资源，几代守护者用理想和信念，坚守在这片土地上，用青春和热血铸就了一座精神丰碑。如果索南达杰是这座丰碑坚固的基座，那么，从扎巴多杰以来的整整两代人一起铸就了这座丰碑的碑身。他们是一个群体，是群像，其中的每一个人都是守护可可西里的英雄。

我曾多次去可可西里采访，每次去，都令人感动和震撼。

2020年5至6月间这次，因为正好赶上一年一度的藏羚羊大迁徙，我们是踩着点从黄河源玛多绕道曲麻莱，赶赴可可西里的。

之前与秋扎一直保持联系，得知他在半个月前已经到卓乃湖保护站住下来，守候藏羚羊。他说已经有藏羚羊陆续抵达了，那是先期到达产仔地的第一批藏羚羊。还说，每天赶到卓乃湖的藏羚羊有多有少，已经持续了一个星期。依照往年的迁徙规律判断，这一年的迁徙高峰应该会在这几天出现。要看藏羚羊迁徙，最好提前赶到五道梁保护站守候。

我们急忙赶去五道梁，沿途也看到了迁徙的藏羚羊，但都是很小的群，三三两两的，以为是大规模种群迁徙的尾声。见到普措才仁他们之后，了解到的情况再次鼓舞了我们。他们说，我们几个人的运气不错，从那几天穿越青藏线的藏羚羊数量看，的确赶上了迁徙的高峰期。

接下来的几天时间里，我们除了驻守五道梁，还在五道梁保护站到索南达杰自然保护站之间约50公里的青藏线上来回穿梭,看藏羚羊。等候藏羚羊的间隙,就在几个保护站听管护员讲述他们与可可西里的故事。

其中有好几位,是听了索南达杰的故事主动要求来可可西里保护藏羚羊的,每个人都义无反顾,只要能让他们去可可西里,沿着索南达杰的道路战斗就行,没有提任何条件——是的,当时他们就是要求去战斗的。

索南达杰牺牲后不久,他们中有好几个先是成为扎巴多杰"野牦牛队"的队员,出生入死,而后又成为可可西里自然保护区管理局的巡山队员,继续出生入死,至今依然在可可西里坚守。他们每一个人的故事都感天动地,堪称气壮山河的史诗。

我们把这些故事写成了一组大型系列报道,主要是我的两位年轻同事姚斌和张多钧完成的——我的主要任务是编辑和修改他们写的稿子,不少稿件的发稿时间是每天的午夜和凌晨。其中一篇稿子是《把膝盖扔在可可西里的人》,故事的主人公叫拉巴才仁。

里面有这样一个情节,他在可可西里出车祸,受了重伤,被送到格尔木医院救治。给他看病的医生叫韩梅——我会在后文讲述韩梅的故事——发现他少了一个膝盖,问他膝盖去哪儿了?他说扔在可可西里了。好像他扔掉的不是自己的膝盖而是一块石头。

当时他并不清楚自己随手扔掉的那块血肉模糊的东西

就是自己的膝盖，要是知道，他可能会稍稍犹豫一下，或者顺手揣进怀里带回来也说不定。可是，他扔了。已经扔了，找不回来了，更不会重新长到他的腿上。

那是2005年5月的事。青海省林业局和可可西里自然保护区管理局进行野生动物普查，拉巴才仁开着一台为普查队提供后勤保障用的牵引车，从格尔木前往索南达杰保护站。那天下着雪，路上有积雪。车开到西大滩，路面有坡度，一辆大卡车没刹住，迎面撞过来，速度很快，牵引车无处可躲，也躲不及。

拉巴才仁当场就昏了过去，神志不清。

等他醒来时，左腿全是血，几块骨头露在腿面上，像爆米花。有一疙瘩血肉吊在那儿，只连着一点皮肉，快掉下来了。他伸手一把揪下来，随手扔到路边上了。经韩梅问起，他才想到随手扔掉的那疙瘩血肉一定就是自己的膝盖。

韩梅痛惜不已，要是拿回来，说不定还能保住膝盖。

这次车祸，拉巴才仁不只是没有了一个膝盖，他从左脚脚趾到左胯骨，全部粉碎性骨折。从2005年开始，他这条腿一直在不停地手术。2008年春节，拉巴才仁再次手术，从左耳耳垂下取出一块瓜子大小的玻璃碎块，从左肩膀取出一块已经长在肉里的布条……到2009年，共进行了9次大手术，小手术不计其数。

下面几段文字摘自这篇报道，引述时，对个别地方的文字，我又重新做了一些调整和修改，使叙事更顺畅一些：

采访现场,拉巴才仁将左脚的鞋脱了,指着脚上的中趾说,这个脚趾头已经残疾了。拉巴才仁继续将裤腿卷了上去,我们看到一条筷子宽的疤痕,从脚踝一直延伸上去。拉巴才仁接着解开了裤腰带,将左半边裤子拽了下去,记者看到,左边胯骨上方,是密密麻麻的伤疤,看着就让人头皮发麻,顿生疼痛感。他说,左边的这部分骨盆,全部都是钢板。

今年49岁的拉巴才仁,以前是野牦牛队队员,也是目前在可可西里管理处为数不多的野牦牛队队员之一。1989年,拉巴才仁参军入伍,在玉树军分区独立骑兵连服役,是一名骑兵。1994年初,索南达杰牺牲后,玉树军分区举行了追悼会,拉巴才仁参加了追悼会,知道了索南达杰的故事,对他所保护的可可西里也有了了解。

1994年12月,拉巴才仁复员,他想都没想就去了可可西里,继续索南达杰未竟的事业。1995年5月,拉巴才仁跟着扎巴多杰从玉树州出发,前往治多县。再从治多县前往不冻泉,走了整整两天才到。当时正赶上藏羚羊迁徙,拉巴才仁一行80多个人,搭了十几顶帐篷,守护在青藏公路旁,护送藏羚羊群穿越公路。

之后就是拉巴才仁第一次进入可可西里,太

阳湖边高反流鼻血，有一段5公里的路，整整走了7天，巡山队员习惯将这段路称为"烂泥滩鬼门关"。之后，巡山的日子一直继续，每次进山都是一个多月，妻子终于忍受不了这种聚少离多的日子，还有进山后提心吊胆的生活，给拉巴才仁下了最后的通牒："要么回玉树州好好过日子，要么离婚。"

拉巴才仁已经成了可可西里的一部分，他舍不得离开可可西里，舍不得离开这片曾经流汗、流泪、流血的地方。就在拉巴才仁孩子半岁的时候，他和妻子离婚了，孩子由母亲抚养。

后来，可可西里管理局成立，野牦牛队解散。昔日野牦牛队的队员只有3人继续留在可可西里管理局，拉巴才仁就是其中之一。

2010年玉树地震时，拉巴才仁还没有完全康复，当时大批伤员被运送到格尔木市各大医院，他就去当志愿者，拄着拐杖，奔波在各个医院之间，当翻译，拿出自己微薄的工资，为伤员购买生活用品。

那场车祸过后，拉巴才仁身体留下严重后遗症，随着年龄增长，想要再进入可可西里巡山已经不可能了。2017年冬天，拉巴才仁主动要求再进一趟可可西里，当时，7名巡山队员，是从二道沟进去的。7天时间，拉巴才仁每天都趁着一起巡山的同伴不注意，大把地吃止痛药，尤其是遇上下雪天气，左脚到左胯骨，疼得要命，吃止痛药都不起作用，止不住疼痛……[1]

我的两个年轻同事还写过一篇稿子《卓乃湖畔，66天的绝境坚守》[2]，里面写的是一个叫旦增扎西的巡山队员的故事。对部分文字，我也重新做了增减调整，复述如是：

47岁的旦增扎西，记忆里好像都是艰辛和苦难。

一开口，他就说，母亲独自拉扯他们五兄弟长大，很小的时候，他已体会到生活就是受苦受累。不过，毕竟母亲还在身边，再苦的日子也有温暖。

可这样的日子也不长久，他10岁时，母亲实在养不活一大家人了，就把他过继给了舅舅。一到舅舅家，他就开始放牧，每天从早到晚都是那几头牦牛与他相伴。这样的日子持续了10年，他长大了。他说，这几年到这里的人见了我都问，你为什么没上学，我都不想回答这样的问题——我有机会上学吗？除非那几头牦牛也去上学。

他家在治多西部扎河乡大旺草原，舅舅家也离得不远。那时候，他舅舅还是扎河乡党委书记，

---

[1] 参见2020年8月25日《把膝盖扔在可可西里的人》。
[2] 参见2020年8月6日《青海日报》。

索南达杰还曾给他舅舅当过中学老师。索南达杰是索加人，扎河再往西就是索加。

1994年——也就是索南达杰牺牲的那一年，旦增扎西已经21岁。一天，舅舅问他，想不想到外面去闯一下，去可可西里，那里土地辽阔，说这是个机会。他一想，在舅舅家放着四五头牛，这样的日子一天天过下来，都过了10年，继续过下去，再过10年，还是这样。不如去外面看看，就去了可可西里——那里的确很辽阔。

不久，西部工委成立"野牦牛队"，旦增扎西成了第一批队员——当时有50多名队员。第一次巡山，一辆东风车和一辆吉普车一起进可可西里，东风车上拉着煤、汽油、帐篷等物资，他坐在货厢里的物资上面。那一趟巡山去了7个人，花了十几天时间。

当时的卓乃湖还没有保护站，只有一个卡子，也是一个中转站，那一带盗猎分子猖獗。每年6月份左右，藏羚羊迁徙至卓乃湖时，设一个卡子，10月份，藏羚羊回迁结束，卡子也就撤了。

有一年，在卓乃湖卡点上其余队员都去巡山了，旦增扎西一人留在卡点驻守。他一个人已经孤独地过了30天，感觉每天都很漫长。那正是可可西里的雨季，大雨不断。因为海拔高，白天下的是雨，一到夜里就变成雪了……

到处都是沼泽地烂泥滩，外面的车辆无法进来，留给他的车也动弹不了，出不去——也不敢一个人开车往外走。更糟糕的是带来的口粮也已经吃完了。每天一睁开眼睛，一直到深夜，他都一遍遍地想，其他队员该来找他了，他有东西吃了，可就是不见他们的影子。

接下来的日子里，更严酷的现实摆在面前，他得想办法活着！活着已经不是过日子，吃苦受累，而是一分一秒地数，看下一秒自己是否还活着。他每时每刻都在想怎样找到食物，填饱肚子，还得设法保存仅有的体力，以抵抗饥饿带来的恐慌。

刚开始，他挖绿绒蒿的根吃，吃完了，就静静地躺着，看是否会中毒。倒是没中毒，可是没过几天，周边的绿绒蒿都挖完了。看着荒野上的一个个小洞，那是鼠兔的洞穴——旦增扎西打起了鼠兔的主意。"顾不上不杀生的习俗和禁忌，也顾不上恶心，就逮几只鼠兔吃吧，活命要紧。"他没出声说话，却能听见自己确实说了这样的一句狠话，很扎心。

其他队员临走时，为旦增扎西留下了两把枪。一把半自动步枪，30发子弹；一把小口径步枪，50发子弹。他静静地趴在地上，拿着半自动步枪，瞄着鼠兔洞口，等待。没一会儿，一只鼠兔从洞口探出了脑袋，四处窥探，确定没有危险后，跑出了洞口。他扣动扳机，可是打偏了，鼠兔窜进洞里。

旦增扎西继续等待。鼠兔迟迟不再出来。他学鼠兔的叫声，"叽、叽、叽……"地乱叫一气，没一会儿，又一只鼠兔探出小脑袋观察动静，接着跑出了洞口，他再次扣动扳机。这一次打中了，但除了几撮毛，只剩下一些碎渣渣。他恍然大悟，半自动步枪威力太大，用小口径步枪才对。

旦增扎西又端起小口径步枪，继续等待鼠兔，有了刚才的经验，他把所有的耐心都用上了。鼠兔可能还没发现一只同类已被打成稀碎，以为那么大声响，竟奈何不了一只小鼠兔。又一只鼠兔大着胆子跑出来了，警觉性也没那么高了。枪响了，一只鼠兔被打中，他欣喜若狂，上前将鼠兔拾起来，用喷灯将毛烧掉，和了一把泥，用泥巴糊在鼠兔上，再将它扔进火炉。这是他断粮十几天后的第一顿"饭"，舍不得一顿吃完，忍着饥饿，分开吃了三顿。

第二天，旦增扎西去河边洗衣服，饿得不行，就光着身子躺在草滩上，痴痴地望着天空，天空中有两只鹰在盘旋，一只在自己的头顶，另外一只在远方。他想起了远方的母亲："我想象自己是天空中的老鹰，想飞回家乡，飞回母亲的身旁。"

脑海中好像出现了幻影。

在生死边缘挣扎时，有一个底线旦增扎西一直不敢触碰。

一天，旦增扎西又在帐篷周围苦苦寻找能吃的东西时，看见不远处有一群藏羚羊。饥饿已经使他几近疯狂，他将枪口对准一只母藏羚羊。这时，一只小藏羚羊跑到母藏羚羊身边吃奶。

看到这一幕，旦增扎西立刻把枪收回来，羞愧极了！接着号啕大哭，只嚎了一声，他就打住了。在独自一人的世界里，哭泣毫无意义，他会让哭泣者陷入尴尬。他拍着自己的胸腔责问自己："你来野牦牛队，到可可西里，在这里苦熬坚守几十天，不就是为了保护藏羚羊吗？"他缩回来，缓缓起身，离开藏羚羊。离开时，还回过头去，欠了欠身，像是跟一群好弟兄道歉。

雨停了几天，旦增扎西想着队友可能要回来了。队友没等来，他等来的是一场漫天大雪，空旷的可可西里，顿时白茫茫的一片。对他而言，这不是在下雪，而是在下刀子，是来要他命的。

那一整天，旦增扎西没有找到任何可以吃的东西，饿极了，抓起一把雪吃，一分一秒地熬。第二天早上，摇晃着走出帐篷，远远看见一个黑点，他悄悄向黑点靠近，发现是一头野牦牛。当时，他想，已经顾不了那么多了，就打一头野牦牛活命。他远远跟着野牦牛，寻找恰当的时机。走了一会儿，野牦牛翻过了一个小山梁，他也跟了过去，爬上了小山梁。

旦增扎西从小山梁上望去，没看到野牦牛，却看到山下草滩上有两顶帐篷，还冒着烟，帐篷旁边铺着一片藏羚羊皮，跟前停着两台手扶拖拉机。他立马反应过来，这是一伙盗猎分子，下意识地吓了一跳，竟忘记了饥饿。

盗猎分子手中有枪，旦增扎西一个人不敢下去。为避免暴露自己，他悄无声息地退了回来。晚上，他在帐篷里点着油灯，却没敢在帐篷里住。他在50米远的地方，找了个土坑把自己藏起来，小心留意山梁那边帐篷的动静。他想他能发现盗猎分子，盗猎分子肯定也能发现他。一个晚上没有任何动静。他也不敢放松警惕，每天晚上都躲在土坑中观察，像是给自己的帐篷放哨。

又熬过了一两天——记不清是第三天还是第四天，其余的巡山队员带着补给回来了。此时，旦增扎西一个人已经在卓乃湖畔坚守了66天。

一顿饱餐后，他就带着其余巡山队员，走向那个小山梁，去抓捕盗猎团伙。现场抓获了2名盗猎分子，5名盗猎分子逃脱，收缴了近100张藏羚羊皮。

"小伙子，前几天你在山梁上，我没开枪打你，今天你反倒带人来抓我们。"被抓获的一名盗猎分子对旦增扎西说，他低下头没敢看，感觉后背一阵发凉，脸却烧得火辣辣的。

那天，他要是翻过山梁走下去，会遭遇什么，是谁也说不准的事，不是吗？等待他的也不一定是死，说不定会提前解决饥饿问题。

后来他得知，早在他打鼠兔的时候，盗猎者一听到枪声，就发现他了。每天，还让一个人在暗处盯着他——除了从山梁看到的一幕，他再没发现任何动静，原来他每天都被一双眼睛盯着……

像普措和秋扎，拉巴才仁和旦增扎西又何尝不是兄弟？他们的故事难道不是索南达杰和扎巴多杰故事的延续吗？

我们再来看其他几个野牦牛队队员的情况。这是刘红梅老师从一堆文字资料中挖掘整理出来的一份名单——以我此前已经了解的情况判断，基本真实可信。她把一个个很长的故事都浓缩成了一句话，读来字字扎心：

宗巴·尕仁青：原西部工委野牦牛队林业派出所代所长，正式警察。个性刚烈英勇，工作狂热。

野牦牛队撤并一事使其内心深受伤害而赋闲在家长达四年。现任三江源国家公园长江源园区索加保护站站长。

公保扎西：退役武警战士，为人温和、务实、细心、怀旧。被（可可西里）自然保护区管理局清退后，现重新在筹建一个野牦牛队高原生态文化促进会，意在保留野牦牛队的光荣历史。

谢周：退役武警战士，为人开朗大方，富有音乐天赋。现协助公保扎西在格尔木筹建野牛队高原生态文化促进会。

白辰：教师、翻译出身，野牦牛队正式警察。野牦牛队遣散后，因消沉酗酒，胃部大出血而死。

旦正扎西：目前仍在索南达杰保护站工作。

吕长征：土族，原治多县委车队司机，后任野牦牛队车队给养车司机，因高原病身体已经垮掉，差点儿死在可可西里腹地。现已失去进山的能力，在可可西里保护区管理局工作。

东周才仁：在格尔木被盗猎分子暗杀未遂，卡车从其身上碾过，致22根骨头断裂。终身残疾，丧失劳动能力，靠亲朋救济维生。

陈永寿：汉族，被感化的前盗猎分子，人称"沙漠王子"。现独自在格尔木打工，艰难度日。

日秋：野牦牛队年龄最大的队员，索南达杰生前好友。他曾把自己家所有牛羊赶了 1000 公里捐给野牦牛队。因长期艰苦作战，已去世。

文江扎西：藏医出身，野牦牛队最不要命的硬汉子，陷入绝境时与尕仁青争先自杀（未遂）好为战友提供食物。目前以开诊所为业。

见到秋扎是回到格尔木以后的事。

他接到省上的一个任务，要去上海就可可西里坚守精神做一次演讲，专程从卓乃湖出来，在格尔木家中稍做停留，陪伴母亲。差不多有一整天的时间，我们一直在说话。如约，我们一早见面，中间单位有事打电话，他回去了一会儿。事毕，再回来。一直到晚上，谈话一直继续。为了说话，晚饭也在一起。

秋扎长得很健壮，但远没有我想象的那样魁梧。那天，他一直在讲述他舅舅索南达杰和父亲扎巴多杰的事——说得最多的还是父亲，言谈中能感觉到父亲对他影响有多大。除非被问及，否则，他很少讲到他兄弟们的事，也很少讲自己的事。即使说到自己和弟兄们的故事，也会很快拐回到父辈们的身上，偶尔也会讲到祖辈和祖先的故事。

我对秋扎说，乍一看，你不像你父亲那样魁梧，你哥哥的身板像你父亲，但是，听你一说话，你透露的内心世界更像你父亲。我说，把你弟兄俩合为一体，就是你父亲完整的形象了。听我这么说，秋扎很开心的样子，却没说什么，过了一会儿，才说："我们都在努力追随他的脚步。"

他发给我一些他在"美篇"公号上发的文字，也很少写自己，除了一同出生入死的队友还是在写父亲。在交谈时，我还曾小心地劝他，有些事该放下时还得放下，不能总是一个人扛着，何况有些事你一个人未必能扛得住。你舅舅、你父亲已经走远，你有自己的路。应该往前走，总是回头，你会很累。秋扎淡淡笑笑，点了点头，没说话。

2019年5月2日——前一天是他姥爷90岁生日。

秋培扎西给他姥爷也写过一则文字。舅舅索南达杰牺牲时，他姥爷才65岁，还不算老。索南达杰是他唯一的儿子，那之后这位老父亲又活了26年。很难想象，这26年他是怎样熬过来的，那每一天，他都是在一遍遍思念儿子的路上艰难前行。

秋培扎西写道："姥爷说，相传在老年间，我们家族（指杰桑家族——笔者注）的人，从不会投机取巧，但是至少（每）两代人，便会出一位智勇双全的族人，会成为恶霸和奴隶主的克星。与昏暗的世道为敌，主持正义，最终都会死于非命……"

秋扎根据姥爷回忆整理的这些文字，分行排列，像诗——不，它就是一首诗：

> 后来马步芳的军队来了
> 整个草原沦陷

百姓沦为奴隶
烧杀抢掠无恶不作
之后
烧掉了草原上所有的帐篷
押解了我们所有的人
向东走去
对于被俘虏的人们
面前
就是未知的远方
途中
每天只给一点汤水喝
算是填腹的食物
行走中要是走得慢了
轻骑的马家士兵
用狗棒直接往头上砸
一棒下去有的脑袋开花
脑浆四溅
有想逃命的被发现
直接用枪击毙
那时
似乎没有任何活着的希望
有一个傍晚
那位好心的翻译是个藏族

告诉我的母亲
如果不跑或者赌一下
你和你的孩子将必死无疑
甚至更糟
他指着乌云笼罩的草原深处
"看见远处地平线上唯一的亮隙没
那里的草原暂时还没有遭难
看这天气今夜应该有雨
借着夜色和雨幕为掩护
你可以带着孩子
赌一条活命的路"
期间
偷偷地
还塞给了太姥姥一些干肉和糌粑
就这样
雨夜里
太姥姥带着姥爷和二姥爷
一路狂奔
直到第二天的中午
母子三人实在没有力气便躺倒在草地上
盯着深蓝色的天空慢慢地睡去
就这样
在磨难和痛苦的岁月里

给杰桑家族
活出了这一支脉
再后来
共产党来了
我们从奴隶和无辜的囚徒活成了今天的模样
……
在他眼里
仓储了太多的往事
哽咽过后
姥爷便嘱咐我说:
"年轻的时候
我去运盐
经过阿卿贡嘉(可可西里)
即使夏季
那儿的夜里也很冷
你将来去了
多带点衣服和干粮
别忘了带上针线
男儿驰骋疆场
除了贴身的防械
如果衣服鞋子破了
也要学会自己缝制……"

"美篇"上有秋扎的巡山日记，写的是他和队友在可可西里的日常，每一篇都令人落泪。随手摘抄几段如下：

> 再往前就没有信号了，踏入无人区意味着没有任何信号，意味着失联的状态，不论泥泞沼泽、雨雪风霜，只有兄弟们同舟共济才能回归现代社会。记得15岁那年冬天第一次和前辈们一起深入无人区出来，看见青藏公路上的车灯简直有种重生的感觉……
>
> 2016.10.15

> 下午5点，准时从卓站（卓乃湖保护站）出发前往更深入的保护区腹地，最终的目的地是远在100多公里外的太阳湖，预计到达时间至少在几天以后。又是一个难熬的夜晚，看见眼前的一片雪茫（白雪莽原），确实有点担心，希望接下来不要大雪封山，要不……哎，不想那没用的，打起精神继续前行……
>
> 一路走，一路险……到达幸福沟已接近凌晨5点，虽然这里也安放了巡山过路时可以休息的集装箱房，但是这个点休息不但打乱了之前的计划，而且还会耽误第二天的行程，决定烧水吃点热饭继续前行……我们围坐在刚刚置办的行军床周围，一人

一杯茶一碗泡面一根速（素）肠，整个世界都仿佛沉静下来，现在只想好好地慢慢享受眼前的美食，这是几天以来吃过的为数不多的一次热饭……

2016.10.19

整队，出发。

或许我们没有注意过自己在行使使命的同时，不仅周围有太多关注的眼神，还有自己那坚定的信念支撑着的每一次出征和凯旋！

无论伤痛或离别，生死或荣耀，这些几经沧桑的脸上，岁月挥舞着的刻刀没有停止的迹象，可又有谁认真考量过依旧坚定的眼神背后，是家庭，是妻儿，是父母，是用血肉铸就的平凡灵魂！

每一次，最后的出发口令，自己都感觉哽咽和搪塞，练兵场上那潇洒而刚毅刺耳的口号，在这一刻，可能意味着泥泞沼泽、风餐露宿、爬冰卧雪，甚至，流血牺牲……

有一种爱，可以超越性别、超越种群、超越世俗。对你的爱可以凌驾于我的宝贵生命之上，每一次亲吻都带着对故土浓浓的赤子之情，当我不顾一切投入你的怀抱，也希望给予我相同的温度，请不要把记忆封存在严酷的寒冷之中！

寒风呼啸，冷峻如冰。

相同的动作重复了无数，却不辞辛苦。因为最终那天还没有到来，所以时刻严阵以待，即使枯燥、危险。然而，誓言不能忘，一如既往的初心未改，砥砺前行！

2017.7.10

喧嚣或者沉寂，阴暗或者光亮，心灵都能在尘世一隅找到自己的方向。那是心灵透出的光亮，有它在，即使在可可西里这样的地方，也会心怀希望。

与可可西里其他保护站不同，卓乃湖是一个季节性保护站，其主要使命就是守护为产羔迁徙的藏羚羊种群，为之提供安全保障。所以，从每年4月至11月，秋培扎西就一直驻守在卓乃湖，除了定期巡山，就是待在卓乃湖，看着那一片越来越小的湖水和栖息湖边的藏羚羊。

他每次的巡山路线也是不确定的——从不走固定的路线。他说，虽然这样会更加艰辛，但容易发现问题。多年来，只要他在，他都坚持自己去巡山。他说，今年（2020年）可可西里腹地所有的巡山任务，他都"承包"了。

他说，在现场和不在现场是不一样的，能目睹现场，他心里才会踏实。这样，无论发生什么事，他都能理直气壮地说：我一直在场。这些年，有不少机会他能离开可可西里，可每次他都决然放弃离开的机会，选择继续留在可可西里，守着卓乃湖。

他告诉我，很多时候，你自己亲眼所见的一切，与别人看到后再告诉你的根本不是一回事——也不是不相信谁，就是想自己亲眼盯着那片土地。觉得只有这样，才可以告慰父辈的英灵，也无愧于自己的灵魂。

只要可可西里一直在眼前浩荡，只要自己还守着卓乃湖，秋扎就觉得这是一份无上的荣耀。你要把这荣耀扛在肩上，它就是责任和沉重的担子，但你只能背负，不敢轻言放下。

他在《守护可可西里的平静与安宁》一文中写道：

> 清晨时分，我与救助的小藏羚一起玩耍。期间，看着那呆萌的眼神，特别想问问，你是否明白，我们的身边正发生着一些细微的变化，或许这变化会给你我，还有这片最后的净土带来无形的影响。可无论怎样，你还是我生命的一部分，我还得整理好思绪，依旧用生命去守护你的全部。看着东方的日出，有着些许的感慨和期待，几十年的守护换作眨眼间的光明，为此付出的努力和心血也终将被世人所理解和肯定，而你我就静静地等候着那注定的荣耀时刻……

一代人有一代人的使命。

索南达杰、扎巴多杰之后的故事，已经在后辈的身上延续。

需要交代一下的是：索南达杰牺牲时，他的大儿子索南仁青只有 15 岁，小儿子索南旦正只有 10 岁。4 年之后，扎巴多杰离开这个世界时，他的两个儿子，普措才仁 19 岁，秋培扎西 16 岁。

至 2020 年 6 月——

索南仁青，任三江源国家公园长江源园区管委会森林公安局政委。

索南旦正，任治多县加吉博洛镇镇长，经常受邀到治多县中小学义务讲授自然生态课，课程内容的一根主线就是他父亲索南达杰的故事，人们说，他越来越像他父亲了。

普措才仁，任三江源国家公园长江源园区可可西里管理处五道梁保护站站长，主要职责是守护一年一度的大迁徙，守住藏羚羊主要迁徙通道的安全。

秋培扎西，任三江源国家公园卓乃湖保护站站长，从每年 4 月至 11 月，一直守在卓乃湖边，守护藏羚羊产仔栖息地的安全，常年肩负可可西里腹地的巡山任务。

一棵树

那天下午,在五道梁保护站后面的河谷,看到那一片顶着冰雪已然开始抽枝展叶的匍匐水柏枝时,我曾想,索南达杰是否留意过这种罕见的木本植物。他用生命去保护一种野生动物,是否也曾喜欢过一种植物,比如一种花草或树木。

那时,我还没见过索南达杰种的那棵杨树。

听说索南达杰曾种过一棵杨树,是从五道梁回到治多以后的事。

索南达杰牺牲26年后的一天下午,一个人告诉我,索南达杰曾种过一棵杨树,还种活了,而且是在一个原本不长杨树的地方——治多,就在他以前家中小院的一个温室里面。说这棵杨树还活着，已经长成了一棵参天大树。

世上有这样一棵树，就想去看看。治多有一棵高大的杨树，这本身就是一件有意义的事。而且还是人工种植的，还是索南达杰亲手栽种的。

杨树原本是北方很容易种活的一种落叶乔木，我也种过杨树。

低海拔地区，杨树苗不用精心培育，植树季节，从一棵更大的杨树上砍下一根合适的树枝，去掉多余的旁枝和尖梢，找个土层较厚的地方，挖一深坑，填土踩实即可成活，也不用施肥浇水，过几年就长大了。更小的杨树枝可以砍成小截儿，成排密实地埋在地里，等长到两三年也可做树苗，是有根须的树苗。

索南达杰种下的那株杨树苗也一定是一截树枝，而不是带有根须的树苗。只是治多海拔高，正常条件下，杨树很难存活，为了能种活一棵杨树，索南达杰特意将它种在家中院子的一个温室里。

一百多年前，整个玉树没有栽种杨树的历史，更别说玉树西部的治多。玉树最早的杨树出现在称多县境内通天河谷一个叫拉布的小村落。树苗是一个叫嘉央·洛松尖措的僧人带着一个驮队，从西宁周边的湟水谷地驮运过来的。

他们赶了500头牦牛，走800多公里路，一头牦牛只能驮运4株树苗，总共驮运2000株杨树苗。每株树苗，根须都用泥土包裹严实，再用一条牛毛毡捆绑树苗，以确保水分不流失。驮队白天赶路,夜晚露营休息时,还要把树苗卸下来,小心浸泡在水里……

驮队走了100多天,才把2000株树苗运到拉布,然后发动附近僧众精心栽种,浇水施肥。第二年,这2000株杨树苗竟然全都成活了。之后,嘉央·洛松尖措又带驮队去湟水谷地驮运过一次杨树苗。这几千株树苗是玉树境内栽种的第一批杨树,都在通天河谷地,自行繁衍壮大,渐成林莽,郁郁葱葱。至20世纪初,玉树结古和囊谦香达也栽种过少量杨树……

直到21世纪初,这些杨树都还活着。后来部分杨树遭牵牛虫害枯干,枝叶凋零,高大树干成了死而不倒的枯木。当地僧众心疼,又不忍砍伐,就让它们直挺挺地耸立着,依然保持树的形态和模样。结古也有少量存留下来,玉树地震后,这些杨树依然得到精心呵护,一棵一棵地保护了下来……

2013年,我最后一次去拉布时,那些干枯的杨树还在。有一年,西宁至玉树公路改扩建,通天河谷公路两旁许多杨树被挖出来,原本是要当作垃圾清理掉的。河谷居民舍不得,一棵棵移栽至一片河谷滩地,几百棵杨树,没有一棵成活,那片河滩地成了一片杨树的墓地。后来,树枝都断折了,树皮也脱落了,它们还依然光秃秃地立在那里,依然保持着一棵树的模样。经风霜雨雪和阳光的不断打磨,树的铮铮铁骨透着亮。缠在枯树桩上的几条哈达,在河谷的风中飘荡，像旗帜。

玉树人酷爱树木，由此可见一斑。

索南达杰没看到那些枯树桩立在那片河谷滩地上的情景，但他肯定见过通天河谷的那些杨树。他出生之前，通天河谷早年的那些杨树就已经存在了，他离开这个世界时，通天河谷的杨树已经排成阵列向四面山谷延伸而去，成为一个林带。

但是，直到2020年夏天来临之前，我从未听说，治多县也有一棵活着的杨树，而且还是索南达杰亲手栽种的。治多县城附近，我所看到过的木本植物除了大片沙棘，只有少量高山柳类的稀疏灌丛。那片沙棘林沿聂洽河谷滩地分布，曾一度十分繁茂，进得里面俨然一片森林。后亦遭破坏，一度几近消失。直到20世纪末，才开始渐渐恢复，现在又呈现出一派繁茂的景象。

出了聂洽河谷才有天然乔本类植物的极限分布，在通天河两岸山坡有大片千年古柏，那是离治多县城最近的乔木林了。此区域内，凡有乔木，均为圆柏。要看到云杉等别的天然乔本类植物，得出了通天河谷才有。

人工种植的杨树最早出现在称多境内。

由治多沿通天河进入称多，再往下游，就是拉布，河谷地带所见少量杨树就是一百多年前才出现的那片人工林。整个玉树东南部称多、结古、香达、杂曲下游河谷等地零星分布的杨树均为后来者，西部曲麻莱、治多诸地，从未见有杨树生长。

直到这棵杨树的出现，自古至今，治多再无第二棵杨树。

1994年，我去索南达杰生前住过的这个小院时，正值寒冬腊月，草原一片枯黄，很多地方都落着厚雪。即使那小院里有一棵杨树，树叶也早已落尽。我忽略了院子中间靠东面的那座温室，当然也没看到那棵杨树苗。

那棵青杨树苗当时已经在那里了，在那温室里面。说不定，树叶还在温室里绿着，那也许是寒冬腊月治多草原唯一绿叶婆娑的落叶乔木。

2020年6月3日下午，我特意再次到那个小院，看这棵树。

那个小院还在，感觉比记忆中的样子大多了。温室还在，树也在，也还活着。不仅活着，还长大了。树冠已经高高伸出温室的顶部，有参天之象，且枝繁叶茂。一进院门，我第一眼就看到了这棵杨树，一棵青杨。随后，我在微信里写道："这是长江源治多唯一的一棵杨树。"

26年前的腊月年根，我第一次走进这个小院。

那是个很小的院子，院门好像也是开在现在这个方向，只是现在往外扩了好几米，院子就比以前大多了。房子的基本格局没有变化，只是在西南角添了几间新房。

新房与以前的房子紧挨着，新房稍低一些，新房的屋檐也没有与旧房对齐，而是往后让了一两米。这应该是有意为之。小院的新主人尽量保持了小院的原貌。

　　小院周围原来是一片破旧的小土房，现在已经成为城区，都建了新的民居。北面临街的地方还是治多县完全小学，只是旧校舍都不见了，看到的是一座全新的校园。南面靠聂洽河的那一片还是居民区，小院门口的那条小巷也还在，只是房屋和院墙都换成新的了，规划布局也更加整齐合理，门口的土巷道也铺上了水泥路面，变得干净了。车可以从那小巷里直接开到大门口——以前车也能从小巷里开进去，但是路不好走，得小心行驶。

　　文扎把车开到门口停下，看大门关着，敲了下门，没人答应，也没听见狗叫，我们就直接推门进去了。进得里面，主人看到，才赶忙出来，招呼我们进屋喝茶。我们没有立刻进屋，而是站在院子的草地上仔细地看着那小院，之后又在小院里走来走去，东看看西瞧瞧，像是在找寻曾经丢失在这里的一个什么东西，我们是在找寻曾经的记忆。

　　北面屋子是客厅、厨房和一个小书房或工作室，客厅居中，26年前的那一天，里面不断有人进进出出，乱哄哄的，我在里面逗留的时间很短。东头是小书房，里面有一张老旧的办公桌、一个藏式火炉，还有一两把很旧的木椅，靠窗户放着一张布面旧沙发，靠西墙立着一个老式的旧书柜。那一天，有几个人在这间屋子里给我讲述索南达杰在这屋里的情景，说他习惯坐在哪个地方，会做些什么。说这里是他的一个私人空间，很少有外人进去过。记得当时有人在这里告诉我,索南达杰在家时,每天夜里都在这里思考问题、记笔记。

进到过里面的人记得,他在这里时,常在笔记本上记一些东西。只有几个人看到过这个本子,其中一位是他的表弟。他曾告诉表弟,里面记着他的一些秘密,不能让别人发现这个本子。

我也是 26 年以后才听说,有这样一个笔记本,而这时,这个本子早已在一个地方永久性秘密封存。谁也不知道里面究竟写了些什么,他表弟也没有看过。表弟牢牢记着他的嘱托,他牺牲多年以后,为信守承诺,将之永久封存。世上再无人知道这个本子的事。

听说此事之后,我曾动过一个念头,等待一个机缘,想在他表弟的帮助下,重新取出这个本子,看一眼里面记述的文字,看他究竟记了些什么,尔后,重新秘密封存。可是,能否等到这个机缘,不得而知。

或者等到这个机缘了,等取出这个本子时,上面的那些字迹是否依然清晰,也不得而知。于是,这事就成了一个悬念,一直悬着——至少目前,我还没想到一个万全之策。这事急不得,只好让它继续悬着。或者,真等到了那样一个机缘,知情人都同意让我取出来看看了,到时候,我是否还想取出这个本子也未可知。这世上有很多事都不能刻意为之。

毕竟,那是已经永久封存的记忆,如果这不仅是他表弟等人的一个决定，也是索南达杰本人的意愿，那么，你还想取出来看吗？肯定不能。当然，也许正好相反，索南达杰本人并不想让自己的那些文字记载永久封存，而是希望有一天能公之于世，让人们知道他究竟记了些什么。可是，取还是不取，你怎么确定呢？哪个才是索南达杰本人的意愿？无法确定。

北面西头是厨房，在厨房门口与西面屋子有走廊相通。

藏族人的厨房在一家人的生活中占据非常重要的位置，可以说是一个核心，从整体空间面积看甚至比客厅还大。除了一般厨房所有的炉灶、橱柜以及锅碗瓢盆、柴米油盐之外，索南达杰特意利用厨房屋顶天窗和后墙窗户设计了两个用以防御和逃生的密道机关，以防不测，保障家人安全。

走进厨房，站在身边的文扎指着右手的窗户和左上方屋顶的天窗告诉我，索南达杰当初设计的那两个机关就藏在这两个地方。我站在原地仔细观察，并未发现与一般窗户和天窗有什么不一样的地方，也许这正是它的玄妙所在。一个密道机关让人一眼都能看出来，那就不是机关了。

文扎在现场告诉我，即使在当下看来，这也是非常先进的一个装置。对邪恶力量始终保持必要的警惕和防范是索南达杰与生俱来的一个习惯。正是基于这一点，在听到他牺牲的消息时，他妻子才仁说，这事绝不会发生在她丈夫身上。

西面的屋子是一大一小两个卧室。那天，才仁坐在卧室外面走廊南头的一把小椅子上跟我说话,接受我的采访。其实,我什么也没问,只说来看看她和孩子,还有他们的这个家。才仁也没说几句话。她断断续续地说到,索南达杰离开格尔木之前给她发的电报,想着过年时他应该回来了。

还说到了两个儿子,说到了大儿子过生日时索南达杰送给他的礼物,两小块可可西里的花石头……而大部分时间里,我只是默默地坐在才仁身边,陪着她流泪。因为她一直泣不成声,我一个问题也不忍心问出口……我看见有水珠从窗玻璃上滑落,像眼泪。

我站在那小院里,望着那两排屋子时,仿佛26年前的场景还在眼前,历历在目。透过走廊的窗玻璃望进去,好像里面也有一双眼睛向我看过来。只是我不确定,那会是谁的目光。

也许是索南达杰本人吧,他牺牲前,我们未曾谋面,可他牺牲后的26年间,我却随时都有与之不期而遇的感觉,这天下午,在那小院里也有这种感觉。

很多时候,事先都是有征兆的,比如我要去见一个熟悉的人,见面之前就感觉,这个人一定会讲到索南达杰。果然,每一次,几个人说着说着就会说到索南达杰,一说就停不下来,好像总有说不完的故事。

还有些时候,事先并无征兆,因为遇见的这个人你并不熟悉,而且从各方面判断,他也不可能熟悉索南达杰,可是说着说着,我们依然会说到索南达杰。他们中有的人只是小时候远远地见过索南达杰的样子，高大、威武、一脸大胡子，小孩子见了都害怕，不敢靠得太近。我见到的有些人还是孩子，从来见过他的面，只是听说过，家中的老人或学校的老师总是在讲述他的故事，时间长了，他们听到的故事越来越多，于是自己对他也好像越来越熟悉了，熟悉得就像他是自己的一个族人，或者就是身边的一个亲人。

这样说来，我们已然是故人了。

既然是故人，就不能不进屋坐坐。

进屋之前，我还是想先去看看那棵杨树。

从院子里，我看到的只是这棵杨树的树冠和树冠以下的大部分枝干，一小部分主干和树的根部都在温室里面。从外面看，感觉那温室并不大，也很低矮。进到里面之后，我才发现，它的面积的确不算大，顶多不超过20平方米，但它的顶棚离地面的距离已经足够高了，甚至比常见的温室还要高一些。温室东西长约6米、南北宽约3米，门开在东面，进门之后，几级台阶向下，温室底部离地面约有半米高的距离。那棵杨树就种在温棚西北角石砌的墙根里。

原来整株树苗都被棚顶遮着，后来树苗长高了，树冠顶到顶棚了，小院的新主人就把顶棚去掉一片，让树冠伸出去继续生长。治多的冬天寒冷无比，人们担心这样它可能越不了冬，会冻死。可是，第二年它还活着。再后来，树干都长到温棚外面了，树冠越来越大，树也越长越高。

每至夏日,一派枝繁叶茂,没有被冻坏的迹象。

小院的新主人叫索南罗卜,69岁,一个长得很魁梧的藏族汉子。

索南罗卜告诉我,他是在1996年买下这院子的,花了8.7万元。他说,当时花8.7万元完全可以建一座比这更好的房子,很多人都不太理解他为什么要这样做,有些不了解情况的人还说他乘人之危,不地道。他从不解释。

他跟索南达杰从小就认识,后来索南达杰在青海民族学院读书时,他正好也在西宁当兵,离民院不远的地方就是他们的军营。因为都是治多人,一直保持联系,一有闲暇,两人也经常见面,情谊深厚。索南达杰大学毕业回到治多,他也复原回到治多,前缘接续。

听他说起这些,我总感觉我们以前见过,可怎么也想不起来是在哪里见过,他也没有印象。直到前些日子在采访本上读到索南达杰大学毕业时如何抉择的记录,才想起这个人。

索南达杰牺牲以后,索南罗卜看到才仁一个人带着两个孩子,日子不好过。尤其是才仁,住在这里整日触景生情,情绪非常糟糕,多次表露心迹,想从这里搬出去,找个新地方住也许会好一些。

经过一番思虑,索南罗卜决定买下这个小院。一来,可以帮才仁实现想换个环境的愿望;二来,由他照看这个小院至少自己心里也放心一些，不用担心会有太大变故，他可以替索南达杰继续守护曾经的家园。

我也听到过一些别的说法，但以我看到的情形，这的确是一个两全的结果。不仅小院的基本格局没有发生太大变化，而且还变宽敞了，庭院也收拾得干净整洁。

北屋后面与县民族完小的院墙之间有一片空地，中间以前鼓起一个高台。索南罗卜说，索南达杰在世时，经常会坐在那里发呆，想一些事情。他买下这个院子后，在那里为索南达杰建了一个佛堂或灵堂，像是让他继续在那里发呆一样。我进去看过，供桌上摆放着索南达杰的遗像，遗像前点着灯盏，一派光明。

我们在那小佛堂门口坐了一会儿，与索南罗卜说话，留了联系电话。看到那一幕，我和文扎都很感动。文扎说，自从索南罗卜买下这个小院，成了这里的新主人，他也是第一次到这里来。他以为这里一定变得认不出来了，没想到所有的一切都还保持原样，而且修建得更好。一个人能做到这样，实属不易。

索南罗卜也告诉我，这几年不断有人来这里缅怀索南达杰。玉树州和治多县有关部门也曾表示，要把这里建成一个爱国主义教育基地。也有一些企业找他，想从他手里高价买下这个小院，进行别的商业开发。还有人像我一样专门来看那棵树，说要好好保护这棵树。

他不知道该怎么做。建爱国主义教育基地、保护那棵树都是好事，他理应支持。他担心的是，一旦他不在这里了，这个小院还能不能保得住，还有那棵树……

> 以前从山冈飘过的那朵云
> 再也没有回来过
> 以前村庄前树上鸣叫的那只鸟
> 也早已不知去向
> 于是，我觉得那座山已不是从前的那座山
> 那棵树也不是从前的那棵树
> 所有的日子都已走远
> 所有的念想都停在那个季节
>
> 可我已经老了
> 老得只记得从前锁门的那把黄铜锁
> 却忘了门前的台阶是否长着青苔
> 也不记得后来是否有人来敲过门
> 害怕自己听不到敲门的声音
> 你将门一直开着
> 风从那里进来过，雪也进来过
> 可就是没有人，进来
>
> 最后，我关上了门
> 找出从前的那把黄铜锁

从里面锁上了门
回头时，见屋檐的椽头上
开着一枝蓝色的花
香气如岚。缥缈
我几乎可以确定，那不是兰花
也不是菊花，更不是莲花[1]

　　索南罗卜提到一个人，说他们是兄妹时，我多少还是感到了惊讶。
　　这个人叫韩梅。索南罗卜与我纯属陌生人，无论他与索南达杰的关系有多么亲密，此前我们好像从未有过联系，至少那天下午，我们都没想起曾经见过，还说过话，在26年前的治多。韩梅却不同。我已经不大记得，自己有没有见过韩梅——应该是见过的，有几次在格尔木，在一些场合，韩梅一定是在的。可我一点也想不起来她当时的模样。
　　一想到韩梅，眼前浮现的还是她现在的样子，那是我在网上看到的她的影像，从背景可以看出拍摄地点不是在长江源头，就是在可可西里。她穿着防寒服，戴着遮阳帽，脖子里还围着防风沙的纱巾。猛一看，像个男的，棱角分明，紫外线几乎把一张脸都烤焦了，黑红黑红的，眼睛里布满血丝，嘴唇发紫还起了一层皮……
　　韩梅，我熟悉这个名字——太熟悉了，索南达杰牺牲后，

---

[1] 引自古岳组诗《世界》。

我一直在不断地听到这个名字。只要是去过可可西里的人，无论是去科考，还是当志愿者，或者只是去看看，只要是与可可西里、与藏羚羊、与自然保护有关，他们都会讲到这个人。以致后来，一听到这个名字，都感到亲切，好像她就是自己的一个亲姐姐。

在有关索南达杰和扎巴多杰的传奇故事里，韩梅一直是一个无处不在的人。她当然不是故事的主角，是个配角，却在每一个场景里都会出现。如果这是一场人生大戏，在整部戏里，她好像也没有多少对白和台词，却有很多行动，以至于没有人会忽略她的存在。

我能感觉到，韩梅的出现，一下拉近了我跟索南罗卜的距离，说话也一下随意起来。韩梅是一位医生，一直在格尔木居住和工作。从索南达杰到扎巴多杰，他们一次次由格尔木进可可西里时，韩梅在格尔木的家就是他们的一个重要驿站——或者说是归宿也不为过。

很多时候，他们都吃住在韩梅家里。只要知道他们要进可可西里，经过格尔木，韩梅就会叮嘱他们一定要到家里住，说这样方便。每次去，无论多晚，韩梅都会在家里等他们。有时候她要在医院值班，不在家，他们也都有韩梅家的钥匙。1994年1月8日深夜，索南达杰一行就是从韩梅家里动身，奔赴可可西里的。

韩梅倾其所有支持索南达杰和扎巴多杰的行动，再后来，她把自己变成了一个随叫随到、没有服务期限的志愿者。很多人在谈起韩梅时，都亲切地称她韩大姐，已经叫了二十七八年了。

　　索南罗卜并没告诉我这些，这些都是我记忆里的事。写到这里，我突然特别想见一下韩大姐，便在通讯录寻找她的电话号码。记得我曾保存过她的电话号码，有次路过格尔木时，我原本还想去拜访，可她没在格尔木。我刚从可可西里出来，她却去唐古拉做志愿服务了，说几天后才能回到格尔木。一个退休医生，还一直坚持做可可西里的志愿者。

　　我没找到她的电话，在微信里问了一声，几分钟之后，我一个刚从可可西里回来的年轻同事便将韩梅的电话发过来了。我发现她的电话号码刚好也是微信号，我打开看了一眼她的微信头像，是个半身像，应该是她的近照。身上穿着印有"绿色江河志愿者"字样的防寒服，头上戴着宽边遮阳帽，里面还裹着一条纱巾，脸色黑红，照片的背景是一片冰川，从状貌判断，应该是各拉丹东南侧的姜根迪如冰川。与之前看到过的影像几乎一模一样。前些日在网上偶然看到她的一个特写影像，发现她头发都白了。

　　不要紧，记忆中留下的东西也许更珍贵。我印象中的韩梅——印象可能也来自图片影像，她身穿白大褂，黑短发，慈眉善目，一晃都老了……

　　据她哥哥索南罗卜的讲述，她偶尔还回治多，也会来小院——索南达杰曾经的家里坐坐。从一些资料看，她与索南达杰是同学——应该是中学同学,索南达杰的故居依然保持原来的样子,说不定也与她有关。

  一进到那小院,她自然会想起索南达杰,想起他牺牲以前抵达格尔木,又匆匆离开,去可可西里的样子。当然也会注意到小院中的那棵杨树,杨树长大长高了多少,索南达杰就离开了多久。那棵树还在继续生长,还会长更大更高,过了很久,它也许还在。

  如果那时韩梅还能回到这小院,看到这棵杨树,说不定会以为那就是索南达杰呢,他与那棵树一起活着。即使有一天那棵树也死了,相信索南达杰也会活着。

  也许会一直活着,用另一种样子,活在人们的心里。

遇见灵魂

回过头去看我的这段采访经历，前后历时 27 年，大部分采访内容是在他牺牲之后，一点一点积累、丰富和完善的，我对索南达杰这个人的认识也在一天天加深并得到升华。

可以说，这也是我自己的成长历程，几乎伴随我全部的职业生涯。

1986 年，我大学一毕业就分到青海日报社当记者，当年 11 月我就去了祁连和门源，徒步穿越过祁连山南麓那几片蔚为壮观的森林。之后，短短几年时间我已走遍青海大地，到过几乎所有的草原和天然林区。

1990 年之后的三四年，我一直在河湟两岸苍茫群山之间穿行，曾徒步走访过数十个贫困村庄。每到一乡一村，必到山野去看日益稀疏的植被，去看日益干涸的山泉溪流……

那段时间，是野生动物盗猎最严重的时期，也是大片森林被盗伐的年月……

盗猎、盗伐、盗占（侵占土地农田）、盗采、盗墓、盗版……印象中，凡是与发家致富有关的事，似乎都曾与"盗"有关。在持续关注日益严重的盗猎、盗采（采矿）、侵占农田现象之前，我用几年时间走遍青海仅有的那些天然林区，从河湟谷地到江河源头，顺着河流的方向去寻找曾经或依然残存的那些森林，去调查盗伐林木对生态环境造成的巨大创伤。

我却没听到盗猎藏羚羊的，我听到和了解到的盗猎现象与麝香和熊胆有关。

1991年6月18日刊发在《青海日报》上的长篇通讯《消失了和正在消失的森林》，1994年5月30日、6月13日、6月27日《青海日报》分三期刊发的长篇通讯《大地忧思录》，1994年7月11日至1994年12月12日《青海日报》分6次刊发的系列报道《贫困山区纪行》等，都是这些采访的集中呈现。这些采访在1994年之前都已经完成。

我在所采写报道文字中曾引述过两句话，一句是普林尼说的——"不了解大自然是极大的忘恩负义"；另一句是恩格斯说的——"不要过分陶醉于人类对自然界的胜利。对于每一次这样的胜利，自然界都对我们进行了报复"。人与自然能否永久地和谐相处，自古以来一直是人类面临的一个根本问题，而且日益尖锐！

有几个夜晚，我露宿森林，看盗伐者白天进山砍伐、烘烤砍伐的树木，深夜打着手电筒、手握斧头和小铁锯，背着木头下山的情景。他们手中的斧头刃子在星月的光辉里透着寒光，眼见之，令人毛骨悚然！至今想起，脊背都会发冷。有一次遭遇夜雨，在森林中迷路，我被困在一面崖壁上，等待天明。大雨不停地从头顶上浇下来，奇寒难耐，险些葬身林间悬崖。

一天，在一个山乡，听说每晚都有人盗伐林木，老远就能听到用斧头砍树的声音，我便住在一片云杉林边上，去看盗伐。是夜，待山野寂静，我穿了厚衣服走进森林，站在一棵很大的云杉树下，想看看盗伐者是怎样砍倒一棵云杉树的。一抬头，看到一轮明月在树梢上挂着，清风过处，树影婆娑，月亮也在摇晃。细听，有流水声从远处山谷里传来。

一时，竟忘了自己是来看盗伐林木的，一直守到后半夜，我冻得不行了，也没看到盗伐者的影子。后来附近的乡亲告诉我，盗伐者是我走出森林之后走进森林的……

如若那长了几百年上千年的云杉也是一种生命，盗伐与盗猎又有何异？

由此——也许可以说，在去采访索南达杰之前——某种意义上,我或多或少已经做过一些相应的准备。这并不是说我预见了索南达杰之死,而是我多少感觉到了中国乃至世界正在发生的一些变化——索南达杰也一定感觉到了这种变化,包括现代生态环境保护思想在中国的悄然兴起。

我有幸正好在这个时候成为一名记者,有机会一次次走向森林、草原、江河湖泊、冰川雪山,走进了青藏高原。我注意到了正在发生的一些深刻变化,也开始自觉留意这些变化带来的现实影响和可能昭示的未来趋势——我意识到这种变化必将影响到中国和世界的未来。

我曾想,也许是受到某种感召,我下意识或无意识地用这样一种方式走近了索南达杰。或者说,在某个时间点上,我跟索南达杰都受到了同样的启示,并有了一个共同思考和探寻的方向——我想说,这应该是一种自觉。因为有了这样的经历,在走近索南达杰和他所代表的一种精神时,我才没有为自己感到困惑,没有走太多的弯路。

索南达杰牺牲后,从1994年7月开始,我以"专栏记者"的身份在《青海日报》主持"家园守望者"和"守望者语"两个绿色专栏,每半月出一期。随后又把这两个专栏扩展成一个专刊《绿色地平线》,也是半月一期。前后持续十年之久,采写并组织刊发过大量深度报道,总字数超过百万字。

可以说,这些文字是青藏高原生态环境保护事业的时代启示录,很多人应该还记得这些文字——说不定,不少人至今还保存着当时那些报道的剪贴本。其中,不少报道依然是在继续索南达杰、藏羚羊和可可西里的故事,索南达杰对后世的影响仍在不断延续。比如《拯救藏羚羊》[1]《生命长江源》[2]《藏羚,正遭受灭顶之灾》[3]《回首再望长江源》[4]《青藏高原你会失去往日的平衡吗》[5]……

我也就不停地在这样的文字中与索南达杰不期而遇,一种精神思想乃至灵魂的交流熏陶也一直得以延续。即使有的文字中没有提到过索南达杰的名字,我也能从字里行间看到他的存在。

冥冥之中,仿佛一直有一种力量吸引着我,让我走进青藏高原腹地,走近索南达杰。即使与他擦肩而过,在我,似乎也是一种遇见。

即使这样,我用了27年,也只是走近——这是一个渐渐靠近的过程。要是可能,你不妨一直走近,速度不妨再慢一点——越慢的走近越从容不迫,也是真正的走近。当然,只要方向没有改变,你也可以走得更远,甚至可以一直往前,抵达索南达杰也想抵达却未曾抵达的地方。

27年,望中犹记,苍茫天涯路。

1994年2月6日夜里,我们从玉树州回到西宁,再过

---

[1] 作者古岳,引自《忧患江河源》(家园守望者、守望者语专栏文集)295页,2000年2月,民族出版社。
[2] 作者古岳,引自《忧患江河源》71页,同上。
[3] 作者中国环境报记者祁进城,引自《忧患江河源》283页,同上。
[4] 作者中国青年报记者唐钰,引自《忧患江河源》89页,同上。
[5] 作者新华社记者陈畅鸣,引自《忧患江河源》270页,同上。

两天就是除夕了,最迟除夕这天,我必须得回家陪父母亲过年。2月7日,我跟贺棣保到编辑部汇报采访情况,编辑部要求春节期间完成主体报道长篇通讯的写作,研究决定,通讯稿由我执笔完成,一上班就交稿,正月十五一过,最晚,过了二月二,就发出来。这个春节,我一直都在想索南达杰。他压在我心上,让我喘不上气来,像高原反应。

《高原魂》是我们写的第一篇报道,至迟1994年2月20日(正月十一)前,我已将稿件交给编辑部了。原以为很快就能见报,可是左等右等,稿子迟迟没有见报。

在治多县以外的地方,人们对这一事件的发生并未引起足够的重视。从1994年1月下旬到7月下旬,整整半年的时间里,除了公安部门对案情的继续侦查和对嫌犯的追捕之外,整个社会对此并未有太大的反应。

直到7月28日,青海日报才刊发第一篇报道《高原魂》,并配发社论。可能因为时间拖得太久,除了一些热心的读者,几乎没有太大的社会反响,知情人眼里,它早已是旧闻,时过境迁,没了热度;不知情的人眼里,这又是一篇司空见惯的典型报道,与其他报道没多大分别。稿子见报以后,几乎石沉大海,没引起多大反响也没有任何后续,好像一篇报道一经发出,便已大功告成。之后,又是一片沉寂,再没有任何声音。只有公安部门的侦破追捕行动还在秘密进行。

那么,为什么过了这么久,报道才发出来呢?主要是等待送审意见。

此事从一开始就引起时任中共青海省委书记尹克升（后调中央任职，已过世多年）的重视，可是稿子写成不久，他就去中央党校学习了，接着又因为身体原因，很长一段时间都不在青海。后来实在等不住了，省委宣传部领导决定先发出来，时任青海省委宣传部部长田源，是省委常委。

又过了几个月时间，到年底，书记回来了，过问此事，得到的答复是已经报道了。他看了，不太满意，觉得宣传力度很不够。随后，我自己重读，也不满意，这就是文字，白纸黑字，皆成事实，改是改不掉的，只能留着。

有一个地方，我写索南达杰临死前的心理活动和内心独白，稿子见报后，一个人见了我，问道：既然当时就剩他一个人了，你是怎么知道他当时想了些什么呢？我无言以对。是啊，我是怎么知道的？这能改过来吗？

1995年2月中旬，时隔一年之后，省委决定加大规模力度，重新宣传。我又写了一篇更长的通讯报道《可可西里壮歌》，约12000字。见报时间是1995年2月15日。同时见报的还有一个中共青海省委号召广大党员干部"向党的优秀领导干部索南达杰学习的决定"。

中共青海省委对索南达杰的宣传定位是：党的优秀领导干部，优秀县委书记。责无旁贷——省内媒体的报道自然要突出这个主题，青海日报是省委机关报，更得突出这个主题。我们所说的意识形态或舆论导向问题并不像很多人想象的那么简单。现在回头去看，中共青海省委对索南达杰的定位依然是站得住脚的，它突出了一个人一生的志向追求，而非一个侧面。

这次，中央和省内外地方媒体共同聚焦这一事件：索南达杰为保护珍稀野生动物藏羚羊英勇牺牲，倒在了可可西里反盗猎现场。国内主要媒体都同时或相继参与报道，规模非同寻常。其中，我同门学长、时任新华社记者陈畅鸣所采写的《喋血可可西里》是一篇有思想深度的报道。也有些报道是采访我之后，根据我此前的报道成稿的，国内有几家报纸所发报道，记者名字后面也缀着我的名字。也有报纸直接转载青海日报的报道。

紧接着，还有一段时间的后续报道，以当时国内一位同行的话说已经是"连篇累牍"了。同行是在一篇写这次采访经历的文章中说这话的，与我写贫困山区采访经历的稿子登在同一期刊物上。

后来省内外对索南达杰的采访报道都一边倒地倒向了他是"环保卫士"这样一个鲜明主题。而此时，国内外"生态环境保护"的时代启蒙之风正兴，已成为一个全球性的热点话题。可可西里的藏羚羊却正惨遭猎杀，为保护这些无辜的生灵，索南达杰献出了自己宝贵的生命。此前，这样的壮举在整个亚洲还从不曾发生过，这是有史以来的第一次——在世界其他地方均有先例，整个亚洲，他是第一个为保护野生动物献身的官员。

先冷后热，这是个不断酝酿和持续发酵的过程，最终成为时代的焦点，引起巨大反响。后续的宣传报道持续了很长时间，甚至直到今天还在继续，且不断升华。27年间，索南达杰的故事一直在不断传颂，成为这个时代的传奇。

从中国新闻史上的这段历史，我们不难看出，自始至终，青海省内外，对索南达杰这个典型人物的思想定位还是不够统一，这在一定程度上影响到这个典型人物的实际宣传效果。几年之后，时任青海省委常委、宣传部部长田源在一些场合谈到这段历史上青海涌现的三个重大典型人物时，我也在现场。他评价说：从全国来看，这三个重大典型也只能算两个半。两个另有其人，而半个就指索南达杰——他指的是当时媒体的报道规模和所产生的社会反响。

反响是在后来的日子里持续产生的，而且，持续时间很长。

又多年之后，对包括青海那两个在内的一些重大典型依然记得的人好像越来越少了，而记得索南达杰的人却越来越多了——这似乎还不是后话，因为索南达杰对后世的影响还会继续。

随后，索南达杰的事迹被拍成了电影，广州珠江电影制片厂与玉树州政府联合拍摄的影片《杰桑·索南达杰》，由郭碧川主演，扎多也曾出镜饰演一角。影片讲述的还是那12次悲壮的可可西里之行，主要情节与我们通讯报道的内容没有太大出入，区别在于影片用画面还原了文字描述的场景。电影再现历史场景的手法机械,细节表达不够精细。

好几年之后,陆川(江苏人)也拍过一部电影,片名就叫《可可西里》,电影叙事情节还是索南达杰之死,颇受好评。客观地讲,这是一部好电影,我至少看过两三遍。可多年以后,人们评价说(有好几次),是陆川的电影让可可西里名扬天下。我不同意这样的观点,应该说是可可西里成就了陆川的这部电影,而不是相反。

电影《可可西里》远没有那片荒野那样精彩,也没有那么令人震撼。还有那场沙尘暴也有点诡异,腊月,可可西里的风像锋利的刀刃和挥舞的皮鞭,但不会起漫天沙尘,即使有,也不是随时发生的事。那场莫名其妙的沙尘遮挡了冰雪旷野的辽阔,因而多了些喧嚣,少了些悲壮。可可西里和索南达杰是一部史诗,而这部电影只是一部罹难记。

虽然在拍这部影片时,像很多去可可西里的人一样,陆川也遇到了一些匪夷所思的困难乃至障碍和阻挠,无奈,使原本带有理想主义色彩的艺术追求未能完美呈现和充分表达,但这不能成为之所以这样的一个理由。

陆川拍《可可西里》之前,彭辉(四川人)还拍过一部纪录片,叫《平衡》,讲的是扎巴多杰的故事。相对于两部电影,我更喜欢纪录片《平衡》。不是因为它更精彩,而是因为它更为朴实和沉静,也更有厚度、深度和温度,在没有多少对白的悲怆语境中,我感受到了一种平静叙事的魅力和启示。

"平衡"两个字一直困扰着扎巴多杰,他因此常常感到不平衡,他的不平衡缘于他的思想,他至死都在追求一种平衡,不仅是人与自然之间的,还有心灵之间的。据朋友介绍,直到今天,只要一说到扎巴多杰,彭辉都会热泪横流——酒后则会号啕大哭。豪歌当哭,是也!

由此可以想见,索南达杰的牺牲对后世的影响之深远。索南达杰自然也就成为一个时代的焦点。

如果当时的可可西里藏羚羊不曾被大肆盗猎枪杀,或者现代环保思想还不曾被世人注目,那么,索南达杰的死还会引发如此强烈的反响吗?应该不会。如果是那样,他还是一名优秀的领导干部,但不会成为环保英雄——要成,也是以后的事。

我跟扎多曾多次谈论过索南达杰的死。他有一个观点发人深省。他说,如果有人必须为可可西里和藏羚羊献出生命,这个人只能是索南达杰,不会是别人。

原因有三:他行前已经做好了死的准备,不会有第二个人做好这样的准备去一个地方任职,此其一也。他宁折不屈的倔强性格决定了他遇事不会绕弯子,宁可玉碎,绝不会与邪恶势力妥协,此其二也。他果敢刚毅,不优柔寡断,即使遇到再大的困难,大是大非面前,宁肯铤而走险,也绝不后退半步,此其三也。

我跟扎多都设想过,换一个人完全可以不死——有很多理由会让他做出不死的选择。比如尽可能保障自己和战友们的安全，而不去费心思考虑盗猎者的死活；或者，对所抓获盗猎分子再严苛一点，也不派出两名队友护送两名受伤和患病的盗猎者去格尔木救治，不给他们留下任何试图逃脱以致疯狂反扑的机会；又或者，限于当时的困境，只收缴所有枪支弹药和藏羚羊皮以及车辆财物，暗地里留一条"生路"，让盗猎者自行逃命……

那样，他可能成不了英雄，却能继续为治多和可可西里做出贡献，自己还能活着，也没人会说他的不是。现实世界里这样的事例有很多，他这样的例子却很难再有。对他而言，走到那一步已经没有第二条路。像杰桑家族的先人们一样，他绝不会向邪恶势力妥协。他只能勇往直前，只能牺牲自己，成为英雄。这是英雄的命运。

还有一个问题：虽然索南达杰义无反顾地选择了牺牲，但是他想过自己之所以赴死就是要成为一个英雄吗？以他的信念、性格和追求判断，只要藏羚羊和可可西里无恙，他不会在乎自己死后的声名——哪怕留下一片骂名，更不会在乎"连篇累牍"的新闻报道和荣耀！说到底，那都是后世来者书写的历史。

所有的历史都是后世写成的，后世就成了历史的未来。

后世给历史赋予意义，好像历史已经预见了未来。所有的希望和理想也都属于未来——未来相信那也是历史的希望和理想，而历史无言。除非能回到历史现场亲身去经历，否则，我们只能相信未来对历史的评判——显然，我们是无法回到历史现场的。历史的意义在于启示未来，我们却从历史中寻找未来的答案——有时候也会从未来寻找历史的答案。是故，历史可以重演，而未来则充满了变化，于是憧憬。希望和理想也在未来的未来延续。

历史就是这样，没有如果，也没有假设。一个原本很不幸的事件，因为恰逢其时，就成了举世瞩目的牺牲，继而推动了社会和时代的进步。在所有依然活着的人看来，这自然是英雄应有的最好归宿。牺牲就是就义。

如若不是，英灵何堪？时代何堪？未来何堪？

当我在27年后重新翻阅当年的采访笔记，并一次次回望这段历史时，不得不一次次停下来，重新审视和打量。

在过去的27年里，每年的1月18日，玉树、治多两地都会有很多人自发地组织起来，追思纪念索南达杰，每年都会有全国各地的很多人参与进来。2019年去北京参加一个作品研讨会，一个与会者得知我是当年第一个报道索南达杰的记者，当场站起来给我鞠了一躬，令我羞愧难当。

2021年1月18日，治多的纪念活动由团县委旗下的一群青年志愿者发起组织，他们中的大部分人出生时，索南达杰已经不在人世。他们并未见过索南达杰，只是听过他的故事，却依然受到了他的影响。

每年的这个时间，我也都会接到一些电话，都与索南达杰有关。平日里，也会不断听到有关他的故事，总有新的发现，总有一些故事是以前从未听过的。

这些年，我原本可以重写索南达杰牺牲前后的故事，也完全可以写得更好一些，因为这么多年，我还在不断地听到曾经遗漏的故事情节，也发现了不少生动的细节。可我一直下不了这个决心，再次回望那惨烈的场景。

他的故事在我已成为一个一直不肯愈合的伤口，刚结上一层薄薄的硬痂，一不留神又会揭开，一直流着血。很多时候，我都不忍再看。每次揭开了，一看，我还会疼……早在2018年，青海人民出版社就约我写索南达杰，我迟疑良久，直到2021年夏天来临时才硬着头皮动笔。

总觉得，这次要再错过，我将无法原谅自己，这段历史也不会原谅我。于是，翻出当年写的报道和采访本，想从里面的原始记录，重新认识这个人。

我才发现，其实，从1994年1月28日直到1995年2月底，整整一年多时间里，我对索南达杰的采访好像一直在持续。1995年1月9日，采访的是青海省公安厅"1·18"特大盗猎抢劫杀人案"专案组。最后采访的是他的几个学生，其中包括扎多。感觉在一些重要的时间节点上，我一直在历史现场。

可直到今天，我都没有找到他的全部——这不？寻找还在继续。比如照片，至今我所找到和看到的索南达杰照片不超过五张,其中有一张半身像流传甚广,就是纪念碑上那张,唇上两撇胡子留长了一些,下巴上也留了胡子,都修饰得很整齐。穿西式便装——衣领部分和面部修过的痕迹明显,面容光洁白皙。治多很多人家里也摆着一张装了框的他的半身像,大多跟纪念碑上这张是同一张。

1994年1月至2021年11月,这次跨越27年的采访一直在继续。最初的采访和寻找始于一个人的英勇牺牲,之后又一个人随他而去,之后一群又一群人前赴后继,用自己的血肉之躯誓死守护,把一片莽原坚守成了一种气壮山河的精神……

于我,这又何尝不是一次漫长的心灵对话和精神追寻之旅!

就像很多人在"1·18"这一天来临时所做的一样——这么多年,治多县很多人家都会在这一天点上一盏酥油灯,为他祈祷,而后还会自言自语地念叨上几句,像是他还在身边,还能听见他们说话。他们是在跟他的灵魂说话吗?

这么多年,几乎每年的"1·18"前夕,我总会想起索南达杰。好像他又捎来了有关可可西里或藏羚羊以及他本人行踪的最新消息,我自己也好像总有话想跟他说说,总有事情想再问问他。

我最想问他的一个问题是,在生命的最后,他究竟经历了什么?所有的故事都是通过询问和查证还原得来的,但很多人都发现一个问题,那就是至少有一两处只有一个人的讲述，没有旁证，也没有他者。这是一个冒险的结论，它考验的是每一个人的良心。它的前提是我们所听到的每一句话都是真实可靠的。没有谎言。也许除了相信，我们没有别的选择，但疑问一直在。我想，可能只有他本人才知道真相。

还有，在生命最后的那一刻，他想到过什么？藏羚羊和盗猎者？还是可可西里的黄金和盐？是不是还想到过通天河谷和索加？还有，他是怎样看待自己的死亡的？他说过，要是必须有人为可可西里和藏羚羊去死，这个人就一定是他。为什么非得是他而不会是别人？他是怎么做出这样一个判断的？

藏族老人们总是说，一个人临终时，会想起很多往事，一幕幕在脑海里回放，一生所经历的大小事情无一遗漏。如是，他也一定是想过的，其中包括可可西里、藏羚羊和自己面临的死亡。那么，他究竟是怎样想的，或者想起了些什么呢？这就像有人问我的那个问题一样，除了他本人，有谁能回答这个问题呢？没有人。

一个悬念，就这样一直在心里悬着，落不了地，心也就一直不能踏实。这是纪实或非虚构写作必须面对的一个问题，你只能尽可能用事实还原真相，却不能为真实添加任何想象，留下无法自圆其说的蛛丝马迹，露出主观臆想的破绽。

如果不是主人公亲口讲述和表达，即便你能想到他之所想以及他所要表达的一切，甚至比他自己想得还要清楚和透彻，你也不能将你之所想安顿在他头上。尤其是一些事关亡者生死和原则立场的关键细节，说他当时这样想。否则，就是虚构。

任何一个这样的关键细节都会出卖你的灵魂，去捍卫亡者的人格尊严。这并不是一个意识形态问题，而是创作品格与传播伦理问题，属哲学范畴。

从我当年的采访记录看，到第二年2月之前，案情的侦破已经有了重大进展。

至1994年10月25日，首犯韩忠明在内的好几名案犯已经抓捕归案。被案犯抢走的索南达杰生前所佩带的"五四"式手枪也已经找到并查获。

我不明白，当时的报道中为什么没有涉及案情的进展情况？肯定是有原因的，但我已经不记得了，采访本上也没有找到答案——可能曾要求不能记录和公开。

我不能虚构一个答案。

对一个亡者的采访像是去寻找一个灵魂，或者说是寻找一个灵魂留给人们的记忆。灵魂像风，肌肤却感受不到吹拂；灵魂像烟雾，眼睛里却没有一丝一缕的缥缈；灵魂像影子，黑暗中无从寻觅，光明里也看不到任何迹象。

它却像是真实存在的。不是在某个确定的地方，而是无处不在。所以还能被追寻，还能被讲述和描画，还能成为故事到处流传。

　　一个亡者留在世界上的记忆，并没有随着他生命的气息瞬间消失，而是依旧在这个世界上随处游荡，出现在很多人的眼前，浮现在他们的脑海里，像梦，可以被复述，可以被记录和呈现。

　　它可以同时被无数人在不同的地方讲述、想起、追寻。它可以纵横交错，也可以穿越不同的时空，依然互不干扰，互不纠缠。这就像在某一个确定的时间，全世界有成千上万个人同时拍一部相同的电影，比如拍格萨尔王或索南达杰的故事。

　　这就像通过记录，我们还能看到千年以前发生的那些往事；通过影像画面，我们还能再现古希腊和东方神话中的场景。一个亡人曾经的往事也一样。往事如烟，也如画如歌，如泣如诉，都可呈现——呈现在分处于不同时空的很多人面前。

　　我就这样踏上了寻找索南达杰的路，通过人们的记忆，走进他的现实世界和灵魂世界。再让他从那个世界里走出来，让很多从未见过他，也从未听说过他的人也能走进他的世界，认识这个人。

　　从而让人们记住——曾有这样一个人生活在这个世界上，他去过可可西里，与盗猎者战斗，保护过一种叫藏羚羊的野生动物，最终为它献出了自己的生命。

　　这并不像去拜访一个活着的人。拜访一个活着的人，无论他住得有多远，找到他有多么艰难，只要找到了，见着了，你就不用再去别的地方——除非他带你去某个地方。

采访，或者寻找一个亡者，也并不是去找到他的遗体，跟他没完没了地说话。即使他愿意倾听也愿意向你倾诉，你也未必能听得见一个亡者说的话，如果真听见了，你多半会吓得灵魂出窍，以为自己遇见鬼了！

对一个亡者，一经死亡，那个遗体对他已经毫无意义。那只是一堆皮囊，一个被历史定格的遗体景象。他已经没有记忆，已经不能说话，已经没有任何知觉。

他要是存在，也已经在别的地方，在很多可能与他有关和无关的地方——很多可能的时间和空间里。你要去很多与他有关甚至无关的地方，寻找他的踪迹——其中的有些地方，你肯定还无法抵达，比如阴间，真去了，你就回不来了！

你只能确定自己能抵达的地方，出现在预定或者预设的时间和地点，去找到很多曾经熟悉他，也愿意让你找到的人，向他们打听他的那些事，尤其是现实生活中通常容易被忽略、被遗忘的那些细节。事后，你会发现，有的人会一直躲在暗处苦寻不得，或在一个你无法抵达的地方，窥探着你的一举一动。

你能找到也能抵达的地方就有了一个限定，这是你活着去探访一个亡者的局限。像是因为一个人的死亡，活人的活动区域也受到了时空上的某种限制，你只能在亡者或未亡者允许你的时间和空间里自由行动。即使你见到的那些人，好像也受到了某种限制。

在一个地方，或在一个人那里，你所能看到或听到的永远都是一个侧面，甚至只是一个片段、一句话、一个眼神、一个动作、一个轮廓、一个背影。感觉那些人并不像他们所说的那样，与亡者是故交、是同事、是朋友和亲人，而是在一个特定的时间和地点，与他擦肩而过时，曾有缘相识一笑。

你找到的都是一些碎片，一些片段，一些零散的记忆、凌乱的场景、模糊的印象、不完整的话语……它们散落在尘世的某个角落里，尘封已久。每找到一个碎片，你得小心翼翼地擦掉上面的灰尘和污渍，接着再去找与它相关联的另一个碎片。

你得耐心地一点点找到很多这样的碎片，把它们小心地收集起来，带回来，花费精力心血，一片一片，变换着角度和方向不停地拼凑，尽可能去弥合它们之间的缝隙，如果两个碎片之间的空隙太大，说明它们并不关联，不完整，得重新寻找关联度更高的碎片……

直到你觉得几乎所有的碎片都找得差不多了，才坐下来，开始一片片拼接、弥合、粘连，先拼出一个相对完整的画面，接着拼出更大的一个画面，最好能从两个画面之间看出它们之间的逻辑关系……这过程就像是用一堆碎陶片，精心修复一件有纹饰的古陶罐。如果你时运、手艺都不错，才有可能让一个器物显出原有的形态和韵味。然器物毕竟是死的，即便有文化内涵，也没有生命气息，人却有血有肉、有爱恨情仇，你还得细细拿捏和琢磨，给他注入思想和灵魂……

通过这种耐心细致的寻找和不断衔接、弥合、粘连、修复……慢慢地，一个人才会在你的心里活过来，浮现出一个完整的模样。而在现实世界里，这个人已经不复存在。一个记者要做的事，就是把你心里慢慢活过来的这个人的故事尽可能生动形象地讲述给这个世界。

幸好，他的灵魂一直在跟前，一直盯着你的一举一动，从不曾远离。

多年以后，我曾多次前往扎河、雅曲、君曲、莫曲流域，还有索加，继续寻访索南达杰的足迹。又从索加前往可可西里，去探访他一直梦想着要去开发——却始终没开发出任何一种产品——使它变成收益或经济效益的那些矿藏——那些曾沉睡千年，后来又曾一度乱采滥挖的宝藏。

2019年冬天遇见中国传媒大学刘红梅老师，也谈起过索南达杰。第二年春天，她再次来青海时说，她想去"寻找索南达杰"。随后，她去三江源见到文扎时，也跟文扎谈论过这个话题。文扎在电话里跟我谈起这件事时很激动，说如真能组织实施一次"寻找索南达杰"之旅将是一件非常有意义的事情。

从三江源回来,刘老师也说到遇见文扎的事,还说到了她遇见的很多人,包括扎多,她跟所遇见的每个人都谈起过"寻找索南达杰"的事——更确切地说,是所遇见的每个人都跟她说起过索南达杰。他们中有跟索南达杰同辈的人,也有小时候远远见过索南达杰的人,还有一些是孩子——他们只听过索南达杰的故事却从未见过面。这已经不只是寻找一个人,而是在寻找索南达杰身后的一种精神,它在很多人身上延续。

如果这种精神一直在延续,那么,在今天它会呈现一种怎样的时代风貌?刘红梅说,去三江源和可可西里的路上,她好像是在去寻找一个人,这个人就像一棵树,但是走着走着,她却穿越了一片森林,看到了很多的树。她所要寻找的那棵树一定也在里面,但不确定是哪一棵——哪一棵都像,都是,又都不是。

她原本是去寻找一棵树的,无意中却穿越了一片森林。一片森林的意义肯定大于一棵树的存在。森林里到处是树,找到了一片森林,你还会去森林外面寻找一棵树吗?

也许这才是寻找索南达杰的意义。如果每个人的心里都有一个不一样的索南达杰,那么刘红梅也许会去寻找她心中的那个索南达杰——那是我不曾找到或不可能找到的另一个索南达杰。如是,那将是这个故事的续篇。

远方
还在那里吗
那个心已经去过
脚步还不曾抵达的地方

思念
还在那里吗
那个你已经离开
我还没有去过的地方

故乡
还在那里吗
那个梦已经去过
人也想去的地方 [1]

远方，就是思念和故乡吗？

远方，就是你时刻惦记着要去的那个地方吗？像一个梦。

是的，梦。不知道，你有没有做过很奇怪的梦——应该也做过的，每个人都会做奇怪的梦。说不定，你还做过很多别人从没做过、从没听过，也无从想象的梦。可是，你把所有的梦都带去了可可西里或另一个世界，成了绝唱，我们已经无从寻觅和倾听。

---

[1] 引自古岳《还在那里吗》。

我也总是会做稀奇古怪的梦,那些梦境在现实生活中从未经历过。在梦里,仍然会毫无征兆地不断出现,却从不重复。我感觉,那就像是一次次惊心动魄的灵魂冒险。我一会儿爬在一块巨大的石头上呼啸着穿过云层,胆战心惊地飞越一座座险峻无比的山峰,也不知要去哪里;一会儿又从紧挨着天空的一个悬崖上坠落山谷,失重的感觉令人毛骨悚然,却能真切地看到山谷丛林里长着叶片如云朵般宽阔的绿树——记得地球史上,那样的阔叶树种只在侏罗纪时代才出现过,它穿越了几亿年时光,在我梦中的幽静山谷疯狂生长……

那就做一个梦吧——

也许在梦里,你就可以穿越到另一个时空,见到一个你一直想遇见的可爱灵魂。像一片羽毛在黑夜里遇见一束光,像一个精灵在丛林中遇见一束光。

我的确做了一个梦,而且,似乎与索南达杰有关。

梦中的场景是可可西里,好像在太阳湖边,是在夜里,远处有星光闪烁。看不见月亮,地上却有一层淡淡的月光。在梦里,我还纳闷儿,为什么不是卓乃湖边呢?卓乃湖才是藏羚羊的摇篮。在湖边,我遇见了一个人,是一个背影。他让我找个地方坐下,不要太靠近他。坐下之后,我感觉自己坐在了一片水草地上,湖边草地都这样,到处都是水洼。裤子很快就湿透了,我感到刺骨的冰冷。

那个背影依然站着，也许是我坐着的缘故，从那个角度看过去，他显得非常高大，有星星正好在他头顶上闪耀。我看不清他的模样，但我确信站在不远处的这个人就是索南达杰。我在来世的路上，是否遇见了前世的你？

我不知道，我们为什么会在那里？他或许知道，却没告诉我。

一坐下，一阵沉默。我想搜寻一句恰当的话打破沉默。

还没等我开口，他先说话了："你想知道什么？问吧。"

他怎么知道我有问题要问？不管了，问吧。就问："你死了之后，有没有见到你以前的族人？我指的是你们杰桑家族的先人。"

听到这话，他似乎有点震惊，沉默片刻才冒出一句："他们已经迁徙远方。我们并不在一个时空里。"

对这个回答，我好像很满意，便接着问："你会去追寻他们吗？"

"不会……也许会有人来追寻我。"

"你希望有人来追寻吗？"

"我不确定——也许他们要追寻的不是一个亡者。追寻是未来的事，而亡者已是过去……"

这时，我醒了。醒了之后，我还记着裤子湿透了，伸手摸了摸屁股，没湿，却冰凉。我在夜里感到一阵寒冷。

过了很久，也许是几年之后，我又做了一个梦，像是上一个梦的延续,背景换成了一间昏暗的石头屋。我进去时,里面有一个人,下意识告诉我,他是索南达杰,其实不是。看上去,那个人有点像扎多,等我走到另一个方向再看时,又有点像文扎,合在一起看,似乎又有索南达杰的影子。

我仿佛如梦初醒,自己在心里说:他们两个原来是索南达杰的两个侧影。这一发现,令我激动不已,一时不知说什么好。沉默,又是沉默。寂静,还是寂静。

过了一会儿,那个人也说出那句话:"你想知道什么?问吧。"

"后来你还见过索南达杰吗?"这句话一出口,我就后悔了,怎么会提这样一个傻问题。他走了那么多年了,怎么见?

"见过。"他的回答出乎意料,我有点猝不及防。

"啊?"我惊讶地叫出声来,而后才定了定神,问下一个问题:"见面之后,你们都说了些什么?"

他犹疑了一下:"他给我说可可西里的黄金和盐……还有,格萨尔和阿达拉姆。"说着,露出狐疑的笑。

"没说藏羚羊吗?"我赶紧追问。

"还没来得及说……我就醒了。"

听了这句话,我也醒了。

又过了很久。我梦见了一只藏羚羊。背景模糊,像是旷野。一只巨大的公藏羚羊站在那里,离得不远,两支长长的犄角在夜色中熠熠生辉。我一直盯着它看，它却一直望着另一个方向。

我也循着它注视的方向看过去。我似乎看到了一双眼睛，像两颗星星，发着幽幽的蓝光。是狼。我在睡梦里告诉自己。奇怪的是，我并未感到害怕。一眨眼，狼不见了，一个少女站在那里，是一个黑白侧影，像一个古代草原战士或猎人。

我在梦里说："是阿达拉姆。"其实，我并不确定。

这时，我听见了狼的嚎叫，悠长，苍凉。听到狼的嚎叫，不远处的藏羚羊也发出"哼嗷——哼嗷"几声短促的吼叫，像一个老男人的咳嗽……

我感觉自己应该说点什么，刚要张口说话，我也猛地咳嗽了一声，像藏羚羊的叫声。接着一直咳嗽，停不下来，就把自己给咳醒了……

醒了之后，我想，这个梦可能还会继续。便期待。

可是从那之后，这个梦再也没有出现。也许还没到时候吧——至于什么时候再出现，不得而知。

> 其实，我从未去过那个地方
> 也许，那里什么也没有发生过
> 后来的一切并不是从前的样子
> （从前的一切也不是后来的样子）
> 说不定，你也从未去过那个地方

> 说不定，你也从不确定究竟
> 有没有这样一个地方
> 或者，它只出现在你的梦里
> 甚至，你从未做过那样一个梦
> 只是以为你做过
> 或者，你只是不经意间
> 经过了一个梦。那梦
> 与你无关。仿佛一次邂逅
> 不忍回眸。一回眸
> 梦就会醒。梦终究会醒[1]

前几日，我看到好几位治多人都在微信朋友圈里转发一条消息：喜报！2021年全国最美家庭揭晓，青海17户家庭榜上有名。玉树州竟有两户入选，其中一户是治多的多沙·才仁家庭——也是杰桑·索南达杰的家庭，多沙·才仁就是杰桑·索南达杰的妻子。看到这个消息，我竟落下泪来。

今天是2021年12月6日，再过整六个星期，就是杰桑·索南达杰牺牲28周年祭日。又到腊月年根了，人们都记得这个日子。治多很多人家又会点亮一盏灯，给他照亮，才仁和他的两个儿子也不会忘记这件事。

人间珍爱光明。

---

[1] 引自古岳组诗《世界》。